어리고
아리고
여려서

어리고
아리고
여려서

스미노 요루 지음
양윤옥 옮김

소미미디어
Somy Media

나의 이런저런 행동이 자칫 상대를 불쾌하게 만들 수도 있다.

고등학교 졸업까지 18년 동안 그런 결론에 도달한 나는 대학 1학년 때, 내 인생 테마를 일찌감치 정해버렸다. 즉 섣불리 타인에게 다가가지 않는다, 그리고 누군가의 의견에 반하는 의견을 되도록 입 밖에 내지 않는다, 라는 것이다. 그렇게 하면 적어도 내 쪽에서 누군가를 불쾌하게 만드는 기회를 줄일 수 있고, 그런 식으로 불쾌해진 누군가에게서 상처받는 일도 줄일 수 있다고 생각했다.

그래서 대학에서 처음 아키요시 히사노를 만났을 때, 세상에는 저렇게 자신감 과잉에 바보같이 순진하고 게다가 둔감한 사람도 다 있구나, 라고 나 혼자 진심으로 어이없어했다.

대학 입학 2주째의 월요일. 수강 신청도 대략 끝이 나고 드디어 본격적으로 강의가 시작되는 날이었다. 대학생으로서 가장 바람직한 의욕이 넘쳤던 그날, 어떤 동아리에도 가입하지 않았고 신입생 오리엔테이션에도 참석하지 않았던 나는 혼자 오도카니 강의실 맨 끝에 앉아 있었다. 나름대로 조용한 대학 생활이 될 수 있기를 마음속으로 바라고 있었다.

3교시, 일반교양 과목인 '평화구축론'이었을 것이다. 교재를 훌훌 넘겨보며 기다리고 있었더니 이윽고 강사가 조용히 교단에 올랐다. 온통 신입생뿐인 공간에 순수한 정적이 가득 찼다.

하지만 아직 경험해본 적 없는 집중력이 필요한 90분짜리 수업에 학생들은 당연히 슬금슬금 긴장의 끈이 풀어지기 시작했다. 수군수군 잡담이 오가는 강의실 안, 강사도 해마다 똑같은 현상이라서 이미 익숙해졌는지 별로 나무라는 일도 없이 수업은 척척 진행되었다.

나도 예외가 아니었다. 원래 고등학교 수업시간에도 집중력을 유지하지 못하는 부류의 인간이다. 90분이라는 수업시간은 봄날의 따스한 기운 속에서 마치 유구한 시간처럼 느껴졌다. 그리고 그때는 설마 그 느낌에서 4년 내내 빠져나오지 못할 줄은 생각도 못했다.

의욕과는 달리 금세 따분하게 느껴지는 강의, 맨 끝 귀퉁이 자리에서 나는 창문 너머 바깥을 내다보았다. 수업이 없는 다른 학생들의 웃음소리와 새의 지저귐이 햇살에 녹아들고 있었다.

그런 화창한 봄기운을 뒤흔들어버린 그 목소리는 정확히, 턱을 괸 내 손의 위치가 삐끗하면서 고개가 툭 떨어진 순간에 들려왔다.

"죄송하지만 질문 좀 해도 될까요?"

크고 쾌활한 목소리가 조용한 강의실을 울렸다. 깨어 있던 학생들이 일제히 목소리의 주인이 누구인지 둘레둘레 찾고 있었다. 나도 똑같이 궁금했지만 굳이 주위를 둘러볼 필요는 없었다. 그 목소리는 내 오른쪽의 빈자리 한 칸 너머에 앉은 여학생에게서 들려왔기 때문이다. 슬쩍 훔쳐보니 그녀는 자신의 정당함을 과시하듯이 하늘을 향해 오른팔을 쭉 뻗고 있었다.

강의를 듣지 않았었기 때문에 나는 당연히 강사가 질문을 요청한 것이라고 생각했다. 하지만 그녀의 강렬한 시선 끝에서 있는 나이 든 강사는 시들한 얼굴로 그녀에게 손을 내리라고 지시했다.

"질문은 이따가 따로 받을게요."

내가 곁눈질로 지켜보는 가운데 그녀는 슬슬 팔을 내렸지만 그 불만스러운 표정은 교단에서도 훤히 보였을 것이다. 강사가 마지못해 말했다.

"뭐, 지금이라도 괜찮긴 한데……."

그녀는 다시 생기 넘치는 표정으로 강의실 전체에 다 들릴 만큼 큰 소리로 감사 인사를 했다.

돌이켜보면 그때 그녀가 평범한 학생은 도저히 생각도 못 할 훌륭한 질문을 하고 강사와 토론이라도 벌였다면 대학에는 역시 대단한 사람이 많구나, 라고 내 나름대로 대학생이라는 것에 흥미를 갖는 좋은 추억이 되었을지도 모른다. 그리고 분명 그것으로 그냥 넘어갔을 것이다.

하지만 그렇지 않았다.

"이 세계에 폭력은 필요 없다고 생각합니다."

그런 말로 시작된, 질문이라는 형식만 빌린 그녀의 주장은 솔직히 초등학교 도덕 시간에나 나올 듯한, 듣는 사람의 얼굴까지 화끈거릴 만한 것이었다.

이른바 이상론이라고 해야 할까. 강사는 그녀의 주장을 듣고 비웃음을 감추려고도 하지 않았다.

"그렇게 되면 좋다는 걸 모르는 사람도 있나?"

강의실 안에 작은 소리로 "대박!" "재, 뭐냐?" "윽, 창피해!"라는 등의 수군거림이 퍼져갔다. 내가 잘못 들은 게 아니다.

강사와의 대화로 톡톡히 창피한 상황만 연출한 채 그녀는 입을 다물었다. 수업은 마치 그녀의 존재를 무시하듯이, 하지만 누군가를 경멸하는 분위기를 진하게 풍기면서 진행되었다.

내가 다시 그녀에게 시선을 던진 것은 수업을 중단시키면

서까지 자신의 주장을 발표하려고 한 인물에 관심이 있었기 때문이 아니다. 단지 섣부른 의견을 늘어놓은 사람이 그 의견을 부정당하고 씩씩거리는 표정이 너무 궁금해서 내심 고소해하며 쳐다본 것뿐이다.

그래서 한 자리 건너 앉아 있는 그녀의 표정을 흘끔 쳐다봤을 때는 아쉬웠다, 라는 정도는 아니어도 뜻밖이기는 했다. 그녀가 상처받은 얼굴을 하고 있었기 때문이다. 뭔가 큰 충격을 받은 것처럼 멍하니 앞을 보고 있었다.

나는 그녀처럼 행동하는 사람을 중고등학교 때도 본 적이 있어서 그 사고 패턴에 대해서는 이미 결론이 나와 있었다. 어차피 자기주장만 내세우며 주위의 이해해주지 않는 자들을 경멸하는 타입의 인간일 것이다. 그래서 그런 종류의 인간에게 흔히 있을 법한, 부정당했을 때의 씩씩거리며 분개하는 표정을 그녀가 내보이지 않은 것이 매우 뜻밖이었다.

굳이 관여할 생각은 없었지만 나는 분명 그때 그녀의 표정에 관심이 갔다.

하지만 그 관심은 그야말로 길거리에서 약간 특이한 음악을 들은 정도의 것이었기 때문에 강의가 끝나는 벨소리가 울릴 때쯤에는 이미 나와는 상관없는 일이었다.

출석 확인용의 짤막한 감상문을 제출하고 자리에서 일어섰다. 월요일 4교시에는 수업을 넣지 않았기 때문에 나는 늦은 점심을 먹으려고 학생식당으로 향했다.

대학에서는 어중간한 시간에도 식당에 사람들이 꽤 많다. 아직 익숙하지 않은 분위기에 은근히 불안해하면서, 매일 메뉴가 달라지는 정식을 쟁반에 골고루 담아 창가 4인용 테이블에 앉았다. 잘 먹겠습니다, 라고 혼자 중얼거리고 된장국부터 한 입 떴다.

"너, 혼자야?"

나와는 관계없는 목소리 따위, 풍경에 섞이는 잡음일 뿐이다. 그때도 당연히 나한테 하는 말이라는 건 생각도 못하고 흰살생선 튀김을 덥석 물었다. 바사삭 상쾌한 소리와 함께 남은 튀김을 접시 위에 툭 떨군 것은 갑자기 누군가 어깨를 치는 바람에 흠칫 놀랐기 때문이다.

젓가락을 든 채 고개를 들고 나는 다시 한번 놀랐다. 조금 전 수업 때 옆에 앉았던 자기주장의 그녀가 쟁반에 돈가스카레를 담고 서 있었다. 왜 그런지 나는 그녀와 돈가스카레를 번갈아 쳐다보고 말았다.

"너, 혼자야?"

되풀이한 그 질문에 조금 전의 말이 틀림없이 내게 던져졌다는 것을 알았다.

"예? 아, 예에."

왜 나한테 말을 걸었는지 알 수 없었다. 하지만 거짓말을 할 이유도 없어서 일단 고개를 끄덕였다. 그녀는 유난히 혈색 좋은 얼굴로 이를 내보이며 환하게 웃더니 내 맞은편에 쟁반을 스르륵 내려놓고 자리에 앉았다.

“아까 수업 때 옆에 앉았었지? 나도 혼자인데, 같이 먹어도 돼?”

이거 실화냐, 라고 생각했다. 수업 중에 태연히 자기주장을 펼친 행동으로 미루어 짐작컨대 역시나 쓸데없이 자신감 강한 타입이구나, 라는 생각에 내심 짜증스럽기도 했다.

그런데도 거절하지 않은 것은 내 인생 테마 중에 남에게 지나치게 다가가지 않는다는 것보다 남의 의견에 반대하지 않는다는 것 쪽에 좀 더 무게를 두는 경우가 많았고, 그날의 기분도 그랬기 때문이다. 그것 말고는 아무 이유도 없었다.

“아, 예.”

일단 선배일 가능성을 감안해 나는 존댓말로 대답했다. 상대의 반말이 너무도 자연스러웠고, 그 강의실에 신입생이 많았으니까 내가 후배라는 걸 거기서 알았을 거라고 짐작했다. 그리고 이렇게 모르는 사람과 자연스럽게 식사를 함께하자고 청한 것은 그녀의 난감한 성향 때문만이 아니라 대학 생활에 여유를 찾은 선배이기 때문이라고 생각했던 것이다.

“반말로 해도 되는데. 너도 1학년이잖아?”

“아, 응…….”

“앗, 혹시 선배님이세요?”

혀를 쏙 내밀며 큼직한 눈을 데굴거리는 그녀의 아차차 하는 모습을 보고 ‘얘는 진짜 문제아다’라고 단정하고 피해버렸어도 좋았을 텐데 굳이 거짓말을 할 이유도 없어서 나는 고개를 가로저었다.

"1학년인데…….”

"아, 다행이다! 괜히 쫄았잖아, 대학 입학하자마자 일 터뜨린 줄 알았네!"

그녀는 가슴에 손을 얹고 숨을 내쉬며 과장스럽게 '안심했음'을 표현했다. 조금 전 수업 때의 사건은 입학하자마자 일 터뜨린 것에 포함되지 않는 건가, 라고 생각했다.

"아니, 갑작스럽게 이러는 거, 나도 좀 망설였어. 근데 아는 사람도 없고 어쩐지 불안한 참에 아까 수업 때 옆자리였던 네가 눈에 띄어서 얼른 말을 붙인 거야. 미안해, 좀 뜬금없었나?"

뜬금없었다.

"……아니, 괜찮아."

"아, 다행이다. 나는 아키요시 히사노라고 해."

느닷없는 자기소개, 분명 자존심 강한 인간이다.

"나는 정경학부인데, 너도?"

"아니, 나는 경제학부."

"그렇구나. 이름을 물어봐도 될까?"

거절할 수 없는 질문 방식이다.

"응, 다바타, 라고 해."

"다바타, 갑작스럽지만, 잘 부탁해."

아키요시는 꾸벅 머리를 숙였다. 어깨선에 맞춰 반듯하게 자른 머리칼이 흔들렸다. 나도 일단 그녀를 따라 머리를 숙였다. 예기치 않은 일이 일어났을 경우, 그쪽이 하는 대로 따라 움직이면 그럭저럭 괜찮은 결과가 나올 확률이 높다.

"참고로, 다바타의 성 말고 이름은?"

"그건……."

나는 말끝을 흐렸다. 이건 지극히 일반적인 질문을 던진 그녀의 잘못이 아니다.

개인적인 문제로, 나는 내 이름이 싫다. 예를 들어 꽃미남 소리를 들을 정도라도 됐다면 내 이름이 지나치게 아름다운 것에 자긍심을 가졌을지도 모른다. 그 반대로 아름다운 이름의 이미지와 한참 동떨어진 근골 늠름한 불량배 같은 모습이었다면 그 차이를 재미있어할 수도 있었을지 모른다. 하지만 그 어느 쪽도 아닌 어중간한 모습의 나와는 도무지 어울리지 않는 이름을 밝히는 것을 나는 망설였다.

물론 남이 던진 질문을 무시할 용기도 나는 갖고 있지 않았다.

"가에데……*."

그리고 물론 콤플렉스라는 건 남들이 보기에는 정말 아무것도 아니다.

* '가에데'는 주로 여성의 이름으로 쓰인다.

"다바타 가에데구나. 다바타는 밭 전(田)에 화전 전(畑)?"
"아니, 그거 아니고, 밭 전(田)에 바를 단(端)."
아키요시는 어깨에 걸고 있던 가방에서 스마트폰을 꺼내 익숙한 손놀림으로 터치한 뒤 다시 가방에 챙겨 넣었다. 가방 끈이 어깨를 파고들었다.
"입력했어."
이를 내보이고 실눈을 뜨며 웃더니 그녀는 드디어 숟가락을 들고 몹시 고대하던 음식을 마주한 것처럼 돈가스카레를 한 입 크게 떠 넣었다. 무심코 그런 일련의 동작을 멀거니 쳐다보다가 나는 급히 시선을 떨구고 접시 위의 생선튀김을 다시 베어 물었다.
"실은 엄청 배고팠어. 수업 중에도 꼬르륵 소리가 났다니까. 앗, 혹시 들렸어?"
"응? 아니."
그딴 것은 신경 쓸 새도 없었다.
"그럼 다행이고. 내가 평소에도 꽤 많이 먹는 편이야. 다바타보다 많이 먹어도 놀라지 말아줘."
"……건강한 모양이지."
"내가 고등학교 때 나름 축구부였거든. 그 여파 때문이야. 먹는 양을 좀 줄이기는 해야 하는데."
'나름'이라는 걸 보면 승패에 무게를 둘 만큼 강호 팀은 아니었다는 뜻이라고 내 나름대로 해석했다. 먹는 양을 줄여야 한다는 것은 대학에서는 축구를 할 예정이 없다는 뜻이 아닐까, 라고 판단했다.

"다바타는 뭔가 운동했어? 앗, 미안, 이것저것 막 물어봐서."

남을 배려해줄 생각은 있는 모양이다. 조금 전 수업에서의 일을 돌이켜보면 타인의 영역에 흙 묻은 신발로 척척 들어설 타입이라고 상상했는데 일단 흙 묻은 신발을 벗는 것쯤은 할 수 있는 것 같다.

"아니, 괜찮아……. 운동은 고등학교 때는 해본 게 없어."

"그럼 문과 쪽 동아리에?"

"아니, 그냥 집에 가는 쪽이었어."

"대학에서도 동아리에 가입 안 할 예정?"

"현재로서는 그렇다고 할까……. 아, 아키요시는?"

"뭔가 가입할 건데 비공인 동아리까지 포함하면 너무 많아서 지금 망설이는 중이야. 모의 국제연합 같은 쪽에 약간 관심이 있긴 해."

"모의 국제연합?"

나의 앵무새 같은 반문에 아키요시는 고개를 끄덕였다.

"응, 진짜 대단하더라."

그러고는 갑작스레 수준 높은 서론부터 시작해 모의 국제연합에 대해 줄줄줄 설명해주었다.

아키요시의 말을 간단히 정리하면, 모의 국제연합이란 국제문제에 관심 있는 자들이 모여서 다양한 국가의 대표가 되었다고 치고 국제연합처럼 회의를 하는 동아리였다. '흥, 역시나'라고 내 안에서 그녀의 인품과 성품이 조금씩 자리를 잡아가는 느낌이었다.

"다바타는 그런 거 어떻게 생각해?"

"난해한 TRPG* 같은 느낌이랄까……."

모의 국제연합에 대해서는 딱히 비난할 이유도 없고 긍정할 이유도 없었기 때문에 내가 생각한 것 중에서 둘 중 어느 쪽에도 해당되지 않는 것을 말해보았다. 그러자 이번에는 아키요시가 앵무새처럼 되물었다.

"티알피쥐?"

조금 전과 거의 동일한 흐름에 따라 나도 설명해주지 않을 수 없어서 최대한 내 생각은 넣지 않고, 최대한 단순하게, TRPG를 설명했다.

"그러니까 게임 속에서 각자 맡은 역할을 연기하는 느낌이랄까……."

"오, 재밌겠다! 나라면 역시 해보고 싶은 건 용사(勇士)야!"

아키요시는 검을 흉내내려는 것인지 카레 묻은 스푼을 눈앞에 치켜들었다. 그런 신바람 난 반응이 나올 줄은 생각도

---

* 테이블토크 롤플레잉 게임(table talk(혹은 top) role playing game)의 약자. 탁상에서 보드나 주사위, 필기구 등을 사용해 플레이어가 각자 캐릭터의 역할을 연출하면서 특정의 목표점을 향해 활동하는 게임. 컴퓨터 게임의 이른바 롤플레잉 게임을 아날로그에서 실현하는 것이라고 할 수 있다.

못했기 때문에 역시 뜻밖이라는 기분이었다.

"진짜 모의 국제연합도 그런 느낌일지 모르겠다. 혹시 관심 있으면 함께 가볼까?"

"응? 아, 아니, 난 됐어. 미안."

그런 곳에 갔다가 회원 가입 권유를 받고 그걸 거절했을 때 상대의 아쉬워하는 얼굴을 보는 것도, 그런 권유 자체를 안 하는 것도, 가입 거절을 별로 아쉬워하지 않는 얼굴을 보는 것도, 다 싫었다.

하지만 무심코 튀어나온 듯한 아키요시의 그 제안을 단번에 거절하는 것도 내 인생 테마에 상당히 어긋나는 일이었다. 그녀는 그런 내 속마음 따위는 물론 알지 못한 채 웃는 얼굴로 가슴 앞에서 양손을 맞댔다.

"아냐, 미안하긴. 괜찮아. 나야말로 이것저것 물어봐서 미안해."

자신의 성품이 지닌 공죄(公罪)를 알고 있는 듯한 그 모습에 나는 약간 호감을 가졌다. '아주 조금'이다.

"아니, 나도 뭐, 꼭 싫다는 건 아니고……."

"진짜? 다행이다, 실은 내가 '눈새'라는 말을 자주 듣는 편이라서."

그야 물론 그럴 거라고 생각했다. 하지만 그녀의 쾌활함을 보면 전혀 그런 험담에 신경 쓸 타입이 아니라고 예상했기 때문에 그녀가 드러낸 매우 안심한 듯한 표정이 뜻밖이었다.

게다가 그녀 같은 타입은 추종자들과 끼리끼리 신나게 어울리는 거 아닌가, 라는 생각도 들었다.

꼭 싫다는 건 아니다, 라는 내 말이 그때 아키요시를 흐뭇하게 해줬는지 어떤지는 모르지만 그녀는 쉴 새 없이 나에게 질문을 던졌다. 나는 대답할 수 있는 범위에서 대답해주고 그 대신 그녀의 정보를 얻었다.

이바라키현 출신, 현역 입학, 혼자 자취 중, 기숙사 아르바이트를 신청했다. 소년만화를 좋아하고, 아지칸•도 좋아한다.

직접 들은 정보로는 지극히 평범한 인물인데 첫 인상이 수업 때의 '눈새' 같은 행동이었던 탓에 안타깝게도 모든 것이 '창피한 여학생'이라는 필터를 거쳐 내 안에 들어왔다. 처음부터 의심하고 보는 나쁜 선입견을 수정할 마음도 없었다. 굳이 그럴 필요가 없다고 생각했기 때문이다.

"그럼 또 보자."

다음 수업의 강의실이 좀 멀다면서 먼저 자리에서 일어난 그녀에게 나는 손을 흔들었다.

"응, 또 보자."

실제로는 또 볼 일이 전혀 없다고 생각했다. 하지만 내가

• 4인조 록밴드 '아시안 쿵푸 제너레이션'의 약칭(AKG, AFKG). 정치 및 사회문제를 다루는 곡을 발표하고 원자력발전 반대운동과 반전운동에도 적극 참여하고 있다. 리더는 고토 마사후미.

냉정한 인간인 것은 아니다.

아키요시처럼 누구와도 안면을 트는 게 가능한 인간은 금세 좀 더 괜찮은 대화 상대를 찾아낼 것이다. 그리고 임시 땜빵으로 이용했던 나 같은 사람은 싸악 잊어버리는 법이다. 나는 그런 상황에서 수없이 이용당한 적이 있어서 그건 어쩔 수 없다고 나름대로 이해하고 있었다.

그래서 아키요시를 다시 만날 일은 없다고 생각했고 따라서 그녀를 더 이상 정확히 이해할 필요도 없었다.

그런데…….

다음 주 월요일까지 기다릴 것도 없었다. 그 주 금요일 4교시, 수용인원 50명 남짓한 강의실에 꼿꼿이 앉아 있던 아키요시는 교실 앞문으로 들어선 나를 보자마자 손을 흔들었다. 게다가 내가 맨 뒤 창가 자리에 앉자 일부러 내 옆자리로 옮겨왔다.

"다바타, 안녕? 오랜만이다!"

"……응, 너도 이 수업 듣는구나."

"그러게. 나도 몰랐어!"

아키요시는 분명 동반자가 있을 것 같아서 나는 일부러 한참 떨어진 자리에 앉아준 것이었다. 그런데 이렇게 널름 자리를 옮겨도 괜찮을까.

하지만 나의 성실한 배려는 전혀 불필요한 것이었다.

아키요시가 기숙사 아르바이트에 뽑혔다는 소식을 신나게

얘기해주는 사이에 시작 벨이 울렸다. 하지만 그녀 주위에 추종자들이 몰려오는 기척은 없었다.

수업이 시작되자 아키요시는 수다를 멈추고 착실히 교단 쪽을 향했다. 나도 착실히, 는 아니지만 앞을 보며 강의에 귀를 기울였다. 머릿속으로는 멍하니 아키요시라는 인물과의 '또 보자'가 실제로 일어난 것에 대해 생각하고 있었다.

결과적으로, 생각하고 말고 할 것도 없었다. 강의가 시작되고 한 시간쯤 지나 나는 수많은 이유 중 가장 큰 한 가지일 터인 사실을 깨달아야 했다.

큼직한 목소리가 들렸다.

"죄송합니다, 질문 좀 해도 될까요?"

이번에도 나는 그 목소리의 주인을 굳이 찾을 필요가 없었다. '이거, 실제 상황?'이라고는 생각했다. 그자는 또 내 옆에 있었고 이번에는 그 목소리까지 익히 알고 있었기 때문이다.

옆을 돌아보니 아키요시는 그때와 똑같이 손을 번쩍 들고 있었다.

이번 강사는 지난번 때보다 부드럽게 아키요시의 발언을 허락해주었다.

"좋아요, 비싼 등록금 냈는데 강의에 열심히 참여해야지. 어떤 질문이죠?"

"고맙습니다!"

인사와 함께 벌떡 일어선 아키요시가 무슨 발언을 할지 대략 예상은 했지만 그 예상이 너무 정확히 맞아떨어지는 바람에 나는 예상한 것 자체를 후회했다.

그녀가 또 다시 질문을 빙자한 자기주장을, 어린애 같은 이상론을, 온 강의실이 쩌렁쩌렁 울리는 소리로 펼쳐놓은 것이다.

이번에는 그녀를 내심 경멸하지는 않았다. 그저 아연실색했을 뿐이다. 식당에서 만났을 때 잠깐이나마 그녀를 평범한 인간이라고 생각했었기 때문이다.

하지만 내 놀람은 상당히 때늦은 것이었다. 어디선가 믿고 싶지 않은 수군거림이 들려왔다. "대체 몇 번째야?"라는 수군거림.

그 말을 이해하자마자 나는 오싹 소름이 돋았다.

설마 이 인간이 여기저기 강의 때마다 이런 짓을……?

나는 아키요시에 대해 품었던 인식을 수정하지 않으면 안 되겠다고 생각했다.

이건 '눈새' 정도가 아니다, 완전 '관종'이다.

결코 관여해서는 안 될 존재다.

나는 착실히 강의를 듣는 척하면서 옆자리에 앉은 위험한 여학생의 얼굴을 절대로 쳐다보지 않도록 주의했다. 그렇구나, 그래서 아무도 그녀에게 접근하지 않았구나, 그래서 나 같은 사람도 기억해주고 친한 척 말을 건네줬구나. 즉 다른 사람들은 이 위험한 여학생에 대한 경계심을 나보다 훨씬 더 제대로 발동하고 있었다는 얘기다.

이게 대체 무슨 일인가. 설마 아직 늦지는 않았겠지? 나는 아키요시가 지난번 강의 때와 똑같이 강사에게 비웃음을 당하고 여기저기서 험담을 듣는 것도 보는 둥 마는 둥, 앞으로 회피 행동을 어떻게 취해야 할지 고민했다.

일단은 가장 단순한 방법으로 도망을 택했다. 수업이 끝나자마자 자리에서 일어나 수업 중에 이미 써둔 짧은 감상문을 제출하고 아키요시 쪽은 돌아보지도 않고 부리나케 강의실을 빠져나왔다. 이걸로 안심이다. 다음에 마주칠 월요일 강의 때는 수업 시작 직전에 들어가 멀리 떨어진 자리에 앉으면 된다. 앞으로의 수업도 마찬가지다. 그러다보면 아키요시도 나를 잊어줄 것이다. 이 대학에 나 말고도 인간이 얼마나 많은가.

그래서 꼭 내가 아니면 안 될 이유는 없을 터였다.

그런데도 그녀가 다다다 내 뒤를 좇아온 이유를 나는 도무지 알 수가 없었다.

"아니, 대체 왜!"

"응? 뭐가?"

"아, 아냐, 잠깐 딴생각을……."

뭐가 뭔지 알 수 없는 채로 문득 깨닫고 보니 어느새 아키요시를 만나고 두 달이 지나버렸다. 월요일 4교시, 늦은 점심을 마치 습관처럼 함께 먹다가 나는 퍼뜩 정신을 차렸다.

먼저 다가오는 사람을 밀쳐내는 야박한 짓은 못하는 성격인 탓에 나는 여전히 아키요시와 말을 주고받는 관계를 이어가고 있었다.

언젠가도 먹은 듯한 느낌의 흰살생선 튀김을 집어 들었다가 다시 접시에 내려놓았다.

"저기, 가능하면 수업 때 주목받는 거, 이제 좀 삼가줬으면 좋겠는데."

"다바타, 내가 항상 말하지만 그건 주목받으려고 그러는 게 아니야. 나는 무엇이 옳고 그른지 분명하게 알고 싶을 뿐이야."

"하지만 결과적으로는 너무 눈에 띄잖아."

다만 그녀와 대화를 하면서 일단 그것 외에 특별한 피해는 없다는 건 차츰 알게 되었다.

"게다가 교수님의 강의 내용과 다른 의견을 가진 학생이 있다는 걸 분명하게 알려드리는 것은 수업 전체에도 바람직한 일이야. 내가 조금 전 수업 때도 고민해봤는데 이상론이란 결국 이상에 대해 말하는 것이잖아. 그리고 이상은 우리가 가장 지향해야 하는 것이겠지? 근데 그걸 코웃음 치고 비웃으면서 이상론이라고 몰아붙이다니, 뭔가 이상해. 전쟁 끝의 평화가 아니라 평화 끝의 평화가 더 좋다는 건 지극히 당연한 얘기잖아. 난 그렇게 생각해."

분명 어떤 피해도 끼치지 않지만 친구가 되기에 몹시 번거로운 인물이라는 건 틀림없었다.

나는 그녀의 의견을 거부한다는 뜻으로 다시 흰살생선 튀김을 집어 와삭 베어 먹었다.

여기서 내 의견을 펼쳐 아키요시의 생각을 거슬렀다가는 서로 납득할 때까지 논쟁하려고 들 것이다. 다만 아키요시는 상대의 주장을 굴복시키려는 게 아니다. 다른 의견을 받아들여 자신의 의견을 연마하려는 것뿐이다. 그런데 이 과정이 참으로 번거롭기 짝이 없다. 그 번거로움 때문에 주위에서는 노골적으로 아키요시를 피하고 그녀가 없는 자리에서 뒷담화를 하곤 했다.

"이상이란 추구할 수 있는 데까지 철저히 추구해야 한다고 생각해."

매번 그렇지만 나는 그녀의 지나치게 올곧은 눈을 마주하고 말문이 막혀버렸다. 그것을 얼버무리듯이 샐러드를 깨작깨작 집어먹었다.

생각해보니 지난 두 달 동안 아키요시를 뿌리칠 수 없었던 이유는 바로 그 눈 때문이었다.

어찌됐든 그녀와 일주일에 몇 번씩 만나는 관계를 이어가다 보니 그녀의 번거로움 속에서 나는 한 가지 순수함을 발견해버린 것이다.

너무 어리고 아려서 차마 마주볼 수 없는, 자신이 추구하는 이상을 노력이나 신념으로 이루려 하고 이룰 수 있다고 생각하는 그 순수함. 하지만 그게 가슴에 아리게 느껴지는 것은 나 역시 그렇게 생각했던 기억이 있었기 때문이고, 그녀를 이른바 '관종'이라고 생각하는 것은 과거의 그런 나 자신을 부끄럽게 여겼기 때문이다. 단순히 멀리서 바라보는 것뿐이라면 유유히 바보구나, 라고 넘겨버리면 끝날 일이다. 하지만 가까운 거리에서 그 순수함을 마주하자 내 쪽에서 그녀를 무시한다는 것은 적어도 나로서는 도저히 할 수 없는 일이었다.

그래도 아키요시와의 관계를 그 시점에서 딱 끊었다면 그녀의 원망을 사는 것 말고는 딱히 문제가 없을 터였다. 하지만 그게 또 상황이 그렇게 흘러가지를 않았다. 그녀 쪽에서 먼저 나를 끊어주었으면 하는 생각 때문에 나는 다른 사람을 만날 때보다 훨씬 더 내 맘대로 할 수 있었다. 그리고 아키요시는 그런 나를 싫어하기는커녕 언제든지 받아주었다. 그 결과, 두 달여 만에 나까지 속닥속닥 주위의 험담을 듣고 있었다.

그건 결코 내가 원했던 대학 생활이 아니었다.

"그나저나 지난번에 얘기한 국제관계 연구회는 어떻게 됐어?"

"응, 견학하러 가봤는데 분위기가 나하고는 좀 안 맞는 것 같아."

아키요시는 아무렇지도 않은 척하며 웃었다. 하지만 뻔히 보였다.

분명 이미 아키요시를 '재수 없는 인간'이라는 범주에 넣어 둔 자가 있었을 것이다. 그녀가 수업을 중단시키자 어떤 선배가 직접 싫은 소리를 날리는 장면을 목격한 적도 있다. 전에 말했던 모의 국제연합 동아리에서도 뭔가 수모를 겪은 모양이었다.

"또 다른 동아리에 가볼 거야?"

"아냐. 3학년 때는 실습도 많아질 거고, 일단 2학년 때까지는 자기학습을 심화해가는 방법도 괜찮을 것 같아……."

말은 그렇게 했지만 아키요시가 적잖이 섭섭해하는 얼굴이었기 때문에 나는 농담 삼아 작은 위로를 건넸다.

"꼭 하고 싶다면 직접 만들면 되지, 뭐."

그 말에 아키요시는 햄버거를 입에 넣은 채 갑자기 목소리를 높였다.

"그래, 맞다!"

"……응?"

"직접 만들면 되네!"

아키요시는 입 안에 든 것을 꿀꺽 삼키고, 바로 그 눈으로 나를 응시했다. 내가 뭔가 안 좋은 얘기를 꺼냈다는 건 나도 금방 깨달았다.

"동아리를 만들면 되는 거야! 맞아, 내가 직접 만드는 방법도 있었어. 왜 지금까지 그 생각을 못했지?"

급히 메모장을 꺼내 그녀는 뭔가 써 넣었다.

"받아주기만 기다리는 건 시간 낭비야. 내가 원하는 분위기의 동아리를 직접 만들면 돼. 그걸 왜 여태 몰랐을까. 좋은 충고, 고마워!"

그녀는 흥분했기 때문이리라, 뺨을 붉혔다.

"아니, 그런 게 아니라……."

"몇 명이면 신청 가능할까? 다섯 명쯤? 정확한 인원수는 나중에 확인해야겠지만, 일단 우리 둘이 있으니까 이제 세 명만 더 모으면 되겠다."

"엇, 그 계산에 나도?"

"제안한 사람이 너잖아. 게다가 나와 가에데 사이인데 당연하지!"

그즈음 아키요시는 이따금 나를 이름으로 부르곤 했다. 분명 부탁이나 사과를 할 때 그 미안함을 희석시키기 위한 친근함의 표시다.

나는 그녀의 환호를 지나치게 부정하지 않는 정도의 표정을 지었다.

"아니, 귀찮은 건 영 질색인데……."

"활동 내용도 우선 우리 둘 다 원하는 범위 안에서 만들자. 하기 싫은 걸 억지로 꾸역꾸역 할 건 없잖아? 활동 목적도 아주 광범위하게 해석할 수 있게 정하고. 아, 하지만 그래서는 부패에 찌든 어른들 같은 느낌이니까 신념만은 분명히 정해야겠지?"

아키요시 안에서 계획들이 착지점을 내다보지 않고 마구 내달렸다. 나는 그것을 특등석에서 지켜보고 있었다.

"그 신념이라는 거, 이를테면 뭐야?"

"대학 4년 동안에 내가 원하는 나 자신을 만든다."

"아, 그런 거?"

'내가 원하는 나 자신'이라니, 어떻게 그런 손발이 오글거리는 소리를, 이라고 생각했다. 괜히 나까지 창피해져서 어이없는 웃음을 흘릴 뻔했지만 웃지는 않았다. 예의상.

하지만 임시 땜빵 친구로서 그녀의 4차원적 계획을 내가 모두 받아들인다고 오해하면 그 기묘한 동아리에 강제로 참가할 수밖에 없다. 그래서 무시하는 것처럼 들리지 않게 말의 뉘앙스에 유의하면서 실제로는 무시하는 뜻의 질문을 던져봤다.

"전부터 궁금했는데, 어떻게 항상 그런 거창한 것을 의식하면서 살 수 있어?"

나는 그런 건 못하니까 참가하지 않겠다는 뜻을 은근히 내비치려는 의도였다.

"뭘, 그렇게 거창한 것도 아니야, 내 마음속에만 품고 있으니까. 하지만 내가 원하는 나를 만들자는 것쯤은 누구라도 생각하잖아?"

나는 생각 안 한다. 물론 졸업 후의 진로쯤은 생각하지만,

적어도 나는 아키요시처럼 이상적인 나를 만들어가는 데 하루하루를 소비하고 싶은 마음은 없었다.

"글쎄, 나는 그런 긍정적인 건 별로 생각 안 하는데?"

"긍정적? 아니, 어느 쪽인가 하면 현재의 나 자신이 싫은 거니까 부정적인 것일 수도 있어. 그저 줏대 없이 주위 사람들 눈치나 살피고 권위나 내세우는 어른이 되느니 차라리 죽는 게 낫다고 생각하는 거야."

아니, 네가 그런 어른이 되어주는 게 주위 사람들로서는 한결 편하지, 라고 임시 땜빵 친구로서 생각했다.

"그리고 내가 원하는 나를 만든다는 거, 정의의 사도쯤을 상상했다면 뭔가 뜨악한 느낌이겠지만, 그냥 아주 작은 것이라도 좋아, 자기만의 규칙이라든가."

"자기만의 규칙?"

"응, 길거리에 쓰레기는 절대 버리지 않겠다든가 하는 수준의 규칙. 가에데도 그런 거 한두 개쯤은 있잖아?"

다시 그 눈으로 빤히 쳐다보는 바람에 나는 대충 둘러대려던 말을 일단 멈추고 시선을 피했다.

자기만의 규칙. 내 인생 테마는 내 안에 확실하게 존재했다. 그걸 말해도 좋을지 어떨지 망설여졌다.

그런 내 등을 떠밀어준 것은 어차피 그녀에게 까여봤자 내가 잃는 건 본의 아니게 주목을 받아야 하는 강의 시간 정도뿐이라는 계산이었다.

그래서 그걸 아키요시에게 말해보기로 했다.

"자기만의 규칙하고는 약간 다르지만, 나는 가능하면 남에게 지나치게 다가가지 않는다, 그리고 누군가의 의견을 정면으로 부정하지 않는다, 라는 것 정도야. 그걸 지키면 남을 불쾌하게 만드는 일도 줄일 수 있고, 결과적으로 나를 지키는 일이기도 하니까."

나의 짧고 따분한 얘기를 들은 아키요시의 얼굴을 또렷이 기억한다. 눈을 둥그렇게 뜨고 입은 꾹 다물었다. 애초에 내 인생 테마는 자신이 원하는 사람이 되기 위해 줄곧 자기 의견을 주장하는 아키요시와는 어울리지 않는다. 그래서 할 말을 잃은 것도 당연하다고 생각했다.

"……와아, 완전 착하구나."

하지만 아키요시는 눈을 둥그렇게 뜬 채 그렇게 말했다.

"그거, 누구도 상처 입히지 않으려는 거잖아. 그런 생각을 했다니, 전혀 몰랐지 뭐야. 가에데, 완전 착한 사람이었구나."

"착하다든가 하는 성질의 것이 아닌데?"

"아니, 아니, 착한 거야. 와아, 그런 식으로 생각할 수 있다니, 대단하다!"

아키요시는 몇 번이나 콧김을 씩씩거리며 고개를 끄덕였다.

나 자신을 그렇게 긍정적으로 생각했던 적은 단 한 번도 없었다.

다시 그 눈으로 나를 바라보았다. 그런 눈빛을 받으면 그녀의 의견을 무시할 수 없게 된다.

오글거리기는 했지만, 내 안에 착함 같은 게 약간 있기는 있나, 하고 마음 한 귀퉁이에서 슬그머니 믿어버렸다.

"네가 꼭 함께해줬으면 좋겠어."

아키요시의 눈빛이 한층 열기를 띠었다.

"……남들 눈에 띄는 건 싫은데."

"그럼 아무도 모르게 하자. 우리 둘 다 받아들일 수 있는 방식이어야 하니까. 아, 그래, 비밀결사라도 좋아."

"비밀결사?"

아키요시의 입에서 튀어나온 너무도 어린애 같은 단어에 나도 모르게 피식 웃음을 흘리자 역시나 그녀도 민망했는지 고개를 쓱 돌리면서 두 손을 얼굴 앞에서 휘휘 저었다.

"아니, 아니, 예를 들면 그렇다는 거야."

드물게 당황하는 그 모습에 다시 웃음이 터져버렸다.

"뭐, 생각 좀 해볼게."

"응, 그래."

"근데 그 비밀결사의 이름은?"

슬쩍 놀려주려고 말했는데 아키요시가 입을 툭 내밀며 생각에 잠겼다.

"아, 그렇다면 목적이나 용도가 한없이 애매하다는 뜻에서……."

손가락 끝으로 내 티셔츠를 가리켰다.

"모아이!"

어딘가에서 대충 구입한 내 티셔츠의 가슴팍에는 그래픽 디자인 모아이상(像) 하나가 옆을 향하고 서 있었다.

그 적당한 무심함이, 매사에 지나치게 진지한 것은 좋아하지 않는 내게 유쾌하게 다가왔다.

그날부터였는지도 모른다.

나는 이전보다 아키요시를 더 자주 만났고, 나와 그녀 사이는 '임시 땜빵 친구'에서 이제 '임시 땜빵'은 떨어져 나간 게 아닐까, 라고 생각하곤 했다.

처음 입학할 때 예상했던 대학 생활은 아니었다. 하지만 어쩌다 보니 나름대로 즐거운 나날을 보내고 있었다.

수동적인 내가 아무 말 안 해도 아키요시는 온갖 새로운 바람을 몰고 와주었다.

어느 날은.

"가에데."

"응?"

"치즈, 해봐."

대 강의실 수업 때 옆자리에 나란히 앉았는데 갑자기 아키요시가 나를 부르며 어깨를 툭 쳤다. 무슨 일인가 하고 쳐다보는 순간에 디지털카메라로 둘만의 사진을 찰칵 찍어버렸다.

"엇, 웬 사진?"

"카메라 샀거든. 괜찮지? 나중에 사진 파일 보내줄게."

"테스트 촬영?"

"그렇지. 언제 찍어도 상관없는 사람한테 미리 연습해보면 좋잖아."

그런 얄미운 소리를 했던 아키요시가 나중에 보내준 사진 파일에는 어리둥절한 얼굴로 돌아보는 나와 만면에 미소를 띤 그녀가 함께 찍혀 있었다. 그 이후로 나는 모아이 활동 중의 하나로서 아키요시의 사진 촬영에 따라다녀야 했지만, 생각해보면 둘만의 사진은 그때 딱 한 번뿐이었다.

또 어느 날은.

"이거, 내가 만들었어!"

"뭐냐, 이게?"

그녀가 내민 것은 폴리스티렌으로 만든 열쇠고리였다. 모아이상을 귀엽게 디자인한 모양이었다.

"괜찮지? 동지라는 느낌이 들잖아. 가방에 달고 다녀."

"……비밀결사라면서? 눈에 띄면 안 되잖아."

"또 그 소리야? 됐어, 나만 달고 다닐게. 가에데 넌 고이고이 모셔두든지."

그즈음에 아키요시는 나를 항상 이름으로 불렀다. 결국 나는 그 열쇠고리에 집 열쇠를 달았다. 하지만 그녀에게 그걸 보고하는 일은 없었다.

또 어느 날은.

또 어느 날은.

또 어느 날은.

아키요시가 대학 생활의 상당 부분을 나하고 함께 보낸다는 느낌이 들어서 한 차례 물어본 적도 있었다.

"다른 친구들도 좀 만나야 하는 거 아냐?"

"나는 남자사람 친구가 더 재밌어, 이래저래 신경 쓰지 않아도 되고."

어쩌면 아키요시에게는 친구라고 할 만한 존재가 없는지도 모른다. 게다가 여자사람 친구들 사회에서 그녀는 버티기 어려울 거라고 이해가 되기도 했다.

아키요시는 항상 웃고 다니지는 않았다. 뉴스를 보면 얼굴을 찌푸렸고 누군가의 의견에는 화도 내고 비웃음에는 상처를 입기도 했다. 그것을 알았을 때쯤에는 어떻게든 그녀를 피하려고 했던 마음은 이미 어딘가로 사라지고 없었다.

인정할 수 있었고 또한 신뢰했던 것이리라. 이상이니 진실 따위를 추구하는 그녀의 어리숙한 순수함, 그 손발 오글거림을 내가 가지지 못한 또 하나의 인간성으로서.

"그러고 보니 가에데, 나를 받아줘서 고마워."

만난 지 한참 지난 뒤, 아마 어딘가 미술관에 다녀오던 길에 아키요시가 불쑥 내게 말했다.

"뭔 소리래?"

"아니, 가에데는 누군가를 상처 입히지 않기 위해 남에게 지나치게 다가가지 않기로 했었댔잖아. 그렇다면 맨 처음에 말을 건넸을 때 거짓말을 둘러대고 나를 거절했어도 됐을 텐데 이렇게 친구가 되어줘서 다행이야. 와아, 가에데가 아니었다면 나는 진짜 대학 생활이 외로웠을 거야."

그때쯤에는 더 이상 '무슨 낯간지러운 소리를!'이라고 무시하지 않았다. 그런 생각을 하고 그걸 말로 표현할 수 있는 사람. 아키요시는 그런 친구였다.

"왜 이래, 느닷없이? 썰렁하게."

"나름 진지하게 얘기했는데, 너무한 거 아냐?"

그렇게 둘이서 웃었던 것이 지금도 생각난다.

그때 깔깔 웃었던 아키요시는 이미 이 세계에는 없지만.

아침에 눈을 뜨자마자 오늘 하루 동안 해치워야 할 성가신 일들이 떠올랐다.

지긋지긋한 것을 꾹 참고 이불을 박차고 일어나려면 하루치의 노력을 거의 다 쏟아 부은 듯한 진한 한숨이 터져나온다.

그런데도 단정히 면접용 양복으로 갈아입고 가방을 들고 집을 나서는 나는 대체 무엇 때문에 이렇게 몸이 움직여지는가, 하고 생각해봤다. 분명 사회성이니 막연한 불안감 같은 것들이리라.

역으로 가는 길에 빵을 사서 대충 끼니를 때우고, 약간 늦은 출근을 하는 샐러리맨들과 함께 지하철에 탄다. 차량에 몸을 실은 양복 차림의 사람들은 하나같이 그 큼직한 가방보다 더 무거운 것을 떠안은 것처럼 보였다.

지난 몇 달 동안 수없이 내렸던 오피스 거리의 역에 도착하면 더 이상 얼굴 근육을 흐리멍덩하게 하고 있을 수 없다. 어디서 누가 나를 목격하더라도 별 문제가 없도록 최대한 쾌활한 표정을 만들어야 한다.

개표구를 나와 스마트폰으로 오늘 가는 회사의 위치를 확인하고 회사명과 업종 등도 일단 파악해둔다. 날마다 수많은 회사의 정보를 머릿속에 입력하는 바람에 어디가 어떤 회사였는지 깜빡하는 현상이 자주 일어난다. 즉 깜빡 잊어버릴 만큼의 인식밖에 없다는 얘기다. 하지만 대략 그럴싸한 답변으로 상대 쪽에 들키지 않고 혹시 들키더라도 일단 순발력 있게 대처할 수 있는 능력이 있다고 생각하기로 했다.

지도를 참고삼아 가다 보니 정해준 시간 10분 전에 무사히 회사 사무실 빌딩에 도착했다. 여기서 일하는 어른들은 고개를 젖혀 우러러봐야 할 만큼 멋진 이런 빌딩에 날마다 어떤 심정으로 출근을 할까. 이 빌딩이 자존심을 유지하는 데 조금쯤은 도움이 되는 건가.

등을 꼿꼿이 세우고 입가에 옅은 웃음을 만들며 요새로 뛰어들었다. 두 장짜리 자동문을 지나 널찍한 엘리베이터홀로 들어서자 먼저 와서 기다리는 두 사람이 있었다. 환하게 웃는 이십대 후반의 남자와 면접용 정장을 입은 여자였다. 한눈에 보기에도 채용 담당자와 취업 지원자였다. 나는 기본적으로 취업 지원자를 혐오했기 때문에 최대한 멀찌감치 거리를 두고 섰다.

그런데도 엘리베이터가 내려오는 사이에 두 사람의 대화가 저절로 귀에 들어왔다. 묘하게 친한 척하는 채용 담당자와 묘하게 애교 넘치는 말투의 취업 지원자. 섹시함 어필인가, 라고 속으로 툴툴거리는 참에 엘리베이터가 도착해서 내가 먼저 올라탔다.

분명 둘이 나란히 탈 것이라고 예상했는데 취업 지원자 쪽이 머리를 숙이며 감사와 작별 인사를 건네자 채용 담당자 혼자 엘리베이터 안으로 들어섰다. 아무래도 면접은 이미 끝난 모양이다.

엘리베이터 문이 닫히기 직전까지 두 사람은 되풀이해서 인사를 주고받았다. 냉큼 닫힘 버튼을 눌러버리고 싶은 것을 꾹 참고 기다렸다. 마지막에 채용 담당자가 귀에 익은 단어를 내뱉었다.

"그럼 다음번 모아이 교류회 행사 때 만나요."

물론 옆에 서 있는 채용 담당자에게 티를 내지는 않았지만 나는 마음속으로 불쾌한 납득을 하고 있었다. 역시 저 여자는 우리 학교 학생이었구나.

그는 3층에서 내렸고 나는 목적지인 9층까지 혼자였다. 그 틈에 얼른 진한 한숨을 내뱉었다. 그리고 그 호흡으로 모든 것을 변환해 다시 한번 등을 꼿꼿이 세우고 환하게 웃는 얼굴을 만들었다.

9층에 도착하자 바로 코앞에 접수처가 있어서 나는 웃는 얼굴 그대로 다가가 이름을 밝혔다.

"오늘 면접 예정인 다바타 가에데라고 합니다."

내 웃음에 지지 않을 만큼 활짝 웃는 얼굴로 접수처 여직원이 대기실로 안내해주었다.

대기실에는 나와 똑같은 면접자 두 명이 앉아 있었다. 그대로 고정되어 다시는 돌이킬 수 없는 게 아닌가 싶을 만큼 활짝 웃는 얼굴들이다.

취업 지원자란 얼마나 불쾌한 동물인가, 라고 새삼 생각했다.

육체적인 활동은 거의 안 했는데도 집에 돌아왔을 때는 녹초가 되었다.

그 뒤로 오늘 예정되었던 면접 한 군데와 취업 설명회 한 군데를 더 돌고 왔다.

날마다 매고 나가는데도 전혀 익숙해지지 않는 넥타이부터 느슨하게 풀고 집 거실에 도착하자마자 털썩 주저앉았다. 면접용 정장이 구겨졌지만 그딴 것에 신경 쓸 겨를도 없었다. 대학 3년의 유예기간 동안에 충전해온 것이 거의 바닥을 드러내고 있었다. 이제 슬슬 취업 활동에 따른 피폐가 본격적으로 나타날 것이다.

그래서 그 전화는 그야말로 시의적절한 것이었다.

정확히 세 번 울렸을 때, 나는 전화를 받았다.

"네, 감사합니다, ○○대학의 다바타 가에데입니다. 아뇨, 아닙니다, 저야말로 지난번 면접 때 귀중한 시간을 내주셔서 감사합니다. 네, 네, 고맙습니다. 네, 알겠습니다. 네에, 앗, 그렇습니까? 네, 네, 잘 부탁드립니다. 네, 그러면, 네, 실례하겠습니다. 네, 잘 부탁드립니다. 그러면 이만 실례하겠습니다."

전화를 끊으면서 왜 그런지 무릎까지 꿇고 있었다는 것을 깨닫고 나는 온몸의 힘을 빼고 바닥에 벌렁 누워버렸다. 이제는 정장이 구겨지는 것을 걱정할 필요도 없다.

며칠 전 최종면접을 봤던 회사에서 온 전화였다. 내용은, 다바타 씨께서 꼭 저희 회사에 입사해주시기를 바란다는 것이었다.

내정(內定), 즉 취업이 확정되었다.

"야호……."

눈앞의 천장을 바라보며 무심코 한마디 해봤지만 그 말에 뒤따라야 할 기쁨 따위는 없었다. 제1지망 회사가 아니었다는 것이 문제가 아니었다. 이쪽도 대기업이고, 악덕기업이라는 댓글 따위도 없는 곳이다. 그럭저럭 괜찮은 결과일 것이다. 더 이상 면접을 보러 다니지 않아도 된다고 안도하는 마음도 있었다. 하지만 그런 것은 눈 깜짝할 사이에, 직장인이 되어야 한다는 불안으로 칠해져버렸다. '야호'는 내정 소식이 일반적으로 기뻐해야 할 일이라는 선입견 때문에 내뱉어본 것뿐이다. 거기에 감정은 없었다.

5월의 따사로움에 몸을 맡기고 이대로 한숨 잘까 했지만, 일단 할 일은 해두자는 생각에 나는 벌떡 일어섰다. 티셔츠로 갈아입고 문짝 하나 건너 주방 냉장고에서 발포주 캔을 꺼내 노트북 책상으로 향했다. 시프트키 하나가 나가버린 자판을 두드려 메일함을 열었다. 면접을 봤던 회사 몇 군데, 물론 방금 전에 면접을 본 회사의 인사 담당자에게도 취업이 정해져서 앞으로 2차, 3차 면접은 참석하지 않는다는 내용의 메일을 보냈다.

캔 뚜껑을 따고 발포주를 한 입 들이켰다. 지원자에게서 면접 거절 메일을 받는 인사 담당자는 어떤 기분일지 상상해보았다. 아마도 소거법의 선택지 하나가 지워진 정도일 것이다. 그렇게 생각하니 마음이 편해졌다.

발포주가 반쯤 줄었을 때, 갑자기 시야가 출렁 흔들렸다. 술을 싫어하지는 않지만 그리 센 편은 아니다. 피곤함도 있었을 것이다. 의자 등받이에 몸을 맡기고 다시 천장을 올려다보았다.

천장은 여전히 하얀색 그대로였다. 담배는 한 번 피워본 적이 있지만 내 취향이 아니었다.

문득 생각나서 스마트폰을 들고 도스케에게 문자 메시지로 취업 확정 소식을 알렸다. 그 즉시 "추카추카!"라는 답신이 날아왔다. 굳이 '나 자신이 아닌 말'을 하지 않아도 되는 상대의 존재에 긴장이 스르륵 풀렸다.

스마트폰을 책상 위에 내던졌다.

멍하니 그동안 치른 취업 활동 전투를 되돌아보았다.

생각해보니 '나 자신이 아닌 것'을 되풀이하는 게 취업 활동이었다. 그러니 지칠 만도 하다.

하지만 분명 그건 취업 활동뿐만 아니라 사회에 나간 뒤에도 계속 이어지고 오히려 앞으로 더욱더 주의를 기울여야 할 것이다. 아르바이트로 나름대로 훈련을 쌓아왔다고 생각했지만 그것과는 비교도 안 될 터였다.

내 나름의 인생 테마니 뭐니, 분명 직장인이 되면 아무도 그런 말은 할 수 없게 된다. 모두가 자기 자신이 아니게 된다.

그래서 도스케가 보내준 '추카추카!'는 용케 첫 번째 관문을 돌파했지만 그다음에는 보다 강고한 관문이 너를 기다린다, 라는 정도의 뜻이다. 그걸 고맙게 받아들여도 될지 고민스러웠다.

발포주를 마시고 냉장고로 두 개째 캔을 가지러 갔다.

지나치게 차가워진 것을 손에 들고 돌아오는 아주 잠깐의 여정에 몸이 휘청거려서 바닥에 떨어진 미처 쓰지 못한 이력서에 발이 미끄러졌다. 아차하면 넘어질 뻔했지만 의자를 붙잡고 겨우 버텼다.

나를 다치게 할 뻔한 이력서를 집어들었다. 유난히 감촉이 매끈매끈하다. 구겨서 내버리려다가 결국 손에 든 채 노트북을 마주하고 앉았다.

볼펜으로 꼼꼼히 써 넣은 자기소개와 지원 동기를 읽어보았다.

특정한 누군가가 아니라 내 주변의 한 사람 한 사람에게 도움이 되는 것을 삶의 보람으로 삼고…….

꿈과 목표는 야심차게, 하지만 너무 먼 곳을 바라보기보다 지금 내 발밑의 한 걸음 한 걸음을 소중하게 생각하는…….

대화를 통해 서로의 공통분모를 찾아내는 것에서 기쁨을 느끼고…….

이러저러한 활동이, 이러저러한 선택이, 이러저러한 성과가…….

이력서에 수없이 써 넣었고 면접에서 수없이 대답했던 단어들의 나열.

모두 다 거짓, 거짓, 거짓이다.

당연하다. 나는 그런 훌륭한 인간이 아니다.

어이없기는 해도 이런 거짓말 자체를 부정하려는 것은 아니다. 그런 식으로 어떻게든 기어오르고 살아남으려는 능력을 높이 평가받아 이번에 취업 성공이라는 결과가 나온 것이다. 앞으로 살아갈 방도를 얻은 것이다. 잘못된 짓일 리가 없다.

물론 그런 거짓 없이 자기 자신 그대로도 충분히 살아갈 수 있는 능력이나 생김새나 환경을 타고난 사람은 좋을 것이다.

하지만 나는 그렇지 못하다.

괜찮다.

나 자신이 아닌 것을 밀어붙이면서 사는 것도.

잘못된 짓이 아니다. 잘못됐을 리가 없다.

잘못된 짓이, 아니다.

아마도, 아닐 것이다.

취업 결정에 술의 힘이 더해지자 긴장이 풀리면서 자기방어력이 둔해진 모양이다. 평소에는 별로 생각하지 않던 것들이 줄줄이 머릿속에 떠올랐다.

나 자신이 아닌 것을 밀어붙였고 그 성과를 얻어냈다.

하지만 그 모든 것은 진짜 나의 실력이 아니다.

앞으로 나 자신을 속이며 얻어낸 것과 함께 반평생을 살아가지 않으면 안 된다.

숨이 턱턱 막히고 어딘가 마음 한 귀퉁이에서 도무지 이해하기 힘든 일생이 될 것이다.

그렇다면 대체 21년 동안 살아온 나 자신에게는 무슨 의미가 있었는가.

지난 3년 동안을 살아온 나 자신에게 뭔가 의미가 있기나 할까.

그런 게 아닌데도, 그런 문제가 아닌데도, 왜 그런지 온갖 생각이 머릿속을 휘저었다. 술, 그리고 취업 결정 소식 탓이다.

만일 능력이나 생김새나 환경 따위에 신경 쓰지 않을 수 있다면, 계산하지 않을 수 있다면, 그래도 얼마든지 살아갈 수 있다면.

이상론을 끝까지 추구할 수 있다면.

어쩌면 나도 좀 더 나 자신인 채로 손에 넣고 싶은 뭔가가 있었을까.

나는 고개를 저었다. 그런 건 분명 없었기 때문이다.

생각해봤자 별수도 없는 것을 더 이상 생각하지 않기 위해 나는 두 번째 발포주 캔을 단숨에 비워버렸다.

하지만 술도 뒤죽박죽의 사고도 한번 빠져들기 시작하면 점점 더 깊이 빠져들 뿐이다. 열이 오른 머리의 질량을 완전히 책상에 맡겨버린 나는 빈 캔 네 개를 책상 위에 나란히 세워놓은 참에 자기방어력뿐만 아니라 이성까지 상실해버렸다.

정신을 차려보니 거기에, 있었다.

생각났다, 라는 게 아니다. 실은 항상 내 안의 한 귀퉁이에 자리 잡고 있었다.

무겁고 뜨거운 머리를 천천히 들고 마우스에 손을 얹었다.

화살표 모양의 커서를 왼편 아래로 당겨 그 폴더에 조준을 맞췄다.

더블클릭하면 그 안에 단 한 개의 사진 파일이 들어 있다.

손끝이 파르르 떨린 것은 술 때문이다. 힘주어 다시 한번 불필요한 속도로 더블클릭을 했다.

화면에 표시된 것은 벌써 3년 전에 찍힌 사진이다.

흔들리는 머리와 눈으로 사진을 지그시 들여다보았다. 왁스를 바르지 않은 생머리 외에는 하나도 변한 게 없는 나. 그런 내가 놀란 표정으로 돌아보는 곳에 이제 더 이상 이 세계에 없는 웃는 얼굴이 있었다.

나도 모르게 입에서 탄식이 새어나왔다.

"야, 거기……."

튀어나온 목소리는 상상보다 훨씬 컸다.

"너, 아키요시!"

입에서 점도 높은 액체가 흘러나온 듯한 감각이었다.

"넌 대체 무엇이 되고 싶었던 거야……."

물어봤자 이미 대답을 들을 수는 없다.

그래도 그때의 아키요시가 무엇을 생각했었는지, 그걸 진심으로 알고 싶었다. 나 자신인 채로는 아무것도 할 수 없는 나에게 최소한 그것만은 알려주었으면 했다.

아니, 무엇이랄 것도 없다. 아키요시는 되고 싶었을 것이다, 스스로 원하는 그녀 자신이. 오로지 단 한 가지, 순수한 이상만을 품고 있었다. 그게 바로 그 친구 아키요시였다.

"거짓말이 되어버렸어……."

두 사람에게 건넨 말이었다. 나 자신에게, 그리고 아키요시에게.

대학 신입생 때의 우리 두 사람을 떠올렸다. 여태껏 떠올리지 않으려고 노력해왔는데 경계심이 풀리자마자 기억이 쏟아져 나와버렸다.

처음에는 그저 '관종 여학생'이라고만 생각했던 아키요시를 만나고, 그 인격을 받아들여 친구가 되었다. 이상론을 펼치는 아키요시에게 감화를 받아 어느샌가 나도 이상을 바라보게 되었다. 4년 동안 그걸 찾아낼 수 있을지도 모른다고 생각했었다. 아키요시가 펼쳐 보인 '내가 원하는 나 자신'을.

하지만 이제는 때늦은 일이 되었다.

더 이상 되돌릴 수 없다.

나는 혼자가 되어버렸다.

"……네가 있었다면 바뀌었을까?"

말을 건넸지만 당연히 대답 따위는 없다. 이제는 대화를 나눌 수도 없다.

이렇게 취업 활동에 파김치가 되어 술주정이나 하고, 결국 아무것도 이루지 못한 채 나의 대학 생활은 끝날 것이다.

내가 원하는 나 자신 따위는 되지도 못했고, 애초에 내가 원하는 나 자신이 뭐였는지조차 알지 못한다.

아키요시가 말했던 이상론이 현실이 되는 징조조차 느끼지 못한 채 대학 4년을 마쳐버린다.

정확하게는 아직 열 달쯤 남아 있지만.

"내일 당장 세상이 달라질 수도 있어."

아키요시는 그런 말을 했었다. 어제 들은 말처럼 내 뇌리에 울렸다. 술주정도 이 정도면 오히려 바보가 되는구나, 라고 나 자신을 비웃었다.

"모두가 일제히 총을 내려놓을 이유를 찾아내기만 하면 내일 당장 전쟁은 끝이 나는 거야."

그런 말을 했었지, 아키요시?

오글오글 오글오글, 손발이 오글거리는 이상론.

"그러니까 뭔가를 바꾸는 것에 때늦은 일이라는 건 하나도 없어."

제발 그만해.

오글거려, 오글거린다고.

가슴속이 아려왔다.

"……아직 늦지 않았다는 거야?"

이런 나의 지난 3년 동안의 의미도?

대체 무엇에 늦지 않았다는 건가.

만일 아키요시가 말한 대로 아직 늦지 않았다고 치자.

무엇을 바꾸고 싶다는 것인가. 바꾸고 싶은 것 따위가 나한테 있었던가?

내가 원하는 나 자신 따위, 나는 이제 알 수가 없다. 아키요시가 없어서, 이제는 알 수가 없다.

알 수 없는 것을 바꿀 수는 없다.

그렇다면 대체 무엇을?

노트북 화면 속의 아키요시가 웃고 있었다.

오늘 내가 억지로 지었던 웃음, 그 자리에 함께했던 취업 지원자들이 억지로 지었던 웃음 따위와는 전혀 다른, 그녀 자신만의 웃음.

문득 엘리베이터 앞에서 봤던 광경이 눈에 선히 떠올랐다.

선배 직장인에게 교태를 부리는, 그런 쪽의 능력만 3년 동안 열심히 학습한 듯한 우리 대학 여학생의 모습.

"그 여자, 모아이라더라?"

말을 건네도 아키요시는 대답해주지 않았다. 이미 없는 것이다. 그걸 지금까지의 그 어느 때보다 가장 절실하게 깨달았다.

사진 속의 아키요시에게 혹시 내 말이 들린다면 그녀는 깜짝 놀랄 것이다. 아마 실망하고 분노까지 할지도 모른다.

하지만 현실이 모든 것이다. 현실로서 바로 지금이 있는 것이니까. 그때의 아키요시가 남겼던 토대 위에 오늘의 그녀가 있는 것이니까. 결국 아키요시는 그냥 거짓말쟁이가 되어버렸다.

아키요시를 거짓말쟁이로 만든 것, 그것이 이제 새삼스럽게 조금 슬펐다.

……바꾸고 싶은 것이 무엇인가.

"아키요시가 했던 거짓말을 정말로 바꾸는 거?"

뭐, 이를테면 그런 거라는 얘기지.

점점 더 꼬여가는 혀를 놀려 막상 말로 내뱉었더니 어떤 목표도 구체안도 계산도 없었는데 아리던 가슴에 문득 불이 켜지는 느낌이었다. 활활 타오르는 불길이 아니다. 조용히 진드근히 타오르는 그런 불길.

그쯤에서 내 의식의 필름이 끊겼다. 다음 날 아침 정신을 차려보니 의자 옆에서 몸을 웅크린 채 자고 있었다. 마룻바닥은 뭔가로 질척거렸다.

몸을 일으키기 전에 내가 어떤 자세로 누워 있는지 흐릿하게 감지했을 뿐인 그 상태로, 나는 가슴속의 불길이 아직 꺼지지 않은 것을 알았다.

모아이 결성 초기에 비밀결사 활동이라는 명목으로 우리는 다양한 곳을 돌아다녔다.

구체적으로는, 전 세계 독점 보도사진 전시회에도 갔고 혐오발언에 대해 지속적으로 반대운동을 펼쳐온 작가의 강연회에 참석하기도 했다.

물론 먼저 제안하는 건 항상 아키요시였다. 그날은 둘이 전쟁 다큐멘터리 영화를 보러 갔다. 끝나고 돌아오는 길에 적당한 카페에 들어가 영화에 대한 감상을 이야기한 뒤에 이제 슬슬 헤어질까 하는 분위기였을 때쯤에 나는 불쑥 아키요시에게 물었다.

“오늘은 영화를 보러 왔지만, 최종적으로 이런 것이었으면 좋겠다, 하는 게 있어?”

나도 알아두고 싶었다. 앞으로 내가 관여한다는 것을 전제로, 아키요시가 모아이의 미래를 어떻게 설정하고 있는지.

지난번에는 사진전 견학, 이번에는 다큐멘터리 영화, 그 정도라면 함께하는 데 인색하게 굴 것도 없지만, 앞으로 혹시 자원봉사 같은 것을 제안하면 솔직히 몹시 귀찮을 것 같았다.

하지만 그녀는 내 질문의 의미를 착각했다. 하긴 그게 아키요시가 아키요시다운 이유였지만.

"글쎄 뭐랄까, 전쟁 자체가 없어지면 가장 좋을 텐데. 일단 가능한 한 이 세상을 우리가 태어나기 전보다 바람직한 방향으로 이끌어갈 수 있는 것도 좋겠지."

"……아니, 아키요시의 장대한 목표가 아니라 당장 모아이를 어떻게 운영할 것이냐는 얘기야."

나의 지적에 아키요시는 어리둥절한 기색을 보였고, 그다음에는 약간 민망한 듯한, 그리 깊은 것은 아닌 웃음을 내게로 던졌다.

"아, 그런 얘기였어? 근데 모아이의 운영도 똑같다고나 할까?"

"똑같다니, 전쟁을 없애는 활동을 하겠다고?"

나도 모르게 입술 끝에서 피식 웃음이 새어나왔다. 아키요시는 나와 똑같이는 웃지 않았다.

"그게 가능하다면 좋겠지. 근데 그 정도까지는 아니더라도 조금이나마 고통 받는 사람들을 줄이는 활동을 하고 싶어. 그러니까 그런 쪽에 관심을 갖고 영화를 보거나 지식을 쌓는 것은 굉장히 의미 있는 일이야. 오늘처럼 우리가 영화를 보고 상황을 정확히 알아두면 나나 가에데도 할 수 있는 일이 언젠가는 눈에 보일 테니까."

속임수라고는 일절 없는 말투로 아키요시는 설명했다.

아키요시는 착각하고 있었다. 하지만 나도 동시에 착각을 했다.

이상이라는 말의 의미를 잘못 이해했던 것이다. 아키요시의 이상에는 한도나 한계가 없었다. 기껏해야 대학생 신분인데? 달랑 둘이서? 그런 변명을 아키요시는 준비하고 있지 않았던 것이다.

그때 아키요시는 분명 우리 둘만의 힘으로 전쟁을 막을 수 있다고 굳게 믿고 있었다.

나는 아키요시가 내다보는 그 지평의 넓이를 미처 알지 못했다.

"그야 뭐, 언젠가는 가능할 수도 있겠지."

"언젠가, 라고는 했지만 실은 언제라도, 라는 얘기지? 그건 나도 동감이야. 인간은 언젠가 반드시 죽는 존재이고, 동시에 언제 죽을지 모르는 존재이기도 해. 그러니까 우리의 의지를 분명하게 남겨둬야지."

아마도 나와는 다르게 아키요시는 언젠가 다양한 것들을

남기고 죽을 것이다. 분명 뭔가를 성취해낸 자신의 인생에 만족하면서. 그랬으면 좋겠다, 라고 나는 생각했다.

"그러니까 혹시 내게 무슨 일이 생기면 나와 모아이의 의지는 꼭 가에데가 이어가야 해."

"어허, 그런 불길한 소리를."

"아니, 모르는 일이잖아, 언제 어떻게 될지 내가 정할 수 있는 것도 아니고. 그러니까 더더욱 오늘을 필사적으로 살아야지."

올곧은 눈빛으로 빤히 쳐다보는 바람에 나는 시선을 돌리고 더 이상 그 건에 관해 내 의견을 밝히지 않았다.

그때 아키요시가 떠맡긴 그 묘한 역할을 4학년이 된 지금까지도 나는 아직 하지 못했다.

*

하지만 충동만 앞설 뿐 무엇을 해야 할지 무엇을 할 수 있을지, 아무래도 방향이 정해지지 않았다.

그래서 우선 친구인 도스케를 불러내기로 했다. 아르바이트와 스터디그룹 등으로 날마다 바쁘게 돌아다니던 도스케도 3학년이 끝나갈 무렵부터 취업 준비에 집중해서 나보다 한발 먼저 내정을 받았다. 도스케는 최소한 표면적으로는 인간관계를 피하거나 새로운 환경에 뛰어드는 것을 싫어하지는 않는다. 나보다 훨씬 더 다양한 그의 행동 선택지를 참고할 수 있을 것이다. 게다가 취업 결정 소식도 직접 전해주고 싶었다.

약속장소는 우리 학교 학생들이 떨궈주는 돈으로 장사가 유지되는 노래방이다. 내가 정한 곳이었다. “취업도 축하할 겸 노래방이나 가자”는 도스케의 제안에 응하는 모양새로 정해진 것이다.

시간은 저녁, 내 수업이 끝난 다음에 만나기로 했다. 4학년이라 수강과목이 부쩍 줄었지만, 3학년 때까지 정확히 계획을 세워 대부분의 학점을 채운 다른 친구들과는 달리 나는 후배들 사이에 섞여 꾸역꾸역 수업을 받고 있었다. 취업도 확정됐는데 오로지 학점을 위해서라니, 어처구니가 없어서 아예 진지하게 강의를 듣기로 했다.

팀 과제 때 후배들 속에서 좀 민망하지 않을까 걱정했지만 다행히 나처럼 불성실한 4학년이 몇 명 더 있어서 심리적으로 상당히 편해졌다. 현재 우리 4학년들은 서로 몸을 맞대고 수업을 헤쳐 나가고 있다.

오늘도 팀 과제 멤버들과 대충 인사하고 조용히 강의실 자리를 지키다 보면 멈추지 않는 시간이 우리 옆을 지나가줄 터였다.

하지만 수업이 시작되기 전에 한 줄기 바람이 내 마음속의 불길을 헤집었다.

가까운 자리의 3학년 팀에서, 책임감이 무척 강한 사람이라고 나 혼자 짐작해왔던 한 여학생이 "뭐야?"라고 큼직한 소리를 냈다. 중간 크기의 강의실에 지나칠 만큼 큰 목소리였다. 강의실이란 각각의 넓이에 따라 남에게 주목받지 않을 목소리 크기가 있는 법이다.

불성실한 4학년답게 나는 수업을 같이 듣는 후배들에게 일절 관심을 보이지 않는다는 자세가 반절, 실제로 관심이 없는 것이 반절이어서 그냥 귀만 기울였다. 목소리를 높인 후배 여학생은 누군가에게 잔뜩 화가 난 것 같았다.

아무래도 과제 팀 멤버 한 명이 중요한 작업을 맡았으면서 동아리활동을 핑계로 제 역할을 못한 모양이었다. 게다가 미안해하는 기색도 없이, 과제 준비를 못했다, 오늘 결석한다, 라는 문자만 삐죽 보내는 바람에 팀장인 그 여학생이 분개한 것이다. 분명 그 팀은 오늘이 발표날일 터였다.

전화도 안 받고 '그쪽 일이 더 중요해서'라는 답신만 보냈다고 전해주는 다른 여학생의 말에 나는 '영 재미없겠는데'라고 생각하며 스마트폰을 들여다보고 있으려니 역시나 흥분한 팀장이 다시 소리쳤다.

"어떻게 그럴 수가 있어? 완전 민폐잖아!"

인간의 목소리란 왜 이렇게 왕왕 울리게 만들어졌을까, 라고 생각했다.

"개네들, 학생식당에서 자리 독차지하고 설치는 것만으로는 속이 시원하지 않은 거야?"

"아, 진정해, 진정해."

"대체 뭐야? 모아이, 진짜 재수 없어!"

잠깐의 침묵 끝에 그 자리의 모든 사람들에게 행운이었던 것은 바로 그때 수업 벨이 울렸다는 것이었다. 팀장 이외의 학생들이 후우 가슴을 쓸어내리는 기색이 강의실 구석까지 전해져왔다.

결국 그날 강의에서 자료 준비가 안 됐다는 이유로 그 팀은 발표를 못했다. 팀장이 교수에게 사정을 설명하자 그는 별일 아니라는 듯이 말했다.

"하긴 요즘 그 동아리가 한창 바쁜 시기지."

마치 결석한 학생을 옹호하는 듯한 대답에 팀장의 등이 파르르 떨렸다.

강의가 끝나고 슬슬 배가 고파져서 매점에 나가 빵을 사먹었다. 남은 시간에는 심심풀이 삼아 부모님, 그리고 취업 활동 전까지 일했던 아르바이트 가게 점장에게도 취업 확정 소식을 문자 메시지로 보냈다.

결국 노래방에는 약속시간 3분이 지난 뒤에야 도착했다. 도스케는 가게 앞에서 따분한 얼굴로 스마트폰을 들여다보고 있었다.

"어이, 도스케, 잘 지냈냐?"

적당히 인사를 건네자 그는 고개를 들고 과장스럽게 입술을 삐뚜름하게 틀었다.

"미래로 이어지는 무한한 가능성을 딱 끊어버린 친구가 왔군, 왔어."

"그런 거, 원래부터 없었어."

바보 같은 농담을 주고받으며 노래방으로 들어가자 역시 우리 학교 학생인 듯한 자들이 몇 팀 와 있었다. 하지만 아는 사람은 없어서 내심 안도했다.

줄을 서서 접수를 끝내고 드링크 바의 음료수를 따라 손에 들고 2층 개인실을 향해 계단을 올라갔다. 문을 열자 희미하게 담배 냄새가 풍겨서 어째서 노래방은 언제까지고 전면 금연을 실시하지 않는가, 라고 항상 하던 생각을 다시 했다.

멀찌감치 거리를 두고 소파에 앉았다. 곧바로 본론을 꺼내는 것도 좋겠지만 모처럼 노래방에 온 김에 우선 아무 생각 없이 노래부터 하기로 했다.

나도 도스케도 상대가 아는 노래든 모르는 노래든, 혹은 신이 나든 말든 전혀 고려하는 일 없이 각자 좋아하는 곡을 좋아하는 방식으로 불러버린다. 이따금 상대의 노래가 마음에 들어서 나중에 인터넷으로 들어보려고 스마트폰에 메모해두기도 한다. 슬기로운 노래방 사용법이다.

즐거운 한때가 한 시간쯤 지났을 무렵, 도스케가 벌써 몇 번째 자리에서 일어났다. 음료수를 추가하려는지 뭔가 필요한 것은 없느냐고 물어서 멜론 소다를 부탁했다.

도스케를 보낸 뒤, 나 혼자 노래하기도 뻘쭘해서 스마트폰을 확인하며 기다리기로 했다. 드링크 바는 1층과 3층에만 있기 때문에 약간 시간이 걸린다. 참고로, 멜론 소다는 3층에만 있다.

읽기 전용으로 등록해둔 SNS 계정 몇 개를 확인하고 몇 개의 흥미와 불쾌감을 느낀 참에 도스케가 과장스럽게 미간에 주름을 잡고 콧구멍을 벌름거리며 돌아왔다. 단박에 알 수 있는 그 표정은 실제로는 화가 난 것을 장난인 척 감추려고 할 때의 얼굴이다.

"고마워. 근데 무슨 일 있었어?"

"엇, 눈치챘냐? 궁금하냐?"

"……뭐냐고."

도스케는 제 몫으로 가져온 칼피스•를 한 모금 마시고, 작은 창이 달린 문짝 바깥을 흘끔 눈짓으로 가리켰다. 내다보니 아무것도 없고 아무도 없었다.

"내가 잘못 봤는지도 모르지만……."

"응, 잘못 본 거야."

"야, 끝까지 들어. 나는 말이지, 누군가 설치고 다니는 거 보면 화가 나더라고."

"너 미친놈이지?"

• 일본의 유산균 음료 회사 '칼피스'의 대표 상품.

가차없이 비난을 해줬더니 도스케는 "노, 노"라고 장난스럽게 고개를 저었다.

"그게 우리처럼 선량한 친구라든가 사랑스러운 여학우라면 괜찮지. 근데 내가 특히 화가 나는 건 두 가지 경우야. 커플, 그리고……."

"그리고?"

"떼로 몰려다니는 놈들."

"그래, 그건 그럴 수도 있어."

선량하기 짝이 없는 내가 고개를 끄덕여주자 도스케는 "그치, 그치?"라고 별 의미도 없이 손끝으로 나를 가리켰다.

그는 이어서 나에게는 매우 중요한 발언을 했다.

"게다가 그게 학교 안팎에서 잘난 척하는 놈들이면 진짜 싫더라고. 자기들이 마치 우리 학교 대표인 것처럼 으스대고 말이지, 그런 자들이 외부에서 왁왁거리면 선량한 우리의 품성까지 의심받는 거야."

"……응, 그렇지."

이해한다는 뜻을 담아 나는 고개를 끄덕였다.

도스케가 미워 죽겠다는 듯이 말하는, 그 잘난 척하는 놈들이 누구를 가리키는지 나도 금세 알 수 있었다.

이전에도 도스케가 자주 그자들의 험담을 해왔기 때문이라는 것도 있었다.

게다가 나도 크게 공감했던 덕분에 금세 알아버렸다. 그자들에 대해서 나는 도스케보다 더, 그리고 오늘 강의실에서 분개했던 팀장 여학생보다 더, 나 자신의 복잡한 감정을 처리하지 못하고 있었기 때문이다.

하지만 또 다른 이유만은 어떻게든 도스케에게 들키지 않으려고 나는 일부러 어리둥절한 표정을 지었다.

"모아이 회원들이 있었어?"

"그래, 3층 파티룸을 들락날락하고 있어. 이런 데서까지 설치고 다닌다니까. 1층으로 갈 걸 그랬다."

또 그자들이라니, 우연 치고는 너무 심한 거 아닌가.

"겨우 50퍼센트 확률인데 잘못 뽑은 거야?"

놀려주듯이 말했더니 도스케는 불끈해서 새 노래를 입력했다. 나도 박자를 맞춰주었다. 그는 좋아하는 밴드의 새 앨범 1번곡을 신나게 불러 젖혔다.

평소 같았으면, 그렇다.

평소 같았으면 나도 도스케와 마찬가지로 그자들이 같은 노래방에 와 있는 것을 껄끄럽게 생각했을 것이다. 모아이 회원들을 우연히 마주치는 것은 대학 생활에서 가장 원치 않는 일이었기 때문이다.

하지만 오늘만은 그렇지 않았다. 오히려 잘됐다고 생각했다.

왜냐하면 나는 한 가지 결심을 했기 때문이다.

도스케에게 그걸 말하지 않으면 안 된다.

앞으로 내가 하려는 일에 대해서. 지난 3년의 대학 생활을 의미 있는 것으로 만들기 위해 내가 꼭 해야 하는 일에 대해서. 그 일을 결행하기 전에 소중한 친구에게 털어놓자고 결심했던 것이다.

그러려면 아무래도 일단 그자들에 대한 얘기를 꺼내지 않으면 안 된다.

분명 그녀와 내가 만들었던 모아이, 그리고 도스케가 혐오해 마지않는 모아이에 대한 이야기.

충동과 저항의 노래를 외쳐 부르던 도스케가 마이크를 내려놓았을 때, 나는 각오를 다지기 전에 미리 본론을 꺼내보기로 했다.

"실은 할 말이 있어."

도스케가 눈을 동그랗게 뜨는 것으로 대답을 대신했다. 무슨 얘기냐는 뜻으로.

"잠깐 진지한 얘기 좀 해도 되겠냐?"

"웬일이냐, 우등생인 나라면 또 모르지만 가에데가 진지한 얘기라니? 대체 뭔데?"

일단 "누가 우등생?"이라고 미운 소리를 한마디 던진 뒤에 나는 정색을 하고, 하지만 지나치게 심각한 분위기가 되지 않도록 도스케를 향해 비스듬한 자세를 취하고 입을 열었다.

"네가 싫어하는 모아이 있잖냐."

"응, 이스터 섬으로 꺼져라, 항상 주문을 걸고 있어."

"실은 그 모아이……."

난감한 척하는 웃음은 스물한 살이 된 내가 특히 잘하는 기술적인 표정이다.

"내가 만들었어."

"헉, 진짜? 대박! 네가 그런 재수 없는 단체를 만들었다고? 너는 좀 더 의식이 저렴하고 그냥 하루하루 즐겁기만 하면 되는 놈인 줄 알았는데? 내가 완전히 사람을 잘못 본 거야?"

"아니, 진짜야."

일부러 화난 표정을 짓던 도스케의 얼굴이 꿈틀 경련하면서 끼고 있던 팔짱이 풀렸다.

"괘, 괜찮아, 네가 그런 단체의 악의 총사(總師)였어도 우리 우정은 변함이 없어. 내 손으로 정의의 이름 아래 너를 매장해줄게. 엇, 뭐냐, 그 얼굴은?"

"진짜라니까."

"……뭐?"

"진짜로 내가, 정확히 말하면 나하고 지금은 없는 친구가, 모아이를 설립했어."

"……이게 대체 뭔 소리야."

바보 같이 입을 헤벌린 도스케가 삼백안으로 나를 흘겨보았다. 이 상황에서 지나치게 심각하게 대답하면 또 다시 농담으로 받아들일 것 같아 나는 슬쩍 시선을 비껴갔다.

"일단 전후사정이 있긴 한데……."

"뭐, 좋아. 일단 얘기나 들어보자."

일단 들어주겠으나 반쯤 흘려듣겠다는 식으로 도스케는 태세를 취했다. 짐짓 그런 태세를 취하면서도 도스케는 근본부터 착한 녀석이라 진지하게 얘기를 들어주리라는 것을 나는 알고 있었다.

이제 마음껏 나와 모아이의 관계에 대해 말할 수 있다.

이런 얘기를 누군가에게 털어놓는 건 처음이다.

처음이기 때문에 간단히, 그리고 요점만 정리해서 말하기로 했다.

먼저 모아이의 현재 상황에 대해서.

너도 알다시피 나와 아키요시가 만든 모아이는 설립 멤버가 없어진 지금도 여전히 그 활동을 이어가고 있다.

하지만 현재의 모아이는 우리가 만든 모아이이면서 동시에 그때의 모아이가 아니다.

처음에 지향했던 '내가 원하는 나 자신을 만든다'는 이상, 멤버 모두가 납득하는 형태로 운영한다는 약속은 이미 어디론가 날아가버렸다. 자세한 내막까지는 모르지만, 처음에 생각했던 조직과는 완전히 형태가 달라져버린 채, 이제는 학교 안에서 득세하는 거대 단체로 존속하고 있다.

왜 그렇게 되었는가.

단둘만의 구두약속으로 시작한 모아이. 나와 아키요시 둘이서 서로의 의견만을 존중하며 자료관 견학, 강연회 참석, 자원봉사 참가 등등, 별 이득은 없어도 이상에 준하는 활동을 해왔던 예전의 모아이.

거기서부터 지금처럼 변해버린 데는 수많은 원인이 있다.

표면적으로는 그저 놀러 다니는 것처럼 보였던 모아이의 활동에 관심을 가진 사람이 하나둘 나타나면서 점점 회원이 불어났던 것.

자기만족에 그쳤던 두 사람의 활동이 뜻밖의 타이밍에 학교 측으로부터 높은 평가를 받았던 것.

하지만 가장 큰 이유는 또 다른 것이었다.

오로지 이상을 지향하고 이상으로 살아가던 유일무이한 리더를 영원히 잃어버린 것이다. 그것보다 더 큰 이유는, 없다.

통솔자를 잃으면 조직이란 예상을 뛰어넘을 만큼 약한 것이어서 점점 자신의 몸을 파먹듯이 일그러져간다. 목적이나 활동의 의미는 변형된다. 이상이 아니라 각자의 이익을 추구하는 집단으로 변모해버린다.

그 결과, 거기서 떠밀려나는 사람이 생겨났다. 바로 나다.

형태가 달라진 모아이에서 여전히 과거의 품격 있는 이상을 원하는 나는 방해꾼일 뿐이었다.

그렇게 나는 모아이를 떠나게 되었다.

막상 말로 하고 보면 별일도 아니지만…….

"별일도 아니라고 생각했기 때문에 이미 나와는 관계없는 단체라고 여태껏 피하기만 해왔어."

숨을 아주 많이 들이쉬었다.

"하지만 취업도 결정되었고, 도스케가 말했던 대로 미래가 정해져버리니까 지금까지의 일들을 다시 되짚어보게 됐어. 그랬더니 모아이를 처음 만들던 때가 생각나더라. 게다가 모아이 얘기가 자꾸 귀에 들어오고, 그래서 일단 너한테 얘기하기로 했어."

사실은 아침부터 한껏 용기를 내서 결심한 것이다.

도스케는 무슨 생각을 하는지, 아무 말 없이 역시 진지하게 내 얘기를 들어주었다. 옆 칸에서는 우리가 고등학생 때 유행했던 밴드의 노랫소리가 들려왔다.

"지금까지 말 안 해서 미안하다."

내가 사과하자 도스케는 부루퉁한 얼굴로 머리를 긁적였다.

"아니, 그건 됐고……."

도스케는 진짜로 난처하다는 표정이었다.

"네가 만든 동아리를 여태 험담만 해서 미안한데……. 아니, 그런 험담을 다 들으면서도 말을 안 한 네가 더 나쁘잖아!"

조금 전과는 딴판으로 도스케는 경계심이 풀린 웃음을 내보였다가 다시 얼굴을 찌푸렸다.

"그래서 너한테 더 미안하긴 한데……."

"아니, 진짜 화났다면 미안하다."

"그게 아니라 그자들이 더 싫어졌어, 네 얘기 듣고. 아무리 내 친구가 만든 동아리라도 그걸 억지로 좋아해달라는 건 좀 어렵겠다."

정직하고도 배려 넘치는 의사 표시에 나는 저절로 웃음이 터져서 손을 가로저었다.

"나한테는 전혀 미안해할 거 없어. 지금은 정말 아무 관계도 없으니까 그곳을 좋아하든 싫어하든 네가 어떻게 생각해도 괜찮아."

"괜찮겠냐?"

"괜찮다니까, 왜 이래?"

"넌 성질 안 나냐? 너를 몰아낸 놈들이잖아, 현재 모아이를 굴리는 놈들은."

단순히 자신이 그런 일을 당했다면 화가 나서 못 견뎠을 것이라는 생각에서 하는 말이다. 그걸 충분히 잘 아는 상태에서 나는 신중하게 말을 골랐다.

"성질난다는 느낌은 없었어. 돌이켜보면 모아이에 화가 났던 적은 지금까지 한 번도 없었는지도 모르겠다. 밀려난 직후에는 나도 실망했었으니까 솔직히 어떻게 되든 말든 나와 상관없다는 생각이었고 그 뒤로는 내내 어이없었을 뿐이야."

"너와 함께 만들었던 친구는, 그러니까, 이미……."

말하기 어려운 기색의 도스케를 향해 나는 "응, 이미 이 세상에 없어"라고 최대한 분위기가 무거워지지 않도록 슬쩍 웃으면서 말했다. 그는 "아, 미안"이라고 웅얼웅얼 사과했다. 착한 녀석인 것이다.

"괜찮아. 그보다 왜 이제야 새삼 모아이 얘기를 꺼냈는가,

또 한 가지 이유가 있어. 함께 만든 그 친구를 위해 내가 할 수 있는 일이 없을지, 너의 지혜를 빌리고 싶어서야. 취업 활동이 끝나서 시간도 남아돌고, 졸업논문은 뭐 졸업만 할 수 있으면 감지덕지야. 그래서 대학 생활의 마지막에 다른 누군가를 위한 일이나 해볼까 한다."

"오호, 친구 생각이 지극한데?"

"그런가? 아무튼 뭔가 좋은 아이디어 없어?"

도스케는 끄응 하고 진지하게 고민해주는 얼굴을 했다. 하지만 그건 아이디어를 짜내는 표정이 아니라고 금세 눈치를 챘다. 도스케는 머릿속에 떠오른 것을 말해도 좋을지 어떨지 고민하는 것 같았다. 나 자신의 상상력에 피식 웃음이 났다.

"너, 모아이 놈들을 때려눕힐 생각을 하는 거지?"

내 지적에 도스케는 사악한 계획을 짜는 중이라는 기묘한 얼굴을 만들면서 쓰윽 몸을 내밀었다.

"너를 밀어낸 곳인데다 지금은 없는 그 친구에 대한 애틋함도 있으니까 당연히 그런 조직은 졸업을 계기로 끝장을 내줘야지."

"끝장을 내다니?"

"그건 아직 모르겠어. 아, 지금이라도 되찾는 건 어때? ……어렵겠지?"

분명 되찾는다는 건 어려울 것이다. 사리사욕에 뒤범벅이 된 왜곡된 형태지만 모아이는 이제 거대한 조직이다. 더 이상 한두 명이 장난삼아 만든 동아리가 아닌 것이다. 되찾는다는 것, 다시 말해 빼앗는다는 것은 조직을 고스란히 내 것으로 만든다는 뜻이다. 현재의 모아이 간부들을 몰아내고 갑작스럽게 조직 전체의 지지를 얻는다는 건 어려운 얘기다.

잠시 생각해본 끝에 나는 도스케의 눈을 정면으로 마주보았다.

"이를테면 더 이상 활동을 못하게 만든다든가……. 그것도 어려울까?"

"아니, 네가 아까 말했잖아, 조직이란 게 예상보다 약한 거라고. 뭔가 방법이 있을지도."

"방법……."

그런 방법이 있다고 치고, 과연 내가 그걸 해낼 수 있을까. 아니, 애초에 할 마음이 있기나 한가.

"모아이를 어떻게든 다시 한번, 이라는 정도밖에는 생각을 못했어. 물론 그 참에 뭔가 다툼이 일어날지도 모른다는 예상은 했지만……."

"그렇겠지. 뭐, 일단 폐쇄시키고 새로운 모아이를 만드는 방법도 괜찮아. 후배들 중에 공감해줄 만한 녀석들을 찾아서 재결성하면 돼. 아, 물론 원래의 이상을 추구하는 곳으로."

그렇게 하면 아키요시가 말했던 것들을 거짓말이 아니게 만들 수 있을까.

"그러면 나도 총무 정도는 맡아줄 테니까."

"아니, 도스케를 이런 일에 휘말리게 할 생각은 없어."

"뭐야, 나를 쏙 빼놓고 하겠다고?"

"아니, 어쩌면 싸움이 날지도 모르는데……."

"가에데가 어떻게 마음먹느냐에 달렸어. 네가 확실히 결심만 한다면 나는 얼마든지 도와줄 의향이 있어."

현재의 모아이를 무너뜨리고 새로운 모아이를 만든다.

나는 한참 동안 그 안에 대해 진지하게 생각해보았다.

처음의 이상과는 너무도 멀어져버린 저 왜곡된 단체를 없애고, 다시 한번 이상이 머무는 곳을 만든다. 어떤 자들이 머무는 곳인가. 아키요시처럼 이상을 추구하던 사람들이 머무는 곳으로.

그래봤자 아키요시가 과연 기뻐할까, 라는 갈등도 있었다.

하지만 내 마음속 저울은 어느새 내 의지에 따라 기울기 시작했다.

친구의 충고가 등을 떠밀어준 덕분에 대학 생활 동안 한 번쯤은 감정이 이끄는 대로 행동해도 괜찮지 않을까 하는 마음이 들었다.

나 자신이 아닌 것에 너무 지쳐버렸기 때문이라는 점도 있었을 것이다.

감정적으로 미래를 향해 그려본, 계산 따위는 모두 빼버린 모습. 이상이라고 부를 만한, 그런 누군가 같은 순진한 생각이 내 머릿속에 떠올랐다.

"그래."

"응?"

"해보자……. 모아이와, 좋아, 싸워봐야겠어."

나는 일부러 띄엄띄엄 늦춰가며 대답했다.

"진짜?"

"……하지만 우리의 취업이 취소된다든가 하는 일은 피해야 돼. 어디까지나 합법적으로, 무리하지 않는 범위에서 해보자."

"우리, 악의 단체와 싸우는 비밀결사인가? 와아, 멋있는데?"

싱싱한 의욕이 넘치는 도스케를 보며 나는 모아이 얘기를 꺼낸 것이 새삼 미안했다.

"도스케, 혹시 내키지 않으면 언제든지 그만둬도 돼."

"알았어. 실은 내가 좀 한가한 참이었어. 이런 거 좋더라고. 소수자들이 거대 조직을 상대로 싸우는 거, 꼭 한 번 해보고 싶었어. 《20세기 소년》• 같잖냐."

내가 미안해할까봐 일부러 해준 말이겠지만 도스케의 신이 난 얼굴을 보면서 의외로 진심인지도 모른다고 생각했다.

• 우라사와 나오키의 과학모험 시리즈 만화 및 영화. 평범한 성인이 된 주인공이 소년시절에 친구들과 미래를 상상하며 그렸던 '예언의 서'대로 세계 각지에 이변이 일어난다는 것을 깨닫고 악의 무리와 맞서 싸우는 이야기.

*

기세를 몰아 모아이와 싸워보기로 결정했지만 정면으로 그들을 비난하려는 것은 아니었다. 우리가 가장 먼저 해야 할 일은 정보 수집이었다.

모아이에서 밀려난 이후 그쪽에 일절 관여하지 않았던 나는 현재의 그들을 어렴풋이 알고 있을 뿐이다. 좀 더 구체적인 활동 내용이나 조직 내부의 사정을 알아둘 필요가 있었다.

노래방에 다녀온 그다음 날, 정보 수집을 상의하기 위해 도스케가 우리 집으로 왔다.

우선 그들의 홈페이지를 살펴보기로 했다. 어쩐지 마음에 안 든다, 라는 지극히 단순한 이유로 모아이를 경멸해온 도스케는 홈페이지의 개념 덩어리 문장과 사진을 보고 내 뒤에서 "잘났네, 잘났어"라고 목소리를 높였다.

기분이 나빠진 도스케 대신 내가 홈페이지를 자세히 살펴보았다. 가장 먼저 눈에 띈 것은 첫 화면에 큼직하게 실어놓은 모아이의 주요 활동 내용이었다.

취업 준비에 주력하는 단체로 바뀌었다는 건 막연히 알고 있었지만, 아무래도 활동의 폭이 내가 있었던 때보다 훨씬 더 구체적이고 특정 부분으로 좁혀진 것 같았다. 자잘한 글씨 쪽도 찬찬히 읽어보았다.

현재 모아이는 교류회라는 행사를 주된 활동으로 삼고 있다. 그건 물론 어제 도스케가 봤던 노래방 파티룸을 임대해 떠드는 것과는 다르다. 명백히 조직 차원에서 관리하는, 사리사욕이 소용돌이치는 모임, 그것을 교류회라고 하는 모양이었다.

모아이 소속 회원과 우리 대학 출신 선배, 그리고 그들과 연결된 기업인 등이 참석하는 교류회는 '지식과 창조의 만남'이라고 못을 박고 있었다. '참된 자립'이며 '이질적인 것과의 갈등'에 대해 재학생과 선배 사회인이 한데 어울려 그룹 토의를 한다는 것이지만, 사회인 측의 경력과 소속 기업, 거기에 학생들의 진로 상황을 게재해둔 것만 봐도 알 수 있듯이 결론적으로는 대규모의 취업용 인맥 쌓기였다.

"이해득실로 사람을 사귀어서야 쓰겠냐고, 엉?"

내 등 뒤에서 도스케는 어깻숨을 몰아쉬며 가증스럽다는 듯이 말했다. 하지만 이 교류회가 상당히 인기가 있는 모양이었다. 개최할 때마다 매번 오십여 명의 모아이 회원과 거의 비슷한 숫자의 사회인이 참가하는 큰 행사다. 널찍한 행사장의 모습이며 진지한 척 설명을 듣는 학생들의 사진이 여러 장 실려 있었다. 학교 안의 교우관계가 좁은 나도 알 만한 얼굴들이 드문드문 눈에 띄었다. 다음 행사 예고를 보니 다다음 주 주말에도 대학 내 강당을 빌려 개최한다고 나와 있었다.

홈페이지를 살펴본 내 느낌은 어떤가 하면, 이건 '내가 원하는 나 자신을 만들자'라는 건 아니다, 라는 정도였다. 좀 더 덧붙이자면, 몇 년 사이에 이토록 변해버릴 수 있는가, 라고 새삼 실감했다.

그밖에도 소규모 토론회나 좌담회는 교류회보다 더 빈번하게 열리는 모양이지만 이쪽은 그야말로 열성 회원들만 모이는지, 딱히 사진 등은 올려놓지 않았다.

이어서 첫 페이지로 돌아와 메뉴를 살펴보았다. 거기서부터 차례대로 이념이며 졸업생의 취직 현황 같은 정보를 훑어봤지만 딱히 우리에게 유익할 만한 정보는 없었다. 개인정보 보호 등을 의식해서 그런지 회원 개인에 대한 사항은 나오지 않았다.

"우리가 원하는 정보를 그리 쉽게 내주지는 않는군. 역시 악의 조직다워."

도스케는 제 손으로 사들고 온 우마이봉•을 와사삭 베어 먹으며 화면을 들여다보았다.

"근데 이건 뭐지? 블로그인가?"

"야, 우마이봉으로 모니터 찍지 마."

급히 주의를 주면서 도스케가 가리킨 곳을 보았다. 그곳에 붙은 배너에 '모아이 일기'라고 적혀 있었다. 일보(日報)가 아니라 일기라는 것에 의아해하며 클릭해보았다. 푸른 하늘을

• 막대 모양의 과자. 땅콩맛, 명란맛 등 다양한 종류와 저렴한 가격으로 옛날식 과자인데도 젊은 층을 중심으로 인기를 끌고 있다.

배경으로 한 유난히 상큼한 블로그여서 분명 이건 일보라고 하기는 어렵겠다고 생각했다.

스크롤해서 최신 일기부터 읽어보았다.

'안녕하세요? 텐입니다.'

그 문장을 눈으로 따라 내려가다가 도스케가 중얼거렸다.

"우리 학부 다니는 놈이네."

"아는 사람이야? '텐'이라는 건 별명이겠지?"

"응, 별명일 거야. 친한 후배 중에 모아이에 가입한 녀석이 있거든. 이 이름을 얘기했던 적이 있어."

"아, 그런 거였어?"

도스케가 '며느리 미우면 손자까지 밉다'라는 생각은 아닌 것에 어쩐지 마음이 놓였다. 속담의 정확한 의미와는 미묘하게 다를지도 모르지만.

나는 일기를 계속 읽어보았다. 이모티콘을 잔뜩 섞어가며 행사 뒤풀이 때의 일들을 적어놓은 것이었다. 꽤 재미있다고 생각하는 참에 도스케가 어이없다는 듯이 말했다.

"쳇, 잘들 놀고 있네. 가에데와 친구의 모아이를 가로챈 주제에."

"그자들 입장에서는 가로챘다는 생각은 전혀 없을걸."

"괴롭힘을 당한 쪽은 기억하는데 막상 괴롭힌 쪽은 기억을 못하는 것과 똑같잖아. 진짜 가증스럽다."

"그건 그렇지."

고개를 끄덕이고 블로그를 좀 더 스크롤해서 읽어보니 몇 명이 교대로 블로그를 갱신하는 체제였다. 하지만 대부분 잡다한 감상일 뿐, 유익한 정보는 없었다. 우리에게도, 그리고 이를테면 모아이를 알아보려고 순수한 마음으로 이곳을 찾아온 사람에게도.

"방금 모아이에 가입한 후배가 있다고 했지? 도스케는 그런 후배가 싫지는 않아?"

도스케가 그건 아니지, 라고 고개를 저었다.

"실은 꽤 괜찮은 녀석이거든. 폰짱이라고, 에히메 출신의 여학생이야."

"폰짱? 행운을 몰고 다닐 듯한 별명인데? 폰 주스*의 '폰'은 '일본 제일'에서 따온 폰이라던데."

"진짜? 폰칸**에서 따온 거 아니었어?"

새삼스럽게 이런 개그 소재에 도스케가 깜짝 놀라는 게 도리어 놀라웠다.

"그 폰짱이라는 여학생은 이런 블로그에 글을 올린 적은 없는 모양이지?"

"아니, 일단 모아이 회원이지만 친구가 가입하니까 따라간 것뿐이야. 아마 졸업한 선배들을 만나볼 기회 정도로 생각했

---

* 귤 생산지인 에히메현의 대표적 과즙 음료의 이름. '닛폰이치(일본 제일)의 주스'라는 뜻에서 지은 이름이라는 설이 있다.

** 귤 품종의 명칭. 인도어의 푸나(Poona)에서 유래한 것으로 알려져 있다.

을 거야. 그런 어중간한 인간들도 실은 그리 좋게 보이지 않지만, 그거 말고는 꽤 괜찮은 여학생이야."

"유난히 괜찮다, 괜찮다, 칭찬하는데? 혹시 너, 그 여학생 좋아해?"

"아냐, 폰짱은 고등학교 때부터 사귄 남자 친구가 있어. 좀 괜찮다 싶은 여자는 만난 시점에 이미 남의 품에 안겨 있는 경우가 대부분이더라고."

비애감 가득한 말을 내뱉은 뒤, 도스케는 뭔가 걷잡을 수 없는 충동이 몰려왔는지 페트병의 레몬티를 벌컥벌컥 들이켰다.

한참 동안 나는 모아이의 정보를 수집하려고 홈페이지를 구석구석 들여다보았다. 하지만 별다른 정보도 얻지 못한 채 무심코 유튜브를 뒤져보는데 스마트폰을 터치하던 도스케가 갑작스러운 제안을 했다.

"폰짱을 한번 만나볼까? 모아이 회원에 관한 얘기를 해줄지도 몰라."

"다른 남자 친구의 품에 안겨 있다는 그 여학생을?"

"어허, 그 얘기는 절대로 하면 안 돼. 그냥 평범하게 착한 여학생이라니까? 방금 스터디그룹 때문에 문자가 왔어. 폰짱이 우리 스터디그룹 부회장이거든."

"오호."

나는 도스케의 제안을 검토해보았다.

"만나는 건 좋은데, 혹시 우리가 모아이 전복을 노린다는 걸 어딘가에 얘기하지는 않을까?"

"괜찮을 거야. 애초에 모아이를 별로 좋아하지도 않는 눈치야. 우리와 만나는 것도 꼭 모아이 때문이 아니라 그냥 자연스럽게 만나서 대화의 흐름상 그쪽에 대한 얘기를 물어보는 식이면 되니까."

"글쎄……."

결국 지난 3년 동안 키워온 알량한 사회성이 내 안에 굳건히 자리 잡은 인생 테마를 뛰어넘었다.

"하긴 그렇다. 약속 잡는 건 너한테 부탁해도 돼?"

"물론이지."

믿음직스러운 도스케에게 맡겼더니 당장 폰짱과의 만남이 다음 주 월요일로 정해졌다. 도스케는 나 같은 사람보다 훨씬 더 교우관계가 넓다. 나 혼자서는 갈 수 없었던 모아이를 향한 지름길이다. 새삼 도스케에게 감사했다.

친구가 약속을 잡는 동안, 나는 SNS로 모아이를 검색했다. 닉네임으로 모아이 소속이라는 것을 밝힌 계정을 여러 개 찾아봤지만, 자신이 얼마나 수준 높은 의식을 갖고 대학 생활을 하는지 자랑하는 사진이며 글들만 눈에 띄어서 새삼 아니꼽고 짜증이 났다. 모아이 활동은 누군가에게 보여주기 위해서 하는 것이 아니다.

검색을 계속해보니 모아이를 비판하는 의견도 곳곳에서

보였다. 대부분 우리 학교 학생이겠지만 사회인으로 보이는 계정도 섞여 있었다.

이건 순풍이다, 라고 생각했다.

노래방을 나온 뒤, 도스케와 나는 막연하게나마 어떻게 하면 개인이 대규모 조직과 싸울 수 있는지를 상의했다. 거기서 나온 가장 손쉽고 발 빠른 방법이 부정 의혹과 인터넷 비난 댓글이었다. 요즘에는 단 하나의 폭로만으로도 순식간에 엄청난 악플이 달리고 매도당하는 일이 흔하다. 불씨가 될 만한 소재라면 얼마든지 만들어낼 수 있다. 중요한 것은 그 불씨에 기름을 부어줄 사람들이 얼마나 따라붙느냐는 점이지만 이 정도라면 충분히 가능할지도 모른다.

예전에 내가 만들었던 단체를 향한 명백한 거짓 악플, 혹은 사실인지 아닌지 불분명한 악플들을 보면서 나는 그렇게 생각했다.

그 악플들은 내 마음속에도 적잖이 와닿는 것이었다.

일단 방침이 정해지자 그날은 우리 집에 와서 실컷 게임을 한 뒤에 도스케와 헤어졌다.

그리고 다음 주 월요일.

대학과는 약간 거리가 있는 커피숍, 독특한 향수가 느껴지는 출입문 풍경소리와 함께 들어서자 안쪽 깊숙한 자리에서 도스케의 얼굴이 보였다. 입구 쪽에서는 그의 뒤통수밖에 보이지 않았지만 맞은편에는 자그마한 여학생이 앉아 있었다.

바로 그 폰짱인가.

이 커피숍은 도스케의 단골집이라서 그를 만나러 몇 번 온 적이 있었다. 도스케의 의외의 앤티크 취향과 우리 학교 학생과는 되도록 마주치고 싶지 않았던 내 의도가 맞아떨어진 장소였다. 참고로, 폰짱의 자취집과도 가깝다고 한다.

안으로 들어가면서 팔을 번쩍 들자 도스케도 마주 손을 흔들었다. 그 모습에 이쪽을 쳐다보는 폰짱은 동글동글한 아기 얼굴에 눈도 동글동글했다. 도스케가 '폰칸 귤'이라고 해석한 것도 이해가 된다, 라고 실례인지 아닌지 나도 잘 알 수 없는 생각을 했다.

"미안, 좀 늦었다."

"됐어, 됐어. 아, 여기 이 친구가 캠퍼스에서 폰짱을 보고 한눈에 반해버렸다는 다바타 가에데야."

"엇, 진짜요? 어떡하죠, 큰일이네. 난 왜 그런지 연상에게 인기 있는 타입인가봐."

폰짱은 양손을 뺨에 대고 고개를 갸우뚱하며 재미있다는 듯이 웃었다. 도스케의 농담에 박자를 맞춰주는 그 표정만으로 즉시 착한 사람이라고 판단할 만큼 나의 지난 21년은 행복하지 않았다. 그래서 "뭔 소리야!"라고 도스케를 쿡 쑤셔준 다음에 폰짱의 표정을 유심히 관찰했다. 그녀는 웃는 얼굴 그대로 내게 연거푸 머리를 숙였다.

"앗, 초면에 농담을! 죄송합니다. 처음 뵙겠습니다."

"안녕하세요, 다바타라고 합니다. 아뇨, 나야말로 죄송하죠, 잘 아는 사이도 아닌데 갑작스럽게 졸업 논문용 설문조사를 부탁해서."

"아뇨, 저라도 괜찮으시다면 그 정도는 얼마든지 답해드릴 수 있어요."

도스케와 미리 상의해서 논문 설문조사라는 핑계를 둘러대고 폰짱을 만나기로 했던 것이다. 진짜라고 믿고 선의로 도와주러 나온 그녀에게 적잖이 미안한 마음이었다.

나는 아이스커피를 주문하고, 본론에 들어가기 전에 일단 사전 작업에 들어갔다. 폰짱과 친해지기 위해 도스케를 놀려먹기도 하고 스터디그룹에 대해서도 물어보았다. 그녀는 나와 합세해 도스케를 놀리면서 호응해주고, 올봄에 가입한 스터디그룹의 선생님이 대단한 분이라고 신이 난 듯 얘기해주었다. 그걸로 최소한 표면상으로는 아주 착한 사람인 것 같다고 생각했다.

적당한 때를 노려 나는 주말 동안에 준비한 그럴싸한 설문조사 자료를 펼쳤다. 설령 속임수라고 해도 사전준비는 소홀히 하지 않는다.

메모장을 들고 폰짱에게 경제학부 졸업논문 같은 느낌의 질문을 몇 가지 던지자 역시 그녀는 진지하게 답해주었다. 그 천진한 표정과 작은 키에도 묘하게 풍만한 가슴 쪽이 아니라 전혀 다른 방향의 거짓된 꿍꿍이를 품고 있다는 건 알지도 못한 채.

"자, 그러면 질문은 이걸로 끝. 고마워. 내가 한 턱 쏠 테니까 괜찮다면 커피든 디저트든 마음껏 추가 주문해도 돼."

"와앗, 감사합니다! 그럼 케이크 좀 먹어도 될까요?"

"물론이지."

이런 장면에서 굳이 사양하지 않고 순순히 받아주는 모습을 보니 역시 연상의 남자들이 좋아할 만하다, 라고 폰짱을 다정한 눈빛으로 바라보는 도스케를 훔쳐보며 나는 생각했다.

폰짱의 치즈케이크와 내가 추가 주문한 커피가 나왔다. 그러자 도스케는 슬슬 오늘의 본론을 위한 작전에 들어갔다.

"근데 폰짱, 요즘 동아리에는 자주 나갔어?"

"아뇨, 전혀. 죄다 회원으로 이름만 올려둔 거예요."

폰짱이 치즈케이크 가장자리의 필름을 벗기면서 대답했다.

"차라리 점성술 동아리에 가입했더라면 좋았을 텐데, 요즘 스터디그룹에 가랴 아르바이트 하랴 바쁘기도 하고, 게다가 올해는 취업 준비에도 신경 써야 하고, 아, 선배님들, 어딘가 좋은 인맥 있으면 소개 좀 해주세요."

폰짱은 일부러 악당 같은 표정을 지으며 말했다. 아기 같은 얼굴과의 부조화가 마치 시골 자치단체의 넉살 좋은 홍보용 캐릭터 같다.

"아니, 우리한테는 아예 기대하지 않는 게 좋을걸. 다른 쪽도 많잖아. 이를테면 그 동아리를 활용해보는 건 어때? 어쨌든 거기 소속 회원이잖아."

도스케가 능숙하게 이야기를 풀어갔지만 폰짱은 금세 얼굴을 찌푸렸다.

"아, 모아이? 거기는 진짜 이름만 올린 유령회원이에요. 하긴 이번에 뭔가 행사를 한다더라고요. 진짜 이런 게 어렵다니까요. 전혀 내 취향이 아니어도 그런 곳을 활용하면 취업에 유리하기는 할 텐데 나는 영……."

폰짱이 말끝을 흐렸다.

"취향이 전혀 달라?"

이번에는 내가 질문에 나섰다. 계속 도스케에게만 떠맡기고 나 혼자 이 자리에서 공기 같은 존재가 되는 건 피해야 한다. 게다가 폰짱의 표정에 드러난 혐오감이 어떤 성격의 것인지 정확히 알아둘 필요도 있었다. 섣불리 모아이를 비판하거나 탐색에 나섰다가는 폰짱이 불쾌해할지도 모른다.

"도스케 선배도 그렇겠지만……."

폰짱은 조심스럽게 전제한 뒤에 말을 이어갔다.

"어쩔 수 없이 친구 따라 한두 번 가보긴 했죠. 근데 나와 안 맞는다고 할까, 우리는 미래를 향해 전진하는 사람들이다, 라는 분위기여서……."

"맞아, 나도 그런 건 좀 별로더라. 근데 폰짱은 왜?"

"아, 다행이다, 생각이 같아서. 아니, 실은 그게 한마디로, 좀 촌스럽지 않나요?"

모아이에 대해 폰짱이 부정적인 의견을 가진 것은 괜찮은 일이다. 자신이 알고 있는 모아이의 정보를 스스럼없이 우리에게 알려줄 것이기 때문이다. 하지만 그것과는 별도로 '촌스럽다'라는, 막연히 상상해온 모아이의 이미지와는 전혀 다른 대답에 나는 관심이 갔다.

"촌스럽다는 건 무슨 얘기지?"

"뭐랄까, 모아이는 내가 원하는 나 자신을 만든다, 라는 명목으로 그런 행사들을 하는 거거든요. 꽤 괜찮은 그런 목표가 분명하게 있는데도 막상 행사에 참석해보면 그냥 사회인들에게 실실 웃어가며 알랑알랑 굽실굽실하고 있어요. 벌써 그 단계에서부터 촌스럽다고 할까, 모아이 식으로 말하면, 이건 내가 원하는 나 자신이 아니게 될 것 같은 느낌이랄까……. 아니, 뭐, 그 사람들을 비판하는 내가 잘못인지도 모르지만, 난 아무래도 좀……."

폰짱은 쓴웃음을 지으며 마지막에 덧붙였다.

"그래도 참석하는 게 유리하겠죠?"

취업 준비를 위해서, 라는 뜻일 것이다.

'그 사람들'을 정면으로 부정하는 나는 우리가 하려는 일의 공과 죄를 감수하면서 그래도 꼭 해야 할 일을 위해 앞으로 나아갈 것이다.

"원래 그런 행사에 참석하려고 가입했었어?"

입 안에 치즈케이크를 넣은 상태로 폰짱은 두 번 고개를 저었다.

"나랑 꽤 친한 친구가 먼저 가입했거든요. 같이 가자고 해서 따라갔죠. 근데 그 친구도 나도 모아이에서는 이미 죽은 상태예요."

"사이좋게 유령회원이 됐네."

도스케가 재미있다는 반응을 보이자 폰짱이 웃으면서 과잉한 윙크를 날렸다.

"오, 딱 받아치시는 센스! 도스케 선배, 너무 좋아!"

둘이 친한 것은 좋지만 도스케가 정말로 마음속 어딘가에서 폰짱에게 호감을 갖고 있다면 이건 참으로 안타까운 대화라는 생각이 들었다. 부디 그렇지 않기를 나는 마음속으로 빌었다.

"우리 입학 동기 중에서는 모아이에 어떤 친구들이 있었더라……."

혼잣말 같은 얘기를 폰짱은 잘 받아주었다.

"선배님들과 동기라면, 히어로 씨라는 리더가 있죠. 학생식당 같은 데서 여학생들이 떠받드는 거, 가끔 보이던데요."

"뭐야, 후궁들을 거느리고 다니나?"

도스케의 의미 없는 맞장구에도 폰짱은 "그쵸? 부럽죠?"라고 답해주었다.

"그야말로 빈틈없고 리더십이 뛰어난 사람인가봐요. 사실인지 아닌지는 모르지만 모아이 회원들 이름을 다 외웠다던데요?"

빈틈이 없다니, 예전의 누군가와는 전혀 다른 느낌이구나, 라고 생각했다.

"하긴 뭐, 나는 인사 한 번 나눈 것밖에 없어요."

"그러면 그밖에 다른 사람들은 거의 모르겠네?"

"아, 행사 사회는 대부분 텐이라는 사람이 맡고 있어요. 커뮤니케이션 능력도 있고 개그감도 뛰어난 사람이더라고요. 견학하러 갔을 때, 안내를 해줬거든요. 모아이 내부에서 급이 꽤 높을 걸요?"

"동아리에 급이 있어? 나나 가에데는 도저히 치고 올라갈 가망성이 없겠다."

옆에서 끼어드는 선배를 일부러 깔아보는 표정을 지으며 폰짱은 "네, 가망 없죠"라고 쓴웃음을 지었다.

"본인이 원했는지 어떤지는 모르지만, 동아리도 규모가 커지면 당연히 권력 다툼이란 게 생기나봐요. 아, 다행이네요, 도스케 선배는 조그만 스터디 소속이라서."

"폰짱도 속한 스터디잖아!"

두 사람이 실없는 소리를 주고받는 중에 나는 폰짱의 얘기를 곱씹어보며, 역시나, 라고 생각했다. 내가 모아이에서 밀려난 것도 어떤 의미에서는 그 권력 다툼에 패했기 때문이다. 작은 규모였을 때는 그런 것도 없었다.

"그리고, 글쎄요, 특정한 누구랄 건 없지만 비교적 광신도가 많고, 별로 마음에 안 드는 분위기여서 앞으로도 별로 가고 싶지 않아요."

"광신도라니, 어떤 식으로?"

"히어로 선배를 숭배하는 사람들이죠. 척 보면 알아요. 신뢰까지는 괜찮지만 도취는 좀 으스스하잖아요. 그리고 또 불쾌했던 것은, 물론 이건 그 사람들의 문제는 아니지만, 내가 견학 갔을 때 모아이가 얼마나 훌륭한가 하는 동영상을 반강제로 보라고 했어요."

"그건 진짜 별로네."

혐오의 기색이 역력한 폰짱에게 도스케가 동조했다.

"참고로, 폰짱은 나에 대해서는 어떻게 생각해? 혹시 도취?"

"……이용, 이랄까요?"

우선은 폰짱이 도스케가 던지는 시비에 일일이 관심을 보여줄 만큼 착한 사람이라는 건 충분히 알 수 있었다.

도취와 과도한 권유. 하지만 규모가 큰 단체라면 그 정도는 흔한 일인지도 모른다. 누군가를 떠받들며 신이나 우상의 자리에 앉히고 어느샌가 불쾌한 가치관이 형성된다.

"이용이라니, 너무한 거 아냐? 그럼 혹시 내가 폰짱의 취업 준비를 도와주면 선배로서의 위엄을 지킬 수 있을까? 그 모아이 행사에 함께 가준다든가?"

계속 실없는 소리만 하던 도스케가 느닷없이 멋진 대사를 날렸다. 혹시 정서불안인가, 하고 나는 상당히 실례되는 생각을 했다. 하지만 물론 고마운 일이다.

"오, 그거 좋은데요? 도스케 선배와 함께라면 짜증나게 엉겨붙지도 않을 거고, 아, 하지만 선배가 짜증나게 엉겨붙는 걸 감수해야 하나요?"

"짜증난다고 생각하는구나, 도스케를!"

두 사람의 대화에 나도 모르게 끼어들었더니 폰짱이 푸훗 웃음을 터뜨렸다.

"에이, 아니에요, 도스케 선배는 워낙 허물없는 사이라서 그렇죠. 진짜 함께 가주시면 좋을 것 같아요. 근데 선배야말로 졸업논문, 괜찮아요? 게다가 선배는 모아이 싫어하잖아요."

"이 시점에 하루쯤 딴짓을 했다고 졸업논문이 통과가 안 된다면 그건 아무리 노력해도 소용없다고 봐야지. 그리고 실제 속사정도 모르면서 싫어했던 거니까 이번 기회에 내 눈으로 똑똑히 보고, 그런 다음에 싫어하는 것도 괜찮을 거 같아."

"와아, 선배의 그런 점, 존경합니다."

"좋아, 졸업 전까지 폰짱이 반드시 나를 숭배하도록 할 테니까 두고 봐!"

"혹시 그런 일이 생긴다면, 다바타 선배님, 저를 죽여주세요!"

진지한 표정으로 내 쪽을 보며 부탁하는 폰짱에 나도 결국 웃음이 터졌다. 도스케와 이 여학생은 선후배라기보다 마음 편한 친구 같다고 실감했다.

그것이 도스케에게 어떤 의미를 갖는 일인지는 모르지만 어쨌든 나는 부러움을 느껴버렸다.

친구가 아직 이 세계에 있어준다는 것에.

감상(感傷)에 빠지는 건 적당히 해야 하지만, 나도 모르게 그만.

어쨌든 우리는 모아이로 향하는 길잡이 폰짱을 이렇게 우리의 파티에 참여시키게 되었다.

*

그날, 나는 아키요시의 자취집 방바닥에 앉아 샐러드맛 프리츠•를 먹고 있었다.

원래 목적은 각자 다른 시간에 수강한 중국어 수업의 과제가 똑같다는 것을 알고 함께 하기로 했던 것이지만 나는 금세 싫증이 나서 프리츠만 집어먹고 있었다. 참고로, 장소가 아키요시의 원룸이 된 것은 내 방을 청소하기도 귀찮았고 아키요시가 "우리 집에 가서 할까?"라고 말해줬기 때문이다.

"……좋아, 제1회 모아이 회원 모집에 대한 회의를 시작합니다."

테이블을 끼고 마주앉아 착실히 교재를 들여다보던 아키

• PRETZ. 글리코 제과회사의 파이형 막대과자.

요시가 갑자기 묘한 회의의 개최를 선언했다. 아무래도 그녀 역시 과제에 싫증이 난 모양이었다.

"아직 포기 안 했어?"

"일단 학교에서 정식으로 인정을 받아야 활동 기회가 많아지잖아."

아키요시가 손을 내밀어서 프리츠를 상자째 건네주었다.

"고마워. 회원이 우리 둘뿐이어도 상관없지만, 또 다른 사고방식을 가진 사람이 있으면 더 재미있을 것 같아."

아키요시처럼 4차원의 사고방식을 가진 인간이 많아지면 어쩌나, 라는 불안을 씻어내기가 어려웠기 때문에 나는 적당히 "뭐, 그렇지"라고 고개를 끄덕이며 교재를 들여다보았다.

"아키요시가 힘들지 않겠어? 리더로서 이래저래 할 일이 많아질 텐데."

"아차, 동아리를 만들면 대표를 정해야 하는구나. 그건 가에데가 맡아도 되는데?"

말도 안 된다고 생각했다.

"난 책임질 수 없어서 안 돼."

"하긴 꼭 우리 둘 중 하나가 아니어도 괜찮겠네. 누군가 책임감 강한 사람이 들어오면 되잖아. 물론 너무 엄격한 분위기는 안 좋겠지만."

나는 아키요시의 눈앞에 놓인 프리츠를 다시 집어들었다.

"과자 먹는 모임이라도 괜찮다는 사람이 좋아, 리더는."

"그거, 너무 좋다."

뭔가 장난기 가득한 대화였다.

하지만 분명 그때 나는 아키요시를 모아이의 유일한 리더라고 인식했었다.

*

변장은 내가 맡아서 멋지게 해줄게.

그렇게 자신만만하게 말하는 도스케에게 맡긴 결과, 교류회 행사장 잠입 당일에 나는 재킷에 머플러를 두르고 모자와 멋내기안경까지 쓴 모양새가 되었다.

"오, 가에데, 멋있는데? 시모기타자와•에서 어슬렁거리는 기인(奇人) 같아."

"그거, 칭찬이냐?"

단정하게 정장을 차려입은 도스케가 씨익 웃으면서 내 어깨를 툭 쳤다. 아무래도 칭찬은 아닌 모양이다.

오늘은 우리가 처음으로 모아이에 대해 구체적 행동에 나서는 기념할 만한 날이다. 그자들의 부정 의혹을 찾아내기 위한 잠입수사였다.

• 도쿄 세다야구 북동부 지역. 복잡하게 얽힌 좁은 골목에 오래된 잡화점, 전당포, 포목점, 식당과 최신 소극장, 라이브하우스 등이 한데 모여 있다. 대학가 근처여서 '젊은이의 거리', '패션의 거리'로 알려져 있다.

하지만 직접 행사에 참석하는 건 도스케와 폰짱이 맡기로 했다. 모아이 회원들에게 얼굴이 알려졌을 수 있는 나는 행사장 밖에서 참석자들에게서 새어나오는 대화를 엿듣는 임무를 수행할 것이다.

행사장 밖에서 모아이 회원들이 마음 편히 주고받는 대화를 통해 중요한 정보를 얻어 보자는 기대 때문이었지만 어차피 변장할 거 평소와 전혀 다른 옷차림을 해보는 게 좋다고 주장하는 도스케의 말에 깜빡 놀아나고 말았다. 목에 감긴 머플러가 영 거치적거렸다.

폰짱에게는 오늘 도스케만 행사에 참석한다고 미리 알려주었다. 나도 나중에 우연을 가장해 두 사람과 합류한다는 계획이라서 이런 차림으로 폰짱을 만나야 하는 게 벌써부터 몹시 불안했다.

참고로, 행사장 내부 상황은 도스케가 처음부터 끝까지 짧은 문자 메시지로 알려주기로 했다.

이번 교류회 행사는 캠퍼스의 대형 강당에서 개최된다. 시간은 오후 1시부터 오후 5시까지 1부, 그리고 2부는 저녁식사 모임으로 구성되어서 비회원인 도스케가 폰짱을 따라 참석할 수 있는 건 1부뿐이다. 그런 정보는 사전 설명회에 갔던 폰짱이 알려주었다.

"그나저나 힘깨나 썼는데?"

대학과 한참 떨어진 모스버거에서 자료를 들여다보며 도

스케가 중얼거렸다. 모아이가 오늘의 행사를 위해 제작한 참석자 대상 팸플릿 자료였다. 깔끔하게 제본된 풀컬러 소책자여서 언뜻 보기에는 대학생 단체가 만든 것으로 생각되지 않을 만큼 고급스러웠다.

"비용이 꽤 들었겠지?"

"폰짱에 의하면, 모아이에 광고 후원이 많은 모양이야. 여기 팸플릿 뒷면에 기업 이름들이 줄줄이 실렸잖아. 가에데 때는 그런 거 없었어?"

"둘이서 하는 동아리에 누가 후원을 해주겠냐."

"하긴 그렇다."

그런 것도 사회인과의 교류와 협상력을 기르는 귀중한 경험이라고 현재의 모아이는 주장하겠지만 역시 이건 이미 사회인 육성단체일 뿐이다. 더 이상 모아이가 아니다.

"그나저나 미안하다, 도스케 너만 보내고."

"괜찮아, 나의 후배 폰짱을 위한 일이기도 하니까. 게다가 어차피 투쟁의 깃발을 올리기로 했는데 이런 정도로 끝내버리면 재미가 없지, 나도."

도스케는 곧잘 이런 식의 위악적인 발언을 하곤 한다.

"우리의 목적과는 별도로 폰짱에게는 사회인 선배들과 의미 있는 만남의 자리가 되면 좋겠다."

"물론이지. 악한 사회인의 마수에서 내가 지켜줘야 하는데 좋은 사회인과 나쁜 사회인을 구별할 수 있을지 없을지, 그게 문제라니까.”

“아마 좋은 사회인이라는 건 없을 테니까 기본적으로 눈을 번뜩이며 지켜보면 될 거야.”

아직 사회인이 안 된 상태라서 사회인이 어떤 것인지 전혀 알지 못했지만 분명 자기 자신이 아닌 짓을 되풀이하고 있을 그들에게는 좋고 나쁘고도 없을 터였다.

“자, 그럼 난 이제 슬슬 가볼게.”

마치 사회인처럼 손목시계를 쓰윽 들여다보고 도스케가 자리에서 일어섰다. 나도 시계를 확인해보니 이제 곧 폰짱과 도스케가 만나기로 한 시각이었다.

“행사장 안에서 문자 보낼게. 이따 보자.”

“응, 조심해라.”

“어쩐지 두근두근한데?”

웃는 얼굴로 가방을 챙겨들고 도스케는 모스버거를 나갔다. 나는 관계자들의 눈에 띄지 않게 시간차를 두고 행사장 근처에 나가기로 했다. 바깥은 참으로 쾌청한 날씨여서 변장까지 해가면서 나쁜 단체를 무너뜨리고 있을 때가 아니라는 생각이 들 만큼 상쾌한 공기였다.

나 혼자 남아 바닐라셰이크를 마시며 스마트폰을 훑어보았다. 내 입 안의 달콤하고 차가운 이 음료수는 아키요시가 좋아했던 것이다. 걸핏하면 모스버거에 들르자고 졸랐고 그때마다 바닐라셰이크를 주문하곤 했다.

문득 깨닫고 보니 달콤하고 차가운 이 음료가 내 투지에 불을 지르고 있었다.

이상을 되찾아올 것이다, 아키요시를 위해서. 새삼 나 혼자 마음속에 지그시 힘을 넣었다.

잠시 후, 등 뒤쪽에서 들려온 여자들의 말소리가 내 귀에 꽂혔다.

"에이, 그냥 분위기만 꽃미남이잖아."

설마 내 변장한 모습을 보고 하는 소리인가. 애써 분발했던 게 살짝 흔들렸을 때, 도스케에게서 문자 메시지가 날아왔다. 아무래도 폰짱을 만나 무사히 현장에 도착한 모양이다. 교류회는 15분 뒤에 시작한다. 그 전에 모아이의 주요인물들은 거의 다 입장할 테니까 나는 그때를 노려 행사장 주변으로 향하면 된다.

하지만 재학생 중에 실제로 나를 아는 회원은 거의 없다. 내가 경계해야 할 사람은 이미 졸업하고 모아이 행사에 초대받은 사회인들 쪽이다. 규모가 커진 모아이에 막대한 연료를 대주는 자들. 들키는 것은 물론이고 일단 얼굴도 마주치고 싶지 않았다.

뒤쪽 자리에서 들려오는 여자들의 웃음소리에 네거티브한 자의식 과잉이라는 것을 잘 알면서도 묘한 지레짐작을 해가며 신경 쓰고 있을 상황이 아니다. 나는 아이팟 이어폰을 귀에 꽂고 적당히 노래를 들었다. 이걸로 외부에 신경을 빼앗길 일은 없다. 남에게 지나치게 다가가지 않는다는 나의 인생 테마는 반드시 심리적인 거리나 신체적인 거리만을 뜻하는 것이 아니다. 타인으로부터의 영향을 줄이고 타인에게 주는 영향 또한 줄이는 것이 중요하다. 그렇게 하면 나 자신도 타인도 동시에 지킬 수 있다.

마침 세 곡째의 노래에 조용히 몸을 맡기려는 참에 스마트폰이 울렸다.

'이제 곧 시작. 예상보다 사람이 많아서 바짝 쫄았어.'

잔뜩 주눅 든 도스케의 모습이 머릿속에 떠올랐다. 그 모습을 보고 폰짱이 척척 앞장서는 장면을 상상하니 저절로 웃음이 터졌다.

'알았어. 나도 출발할게.'

자리에서 일어설 때, 평소에 입지 않던 긴 재킷이 쓸데없이 펄럭거렸다.

밖으로 나오자 봄날 치고는 햇살이 꽤 강해서 거의 써본 적이 없는 모자가 딱 어울리는 날씨였다. 행사장까지 도스케는 스쿠터를 타고 갔다. 나는 자전거를 이용해도 괜찮았지만 익숙하지 않은 가죽구두 때문에 자칫 발을 다치면 재미없겠다 싶어서 겨우 두 개 역을 지하철로 가기로 했다.

하차한 역은 평소에는 이용하지 않는 곳이다. 행사장은 우리 대학의 대형 강당이지만 사실 내가 항상 드나드는 강의동과는 상당히 떨어져 있고 이용하는 역도 다르다. 좀 더 말하자면 나는 그쪽 영역에는 발을 들이민 적도 없다. 대학 캠퍼스란 필요한 곳이 아니면 가지 않기 때문에 그렇게 되기 마련이다. 처음 입학할 때는 이렇게 넓은 곳이 모두 우리 것이라는 자만심이 있었지만 실제로는 행동범위라고 해봐야 고등학생 때와 별반 다르지도 않다.

지하철 안은 한산했고 역에 도착한 뒤에도 우리 학교 학생은 단체 트레이닝복 차림의 운동부가 대부분이었다. 주말에도 몇 학점 강의가 개설되었지만 그걸 좋다고 신청할 사람은 거의 없다.

교류회 행사에 조금 늦게 도착할 가능성이 있는 정장 차림의 사회인들과는 최대한 마주치지 않도록 주의하며 나는 역을 나와 교문을 통해 캠퍼스로 들어갔다.

모자를 좀 더 깊숙이 쓰고 행사장 쪽을 향해 걸었다. 중간에 자동판매기에서 캔커피를 샀다. 캠퍼스 안에는 학생들이 제법 많아서 무난히 그들 속에 섞일 수 있겠지만 그래도 여차할 때는 커피를 마시는 척하며 얼굴을 감출 생각이다.

모든 것은 만에 하나를 위한 대비였다. 애초에 그자들이 나를 기억하는지조차 애매하다. 그저 혹시나 해서.

저만치 강당이 보이는 곳에 도착하자 우선 교류회 개최를 알리는 간판이 눈에 들어왔다. 잠시 서서 지켜봤더니 근처에 있던 한 여학생이 "행사 참석하러 오신 분이에요?"라고 말을 건넸다. 정장 차림에 클립보드와 팸플릿을 든 그녀는 분명 늦게

온 참석자를 안내하는 역할일 것이다. 내가 공손히 다른 이유로 왔다는 뜻을 전하자 "죄송해요. 저희는 모아이라는 단체인데요, 이런 행사를 하니까 혹시 관심 있으시면"이라고 설마 했던 권유를 하는 바람에 이것도 정중하게 거절했다.

정중하게 거절해놓고 나는 근처의 지붕 달린 쉼터로 이동해 벤치에 앉았다. 안내 담당의 여학생을 관찰해보기로 한 것이다. 모아이 회원 한 명을 이렇게 빨리 관찰할 수 있게 된 것은 행운이다.

스마트폰을 들여다보는 척했다. 주위가 조용해서 근처를 지나가는 자들의 대화가 잘 들린다. 안내를 맡은 여학생은 이따금 다가오는 정장 차림의 직장인에게 말을 건네고 때로는 동행하고 때로는 건넨 팸플릿을 거절당하고 있었다.

변장도구로 사들인 캔커피를 다 마셔버렸을 때쯤에 도스케에게서 문자 메시지가 왔다.

'1회 토론 끝남. 10분 쉬는 시간. 직장인 선배의 잘난 설교 듣느라 지쳤다. 명함 받음. 다음 토론 때는 모아이의 주요인물 팀에 들어갈 예정.'

'수고가 많다. 행사장 앞에서 모아이 안내 담당자 감시 중.'

'감시 중'이라는 말에는 뭔가 번듯한 임무 같은 느낌이 있었다. 애초에 이 얘기를 꺼낸 내가 정작 행사장에 잠입하지 않은 데 대한 죄책감을 어느 정도 상쇄해주는 효과가 있었다.

도스케의 문자를 받고 몇 분 뒤, 강당 쪽에서 학생 몇 명과 정장 차림의 사회인들이 나왔다. 나는 최대한 그쪽에 얼굴을 들키지 않게 조심조심 눈빛으로만 살펴보았다.

아마도 중간에 피치 못하게 자리를 뜨게 된 모양이라서 모아이 회원들이 정장 차림의 사회인들과 나란히 얘기를 주고받으며 교문 쪽으로 향했다. 그 한 사람 한 사람에게 안내 담당 여학생이 "감사합니다!"라고 인사를 하고 있었다.

교대해줄 사람이 없는가, 라고 의아해하는 참에 마침 한 남자가 안내 담당 여학생에게 다가가 클립보드와 팸플릿을 건네받았다. 여학생이 완전히 지쳐버리기 전이라 다행이다, 라고 별 관계도 없는 내가 내심 안도했다.

그렇게 마음이 해이해지려는 참에 오늘 처음 보는 모아이 회원 간의 접촉이라는 게 퍼뜩 생각나서 급히 귀를 기울였다.

하지만 그들은 딱히 의미 있는 대화는 나누지 않았다.

"그럼 안내 열심히 해줘."

"응, 나는 이 일이 훨씬 편해. 토론회, 졸려서 죽는 줄 알았어."

"그럴 거야. 나도 비즈니스 스마일로 명함이나 챙겨야겠어."

예상은 했었지만 어차피 그런 정도의 행사인 것이다. 의미도 이상도 없는 그 대화에 나는 저절로 실망해버렸고 그런 나 자신에게 놀랐다.

하지만 이건 기뻐해야 할 일인지도 모른다. 안내를 담당할 정도의 회원들까지 저런 감각으로 활동하는 것이다. 조직의 단결력이 약한 것이 우리로서는 싸우기 쉬울 게 뻔하다.

그래도 모아이가 아직 예전의 이상을 지켜갈지 모른다는, 존재할 리 없는 희망이 보기 좋게 깨져버린 순간이었다.

결국 두 번째 안내 담당 남학생도 자신의 역할을 나름대로 잘해냈고 그밖에 별다른 일도 없이 나는 도스케가 보내준 그 다음 문자 메시지를 받았다.

'2회 토론 끝. 텐과 한 팀이었는데 여학생들에게 자꾸 친한 척해서 지겨웠다. 직장인 여성들과도 꽤 친한 것 같음. 다만 진검승부의 논쟁이 벌어져 1회 토론보다 재미있었음. 역시 간부급은 다르다.'

'모아이 파괴자가 모아이에 포섭되어서 나오면 너무 재미있겠다.'

설마 그럴 일은 없겠지만 도스케의 사고방식에는 극단성과 함께 어떤 종류의 공평함이 있었기 때문에 절대 그럴 리 없다고 단언하기는 어려웠다. 폰짱에게 일단 내부에 들어가 똑똑히 지켜본 다음에 좋다 싫다 결론을 내리겠다고 했던 것은 언뜻 나온 말인지도 모르지만, 분명 본심일 것이다. 하긴 만에 하나 모아이에 들어가고 싶다고 얘기하더라도 나는 도스케를 나무라지 않을 것이다. 오히려 정말로 재미있어서 웃음이 터질 것 같았다.

'오, 재밌네, 재밌어.'

도스케의 그런 답신을 받은 뒤, 나는 이동하기로 결정했다. 아무래도 여기서 안내 담당자만 지켜봐서는 별 수확이 없을 것이다.

안내 담당이 다음 여학생으로 교대되는 때를 노려 나는 한참 만에 자리를 떠나 강당 쪽으로 향했다.

교류회 행사가 캠퍼스에 사람이 적은 주말에 열려서 그나마 다행이었다. 이동할 때 이점이 있기 때문이다. 지근거리에서 누군가와 덜컥 마주친다면 도스케 코디네이터의 변장 실력을 믿는 수밖에 없지만, 사람이 적은 덕분에 멀리서 다가오는 모아이 쪽 지인을 발견하기가 쉬웠다. 나는 상대의 옷차림이나 머리스타일 등 다양한 정보로 누군지 판별할 수 있는 데 비해 상대는 평소와 전혀 다른 내 옷차림 때문에 누군지 분간하기 어려울 것이다.

강당 입구 근처에 정장을 입은 남녀 몇 명이 서 있었다. 직장인이거나 4학년일 가능성이 높아서 나는 멀리 돌아 입구 앞을 지나쳐갔다.

몇 걸음 옮겼을 때 대학 카페가 눈에 들어와 그곳을 다음 거점으로 삼기로 했다. 주말에도 학생들을 위해 문을 열어준 그 카페는 약한 냉방에 나름대로 손님도 꽤 있었지만 다행히 창가 자리는 비어 있었다. 그곳에서라면 강당 입구까지는 보이지 않아도 입구 앞 외길 끝의 T자로가 훤히 눈에 들어온다. 게다가 기대했던 대로 카페 안에서 잠시 휴식 중인 교류회 참석자 여학생 네 명 팀이 와 있었다.

커피를 사들고 자리에 앉았다. 창밖을 내다보는 척하며 책을 펼쳤다. 하지만 내 귀는 등 뒤 테이블 두 개 건너에 앉아 있는, 자의식이 매우 강한 듯한 여학생들의 잡담으로 향했다.

아무리 자의식이 강하고 높은 이상을 품었어도 잡담은 어디까지나 잡담일 거라고 예상했는데 그녀들은 우리 쪽에 상당히 큰 의미가 있을 만한 이야기를 펼쳐주었다.

"……텐을 보면서 항상 생각하는 건데 대체 어디서 그런 자기긍정이 나오는 걸까?"

텐? 텐이라면…….

모아이 블로그에 글을 올렸던 자다. 회원들이 이렇게 직접 흘려주는 정보라면 그야말로 감지덕지다.

나는 티나지 않게 슬쩍 돌아보며 그녀들을 확인했다. 정장 차림의 네 명 중에 아는 얼굴은 없었다. 하지만 한 여학생이 4학년인 텐에게 경칭을 쓰지 않은 것을 보면 아마 같은 학년인 모양이다.

"옷차림도 그렇잖아. 원래 타고난 거 아닐까?"

"아니, 타고난 거라면 굳이 그렇게 드러내지 않아도 자기긍정이 가능하지."

"그래, 히어로에게 혼날 때 별로 싫지 않은 눈치인 것만 봐도 후천적으로 긍정적인 자신을 만들어간 타입인 거 같아."

"그렇게 복잡한 사람이야? 천성적으로 베짱이인 거 같은데?"

한 명이 꽤 재미있는 비유를 했다.
“여왕개미 같은 히어로하고 너무 잘 어울린다.”
“베짱이는 결국 굶어 죽잖아?”
가벼운 웃음이 터졌다. 아무래도 텐이라는 인물은 욕먹는 캐릭터인 모양이다. 그걸로 회원들에게 인기를 얻는 것이다. 인기가 있다는 건 이런 자리에서 화제에 오른 것만으로도 알 수 있었다.
그리고 ‘여왕개미’라고? 역시나.
“아니, 잘 어울린다기보다 애초에 그런 자에게 히어로를 내줄 수는 없지.”
미운 소리를 했지만 거기에 적의라고는 없었다.
“히어로에게는 뭐랄까, 고급 정장에 턱수염 기른 멋진 중년이 잘 어울릴 거 같아. 수많은 남자들을 능숙하게 다뤄온 히어로의 능력을 이끌어내줄 사람.”
“뭐야, 그건 완전히 네 취향 아냐?”
다시 웃음. 의미 없는 대화에 소리보다 시야 쪽을 중시할까 했지만 결과적으로 그러지 않은 게 다행이었다.
네 명 중에서도 비교적 성실한 느낌의 여학생 한 명이 대화의 키를 잡은 것이다.
“아니, 그보다 여기서 이러고 있어도 괜찮아? 후배들을 지도 편달하러 가봐야지.”
“여기서 죽치고 앉아 있는 네가 할 소리가 아니지. 근데 바쁜 사람은 굳이 참석하지 않아도 된댔어. 텐이 한 얘기야."

"늬들, 하나도 안 바쁘잖아."

정확한 반론이다.

"하긴 그렇다. 그럼 이제 슬슬 가볼까?"

"여왕개미와 우리의 둥지를 위해 부지런히 뛰어보자. 베짱이는 죽든 말든 내버려두고."

"너무 심하잖아!"

미운 소리를 하는 역할은 정해져 있는 모양이다.

"누님들 헌팅하려고 교류회 행사에 참석한 녀석 따위, 알게 뭐야?"

"그러고 보니, 지난번에 모셔간 누님은 어떻게 됐어?"

"이제 안 만난다던데."

"뭐야? 왜?"

"난들 아나요, 또 다른 누님이 생긴 모양이지."

"자기긍정이 뛰어난 남자는 최신 유행을 쫓기 때문에 여자를 쉽게 버린다는 통계가 있어, 나만의 조사에 따르면."

"그건 타고난 것이라 고쳐지지도 않겠네. 자아, 가자."

한 여학생이 일어서는 것과 동시에 일제히 옷이 스치는 소리, 의자가 바닥에 끌리는 소리가 들렸다. 이윽고 방금 카페를 나선 네 명의 여학생이 행사장인 강당을 향해 T자로를 지나가는 게 창문 너머로 보였다.

나는 그 네 명을 눈으로 따라가며 다양한 행운이 찾아와준 것에 놀라고 있었다.

대화 자체는 평소라면 음악으로 지워버리고 싶은 종류의 것이었다. 하지만 네 명이 마침 이 카페에 왔고 가까운 자리가 비어 있었고 게다가 텐이라는 자의 얘기까지 해주었다. 그런 모든 것이 미리 계획한 듯한 타이밍에 나한테 굴러들어온 것이 놀랍고 다행스러웠다. 실제로 이 일은 정말 아무 계획도 없었다. 단순히 운이 좋았던 것뿐이다.

이게 무슨 일인가. 아직은 그야말로 사소한 일에 불과하다. 하지만 이미 찾아내버렸는지도 모른다. 모아이가 저지른 부정과 악플이 쏟아질 만한 실마리를.

나는 멋내기안경 너머로 테이블의 나이테를 멍하니 바라보며 생각했다. 모아이 간부라고 일컬어지는 자가 모아이 활동 중에 제 성욕을 채우려 했다니, 내 입장에서 보면 몹시 역겨운 짓이다. 하지만 이건 우리의 계획에 분명 써먹을 수 있지 않을까. 적어도 간부 한 명은 교류회 행사를 사적인 만남의 장으로 이용했고, 그 타깃은 초대된 선배 직장인이었다. 그리고 그 목적을 달성했고, 게다가 상대를 일회용품처럼 함부로 다뤘다는 것이다. 만일 증거만 잡는다면 이건 학내의 반감에 단숨에 불을 붙일 수 있는 의혹이 아닐까. 단순히 조무래기 회원 한 명이어서는 안 된다. 하지만 운 좋게도 텐이라는 자는 4학년이고 모아이 운영에 관여하는 간부다. 이건 분명 잘 먹히지 않을까.

증거를 어떻게 손에 넣느냐가 문제다. 현장을 잡는다면 가장 좋겠지만 스물네 시간 계속 감시한다는 것은 나와 도스케 둘만으로는 어려운 일이다. 그렇다면 텐에게서 버림받았다는 그 선배 직장인을 찾아내면 될까. 하지만 그런 사람이 새삼 교류회에 참석할 리도 없고 어떤 여자인지 누군가에게 물어볼 수도 없다.

그 여자의 메시지나 증언을 확보한다면 그게 가장 확실하다. 하지만 어떻게?

골똘히 생각하며 내 머릿속만 들여다보고 있었다.

그래서 창밖에 주의를 기울이는 데 소홀했다.

내가 잘 알고, 그리고 나를 잘 아는 인물이 바로 가까이에 와 있다는 것을 미처 알아차리지 못한 것이다.

갑작스럽게 유리창을 두드리는 소리에 온몸에 소름이 돋는 느낌이었다.

시선을 던지자 사람이 있었다. 하지만 한순간 그곳에 서 있는 인물이 누군지 알지 못했고, 알고 나서는 온몸에 긴장이 내달렸다.

허혁 하고 이상하게 숨을 들이쉬는 바람에 사레가 들렸다.

청바지에 허름한 셔츠 차림의 그는 나의 동요 따위 알지 못했고 아마 관심도 없었을 것이다. 내가 알아봐준 것만으로 만족했는지, 달관이라는 단어가 딱 어울리는 선한 웃음을 짓더니 한 차례 손을 흔들고 강당과는 반대 방향으로 멀어져갔다.

정말로 아무 예고도 없었기 때문에 몇 초 동안 나는 그의 출현이 실제 일어난 일인지 아닌지도 모를 만큼 멍해졌다. 그게 현실이라는 증거는 내 심장의 두근거림 말고는 없었다.

마침맞게 굴러든 행운은 마침맞게 좋지 않은 뭔가와 맞바꿔 찾아오는 것인지도 모른다.

일단 몸과 마음을 안정시키려고 커피를 한 모금 마신 뒤 가슴에 손을 짚고 심호흡을 했다.

"왜 이런 곳에……."

나도 모르게 튀어나온 혼잣말이다.

진심으로 놀랐다. 먼발치에서 본 적은 있지만 이렇게 직접 마주한 건 대체 얼마만인가. 그나마 카페 안까지 들어와 말을 걸지 않아서 다행이다.

그나저나 그는 이런 곳에서 뭘 하고 있었을까. 별 문제가 없다면 3월에 이미 대학원을 졸업했어야 하는데, 낙제라도 한 것인가.

설마 졸업하고도 학교에 남아 계속 모아이에 얼굴을 내미는 건 아니겠지만, 다시 생각해보니 그는 원래 그럴 수 있는 사람이었다.

와키사카라는 이름의 그 선배는 창피해할 것도 없고 세상 평판 따위 아랑곳할 것도 없이 오로지 자신의 관심만을 위해 살아가는, 주위에 민폐를 끼치는 인물이다.

적어도 나는 모아이 관찰자였던 그를 그런 식으로 인식하고 있다.

우리가 1학년일 때의 일이었다. 와키사카는 아키요시의 존재를 재미있어하며 관심을 보였다. 회원으로 가입하지는 않았지만 줄곧 모아이를 지켜보며 이따금 불쑥 나타나 몇 마디 조언을 던져주고 주위 여러 사람에게 모아이를 소개하기도 했던 사람이다.

한마디로 그 후에 모아이의 가치관이 달라지는 전 단계를 만든 인물이다. 물론 순수한 모아이에 명확한 변화의 쐐기를 박은 것은 그가 아니었다. 하지만 나는 현재 모아이를 좌지우지하는 인간들이 싫은 것과 똑같은 만큼 와키사카가 싫었다. 사실은 그 사람 탓이 아니라는 것쯤은 나도 머리로는 이해하고 있다. 하지만 마음과 머리는 언제든 표정 한 개 분량만큼 동떨어져 있다.

그나저나 용케도 이런 묘한 차림새의 나를 알아봤구나. 의외로 누구나 알아볼 정도인가.

한층 더 주위의 시선을 조심해가며 커피 한 잔으로 토론 1회 분의 시간을 견디고 있는데 도스케에게서 연락이 왔다.

'종료. 마지막 토론만 남았어. 나도 지쳤지만 폰짱 눈빛도 완전 맛이 갔다. 끝나는 대로 폰짱 데리고 술 한잔하러 갈 거니까 거기서 합류하자.'

'OK. 폰짱 술값은 내가 계산할게. 가능하면 텐의 정보를

최대한 얻어오도록. 그가 직장인 선배와 성적인 관계를 맺었다는 소문을 입수했어.'

'헉! 알았어. 텐과 같은 팀에 들어갈게.'

문자를 주고받은 뒤 나는 자리에서 일어섰다. 정보를 입수할 오늘의 마지막 기회다. 조금 더 접근해서 강당 주변을 살펴보다가 행사 종료 전에 학교를 떠나기로 했다.

커피 잔과 쟁반을 반납대에 올려놓고 점원의 감사인사에 나도 마주 인사한 뒤에 밖으로 나왔다. 문득 보니 시각은 오후에서 저녁나절로 접어들고 있었다. 햇살은 약해지고 바람이 선선했다.

T자로 쪽으로 슬슬 내려갔다. 급한 볼일이나 아르바이트 시간에 쫓기는 듯한 직장인 선배와 학생들이 하나둘 강당 쪽에서 나오고 있었다. 조금 전에 와키사카에게 들킨 것에 대한 반성으로 나는 시선을 약간 숙인 채 걸어갔다. 누군가와 맞닥뜨리지 않고, 그러면서도 그들의 대화가 귀에 들어올 정도면 된다.

시선을 숙인 채, 남에게 들키지 않도록.

막상 해보니 그건 지난 3년 동안 내가 살아온 방식 그 자체였다. 대학 생활 중 겨우 몇 달 동안, 이런 나까지 환하게 빛을 비춰준 그 친구의 눈에 띄어 함께 어울렸지만 단지 그것뿐이었다. 그 친구가 떠난 뒤로 조용히 숨을 죽이고 살아왔다. '죽이고'라는 단어는 그리 바람직하지 않은지도 모르지만.

그 이후로 새로 생긴 친구라고 당당히 밝힐 수 있는 사람은 도스케 정도뿐이다. 그것도 내가 나서서 사귄 게 아니었다. 매사에 공평한 도스케가 자기 취향에 따라 사람을 가리는 일 없이 나에게도 관심을 보여준 것이다. 2학년 때 아르바이트하던 곳에서 자주 같은 타임에 근무한 덕분이었다. 몇 달 뒤에 둘 다 그곳의 아르바이트는 그만뒀지만 어쩌다 보니 지금까지 관계가 이어져 이제는 모아이 파괴의 공범자가 되었다.

생각해보니 친구도 많은 도스케를 주말에 이런 곳에 묶어둔 것이 몹시 미안하게 느껴졌다. 나중에 다시 한번 그의 의사를 확인해보는 게 좋겠다고 생각했다.

내 발길은 T자로에 접어드는 곳까지 와 있었다.

그때 한층 떠들썩한 자들이 강당 쪽에서 나오는 것을 깨닫고 시선을 흘끔 올려 그쪽을 살펴보았다.

타이밍이 좋은 것인가 아니면 나쁜 것인가. 이번에는 그 두 가지가 다 해당된다.

그곳에, 있었다.

내가 아주 조금만 더 일찍 시선을 올렸다면 눈이 마주쳐서 들켜버렸을지도 모른다.

그 친구와 들러리 졸개들은 내가 서 있는 곳에서 T자로를 꺾어 내가 지나온 방향으로 걸어갔다.

나도 모르게 그 자리에 멈춰 서버렸다.

정말 나는 지겹지도 않은 모양이다. 또다시 다른 것에 정신이 팔려버렸다.

호주머니 안의 스마트폰에 도스케의 다급한 문자 메시지가 들어온 것을 나는 나중에야 알았다.

'리더가 방금 나갔어!'

오랜만에 그 모습을 보고 내 뇌보다 내 몸에 먼저 이변이 일어났다.

오싹 한기가 느껴지고 소름이 돋는 것을 깨달았다. 오한이 드는데도 등줄기에는 땀이 주르륵 흘렀다. 저절로 꽉 움켜쥔 주먹에 손톱자국이 생길 만큼 힘이 들어갔다. 속이 메슥거리는 것 같기도 했다.

그 이변에 가까스로 뇌가 따라가면서 한 차례 혼란에 빠졌다. 이 감정은 대체 뭔가, 하고 곤혹스러웠다. 그리고 이해했다. 그렇구나, 텐에게 향했던 것이며, 조금 전 와키사카에게 향했던 것은 가짜였는가.

이게 아마도 진짜 혐오일 것이다.

드디어 알았다. 지난 2년 동안 내가 냉정함을 유지할 수 있었던 것은, 모아이를 보고도 못 본 척할 수 있었던 것은, 지금까지 외면했었기 때문이다.

불과 몇 미터 뒤쪽에 우리에게서 모아이를 빼앗아간 장본인이 있었다.

실제로 존재한다는 것을 실감하고서야 비로소 인간은 그

대상에게 진지하게 감정을 품을 수 있다.

그자야말로 모아이를 통제하는 인간이고, 나와 도스케에게는 숙명의 적이다. 이상을 내팽개친 모아이, 뒤틀려버린 모아이를 긍정하고 지금껏 운영해온 인물이다. 히어로라고 불리는 현재의 리더.

다시 온몸에 소름이 돋았다. 이를테면 이 정도 거리라면 금세라도 달려가 어깨를 왈칵 움켜쥐고 험한 말이라도 던져줄 수 있다. 하지만 그건 아니다. 뒤틀려버린 모아이에 대한 내 그리움은 그런 어설픈 짓으로 처리해도 되는 것이 아니다.

멀뚱히 서 있다가는 자칫 눈에 띄고 만다. 그자도 나를 잘 알고 있는 것이다.

나는 히어로에게 매달리려는 내 감정을 억지로 떼어내고 그자들과는 반대 방향으로 무거운 발걸음을 옮겼다. 나 혼자 터벅터벅 맨 처음 거점으로 삼았던 벤치까지 갔다. 한 차례 마음의 태세를 정비할 필요가 있었다.

안경을 쓴 성실해 보이는 안내 담당 여학생에게 "수고하십니다"라고 머리를 숙인 뒤 나는 마침내 벤치에 도착해 무너지듯이 털썩 주저앉았다.

그곳에서 나는 한참 동안 움직일 수 없었다. 섣불리 강당에 접근했다가는 돌아오는 히어로와 덜컥 마주칠 우려가 있었기 때문이다. 하지만 사실은 그것만이 아니었다. 내 감정의 묵중한 무게에 주춤 기가 꺾인 것이다.

결국 나는 더 이상 관찰하는 일 없이, 가슴의 두근거림이 평소와 똑같은 리듬으로 가라앉을 때까지 휴식을 취한 다음에 캠퍼스를 떠났다.

도스케의 집과 가까운 산마르크 카페에서 시간을 때웠다. 제1부 폐회 예정시각에서 한 시간쯤 지났을 때 드디어 연락이 왔다.

행사가 끝나는 길로 폰짱과 둘이 뒤풀이 장소로 향했는지 주점 정보를 보내주었다. 전에 폰짱을 처음 만났던 커피점 근처, 즉 폰짱의 집 근처였다. 그야 당연히 그렇겠지, 라고 생각하며 자리에서 일어서려는데 문자 메시지가 또 한 통 들어왔다.

'지금 옷차림 그대로 와라~ ㅋㅋ.'

콕 집어 일러주지 않아도 아직 옷을 갈아입지 못해 그대로 가는 수밖에 없었다. 그나마 모자와 멋내기안경과 머플러는 가방 속에 쑤셔 넣고 카페를 나왔다.

자전거도 없어서 지하철을 이용해 근처 역에서 내려 10분쯤 걸은 끝에 주점에 도착했다. 칸막이 좌석이 줄줄이 이어진 전국 체인점으로, 나와 도스케가 다른 구역에서도 수없이 드나들던 인기 술집이다. 대학생에게는 저렴한 가격이 술집 선택에 매우 중요한 사항이다.

안으로 들어가 도스케의 이름을 밝히자 좌석으로 안내해

주었다. 토트백에 재킷의, 조금 전보다는 그나마 평소와 비슷한 차림새인 나를 먼저 알아본 것은 턱을 괴고 나른하게 앉아 있던 폰짱이었다.

"가에데 선배가 오셨네? 그 옷차림, 오늘 데이트라도 했어요? 와아, 좋겠다."

피곤한 참에 술이 들어갔기 때문인지 폰짱은 벌써 얼굴이 불그레했다.

"어서 와. 아니, 근데 내가 코디해준 대로 입고 왔어야지!"

"입고 다닐 수 있게 코디를 해줬어야지! 아무튼 둘 다 수고했어. 교류회 행사에 다녀온 길이지?"

이번 계획은 폰짱에게는 비밀이었기 때문에 나는 신중하게 단어를 골랐다. 4인용 테이블에 마주앉은 두 사람 중 도스케 쪽에 앉았다.

"그래서, 어땠어?"

내가 슬쩍 물었다. 공식적인 자리를 의식해서인지 평소와는 달리 흰색 블라우스를 차려입은 폰짱은 얼굴과 똑같이 불그레해진 목을 내보이며 고개를 저었다.

"어휴, 진짜 피곤했어요."

한껏 감정이 담겨 있었다.

"완전 녹초가 됐다니까요. 취직준비라는 게 이런 건가요? 아, 난 못해, 못해! 진짜 4학년이 되기도 전에 재가 될 것 같아요!"

"꽤 힘들긴 했어. 각자 의견을 자꾸 발표하라고 들볶고."

"네, 진짜로 싫어졌어요, 모아이 사람들. 내가 어렵사리 의견을 말했는데 그건 무슨 뜻이냐고 꼬치꼬치 따지는 거예요. 아니, 내가 얘기했잖아요, 그럼 그쪽에서 답을 해야 할 거 아니냐고요."

예상했던 것보다 말투가 거칠어진 폰짱은 하이볼을 꿀꺽꿀꺽 들이켰다. 분개한 여대생의 하소연을 삼켜버릴 만큼 가게 안이 북적거려서 그나마 다행이었다.

"글쎄 가에데 선배님, 내 얘기 좀 들어보세요, 아차, 주문부터 하시고요."

열이 바짝 오른 상태에서도 배려를 잊지 않는 폰짱이었다. 아까부터 방실방실 웃으며 옆에 서서 기다리는 남자 점원에게 나는 중짜리 생맥주를 주문했다. 맥주가 즉시 내게로 도착해서 일단 건배부터 했다. 폰짱에게 "응, 얘기해봐"라고 했더니 그녀는 "아참, 그렇죠"라고 방금 생각난 척하면서 이야기를 시작했다. 역시 연상과 대화하는 것에 익숙한 여학생이다.

"이 사람이 문제예요, 이 사람이!"

폰짱의 손가락질을 받은 도스케는 과장스럽게 어리둥절한 표정으로 고개를 갸우뚱했다.

"아주 신이 나서 모아이 회원들과 얘기하더라니까요? 도스케 선배가 그렇게 받아주니까 옆에 있는 나한테까지 자꾸 말을 시킨 거예요. 서포트를 하네 마네, 대체 그게 뭐예요?"

"아니, 그게, 의견을 묻는데 대답은 해주는 게 도리잖아. 그러다 보니 대화가 이어진 것뿐이야. 그렇지, 가에데?"

동의를 청했지만 나는 현장에 없었기 때문에 뭐가 뭔지 모른다. 하지만 도스케라면 그 정도의 사교성과 교양은 여유롭게 갖추고 있다. 그리고 자신이 소속된 곳이 아니어도 남들과 신나게 대화했다는 것 또한 사실일 것이다.

"그게 아니죠! 도스케 선배가 지방에서의 노동력 확보라느니, 원자력발전소의 경제효과라느니, 그런 개념찬 얘기를 신나게 지껄이다니, 내가 좋아하던 덜렁덜렁 대충대충 까부는 선배님은 어디로 간 거냐고요!"

후배의 폭언에도 도스케는 즐거운 듯 웃었다. 분명 두 사람은 항상 이런 분위기인 것이리라. 그렇다고 쳐도 내가 노래방에서 도스케에게서 들은 이야기와 너무나 똑같았다.

"에이, 별로 수준 높은 얘기도 아니잖아. 나도 그 정도의 개념은 탑재하고 사는 사람이야. 그렇지, 가에데?"

"아니, 도스케, 방금 그 발언은 평소의 너보다 상당히 수준이 높아 보여."

"그렇죠, 그렇죠! 아, 도스케 선배도 저들에게 물들어가는 건가요? 이제 곧 모아이가 되는 건가요?"

"아니, 내가 왜 모아이가 되겠냐고!"

장탄식을 하며 걱정하는 폰짱의 말에 도스케가 잡아먹을 듯이 대꾸를 날렸다.

"기왕 참석한 거, 제대로 해야 할 거 아니야."

그러고는 필요 없는 변명이 길게 이어졌다. 이해한다, 도스케는 그런 녀석이다. 하지만 꼭 그것만은 아닐 터였다.

"모아이를 싫어하던 도스케가 보기에 실제 교류회 행사는 어땠어?"

진의를 알고 싶었다. 내 질문에 도스케는 팔짱을 끼고 입을 뾰로통하게 내밀었다. 그런 표정을 지으며 어필해봤자 전혀 귀엽지 않다.

"그럼 진짜로 솔직히 털어놓을까?"

"응, 털어놔, 털어놔."

흐음, 하고 도스케는 신중하게 말을 고르는 것 같았다.

"뭐랄까, 나만의 목적을 위해서 살자, 라고 딱 노선을 정해버린 사람이라면 참석해도 괜찮은 행사가 아닌가, 하는 생각은 들었어."

"도스케 선배는 금세 노선을 정해버린다니까요!"

마침 나온 달걀말이를 대젓가락으로 가르면서 폰짱이 별다른 생각도 없는 것처럼 말했다.

"목적을 위해서 노선을 정해버린다고?"

"이를테면 교류회가 무엇을 위해서 열리는지 복잡하게 생각할 것 없이, 나는 내 목적을 이루려는 것뿐이다, 라는 자는 참석해도 좋을 것 같아."

"흐음……."

적당히 맞장구를 쳐준 것은 나와 모아이의 거리감을 폰짱이 눈치채지 않도록 하기 위해서였다. 도스케도 그건 알고 있는지 내 맞장구를 무시하고 말을 이어갔다.

"취직에 도움이 되는 인맥을 쌓기 위해 참석한 자들이 내가 생각했던 것보다 훨씬 더 많았지만, 토론은 꽤 진지했어. 그 뒤의 휴식시간에 다양한 사회인들과 대화를 시도하더라고. 일단 토론 중에는 회사 이름 등을 밝히는 건 금지사항이었거든. 업계 정도만 알려주는 게 규칙이야. 그래서 명함을 교환할 생각이라면 휴식시간에 하는 수밖에 없어. 웃기는 얘기를 하자면, 눈썰미에 자신 있는 여학생이라면 토론 따위는 입 딱 다물고, 점찍어둔 정장 사회인에게 눈도장만 확실히 찍어두면 되겠더라고."

"그런 애들, 너무 싫어."

문득 깨닫고 보니 폰짱이 3인분의 달걀말이를 나눠주고 있었다. 고맙다고 했더니 "다음에 힘쓸 일이 생기면 선배님들이 해주세요"라는 대답이 돌아왔다. 역시 능숙하구나, 라고 생각했다.

"싫은 건 나도 마찬가진데 최소한 목적이 분명한 사람에게는 꽤 의미 있는 교류회라는 얘기야."

"뭔가 도스케다운 의견이다."

감정과 사고를 분리해서 생각하는 점이.

"그야 당연하지, 내 의견인데. 하지만 폰짱이 아까 말했던 것처럼 그건 내가 원하는 나 자신, 이라는 것과는 다르니까 그런 점의 온도차가 불쾌하게 느껴지는 사람에게는 맞지 않을 거야. 그래서 폰짱이 더 피곤하게 느꼈던 것 같아."

"나는 그보다 모아이를 싫어하던 도스케 선배가 어쩌면 그렇게 재미있는 시간을 보낼 수 있었는지, 그걸 알고 싶은데요?"

"아니, 재미있었다기보다……."

도스케는 내 쪽을 흘끔 쳐다보더니 혼잣말처럼 중얼거렸다.

"약간 다시 보게 된 건 있었어."

그건 도스케의 기색을 보면 이미 알 수 있었다. 나는 그가 거짓말을 하지 않아서 좋다고 생각했다.

"근데 그건 모아이 전체를 긍정한다는 뜻은 아니야. 다만 행사 운영팀의 자세나 준비 같은 게 아주 의욕적이었어. 간부급의 개념 있는 척하는 꼴은 보기 싫었지만, 그래도 그 정도 규모의 취업 행사를 치르려면 사전준비니 뭐니 엄청 힘들었겠다 싶더라고. 얄밉기는 해도 일은 잘하는 놈들이구나, 이건 앞으로 사회에 나가는 4학년에게는 꽤 도움이 되는 행사다, 그냥 단순하게 그런 생각이 들었어."

도스케의 그 건설적인 의견에 나는 그건 그렇기도 하겠다고 생각했다.

"하지만 그건 대학의 취업 담당자가 해주면 될 일이고, 뭔가 지들끼리 따로 사회인을 만나 인맥을 쌓으려는 건 역시 별로 좋게 보이지 않았어. 굳이 모아이가 하지 않아도 될 행사였다는 얘기야. 토론이라는 것도 그래봤자 거의 다 사회인이 저 잘났다고 떠벌리는 소리였고."

"휴일을 반납하고 업무가 서툰 직원을 가르쳤다는 얘기가 통할 줄 알고 떠벌린 아저씨도 있었잖아요. 진짜 죽여버리고 싶었어."

"어이쿠, 그럼 사람도 있었어?"

입이 험한 폰짱에게 웃어 보이면서 나는 도스케가 분명하게 모아이를 비판해준 것에 안도하고 있었다.

"뭐, 입사해서는 안 될 회사를 알아두는 기회가 되긴 했지. 그리고 일단 희망하는 업계의 채용담당자 명함도 받았지?"

"그렇죠. 어디 보자……."

폰짱은 가슴팍 호주머니를 뒤적였다. 반대쪽 손에 쉽게 잡히지 않는 바람에 시간이 걸리면서 바짝 당겨진 단추가 힘들어보였다.

"이거네요, 다카사키 히로후미 씨. 키가 큰 미남이었죠? 성공한 사람 분위기를 풍풍 풍기는 거, 짜증나지 않았어요?"

"응, 맞아."

"어라, 아닌데? 실은 엄청 멋진 사람이었는데? 도스케 선배 엄청 꼬이셨네, 인간이 작구먼, 작아."

폰짱에게도 어떻든 보람 있는 자리였던 것 같아서 다행이었다. 우리의 계획을 위해 교류회에 끌어들인 꼴이라서 역시

나 피곤했던 것뿐이어서는 딱하다.

나는 혼자 안도의 한숨을 내쉬었다. 아무래도 이번 작전은 별 무리 없이 끝난 것 같다. 앞으로의 작전은 다시 다음에 만나거나 아니면 해산한 뒤에 도스케의 집에 가서 짜면 된다. 그렇게 생각하면서 달걀말이에 무즙을 얹어 입에 넣은 참에 폰짱이 뜻밖의 사실을 알려주었다.

"근데 도스케 선배도 누군가하고 연락처 교환하지 않았어요?"

"아참, 그렇지, 텐하고."

"진짜?"

흠칫 놀라는 나를 향해 도스케가 윙크를 하려다 실패하고 한 차례 크게 눈만 깜빡였다.

"도스케, 진짜 모아이에 가입이라도 하려고?"

"나도 그 생각, 했어요."

도스케는 왜 그런지 어깨를 움츠리며 고개를 가로저었다.

"아냐, 아니라고. 단지 그자와 여러 번 같은 팀이었잖아. 폰짱이 여기저기 명함 받고 있을 때 잠깐 단둘이 얘기할 기회가 생겼던 것뿐이야. 내가 취업 확정된 회사에 그자도 면접을 봤는데 최종 면접 전에 다른 곳으로 정해져서 관둔 모양이야. 다음에 한잔하자고 연락처를 물어보더라고."

이것 참, 어떻게 감사해야 할지 모르겠다.

"도스케 선배가 저렇다니까요? 아마 엄벙덤벙 노는 사람들끼리 파장이 딱 맞았겠죠. 우리는 더욱더 성실하게 살아가기로 해요, 가에데 선배."

폰짱의 말에 다시 웃음이 터졌다. 하지만 뭔가 싸하게 두려움이 손끝을 타고 흐르는 느낌이었다.

그 두려움을 거기서 확인할 방법은 없었다. 이제 따분한 얘기는 그만하자고 폰짱이 제안했기 때문이다. 여기서 계속 모아이 얘기에 집착하는 것도 이상할 것 같아서 우리는 대화의 흐름을 전환해 한참 동안 시답잖은 얘기를 주고받으며 술잔을 기울이고 양념 진한 요리를 먹었다.

그렇게 눈 깜짝할 사이에 두 시간이 지났다.

여전히 북적거리는 가게 안에 왁자한 웃음소리와 유리잔 깨지는 소리가 울려도 테이블에 엎드려버린 폰짱은 일어나지 않았다. 술도 많이 마셨고 어지간히 지치기도 했을 것이다.

"다시 한번, 수고했어!"

내가 레몬주 잔을 높이 들자 화장실에 다녀온 참에 폰짱 옆으로 자리를 옮긴 도스케가 자신의 잔을 쨍하고 마주쳤다.

"피곤한 역할을 떠맡겨서 미안하다. 폰짱의 취업 준비도 내가 할 수 있는 건 뭐든 도와주도록 할게."

"고마운 얘기다만 나는 전혀 괜찮아. 취직도 결정됐겠다, 제삼자처럼 여유롭게 후배들을 구경할 수 있는 자리였어."

"아니, 그래도……. 게다가 연락처를 교환할 만큼 관계를 맺다니, 대단한 파인플레이였어."

도스케가 아니었다면 이렇게 빨리 다음 단계로 넘어가지 못했을 것이다.

"네가 문자를 보내줘서 슬슬 접근해봤지. 게다가 상대가 만만한 인간이었어. 진짜 경계심 따위는 하나도 없더라고. 솔직히 그자가 먼저 내 연락처 물었을 때, 이거 실화냐 싶었어. 나도 모르게 모아이에 가입 안 할 건데, 라고 말해버렸다니까. 그건 유감이지만 모처럼 만났으니, 라고 하길래 명함을 교환했어. 가에데, 너는 영 질색인 타입이지?"

"그렇지, 나와는 다른 세계의 인간일 거야."

"뭐, 그럴 줄 알았어."

나에 대해서는 모두 다 알고 있다는 듯이 도스케가 피식 웃으며 말했다.

"그나저나 뭐였어, 그 소문이라는 건?"

그러고 보니 아직 그 얘기를 못했다.

나는 점심때 카페에서 들은 여학생들의 대화를 도스케에게 자세히 말했다.

얘기가 끝나자 도스케가 중얼거렸다.

"오호, 그런 일이 있었어?"

"혹시 그자가 아까 행사장 안에서 그 비슷한 행동을 하지는 않았어?"

"글쎄다, 최소한 내 앞에서 선배 직장인의 가슴을 더듬지는 않았어."

“그런 놈이 간부급이라면 우리가 굳이 나서서 싸울 필요도 없을걸?”

“그건 그렇지. 하긴 여러 번 참석한 듯한 직장인 누님들과는 꽤 친한 것 같았어. 처음 만난 사람들한테도 스스럼없이 말을 건네면서 관계를 만들려고 했고. 뭐, 그 연장선상에서 그런 짓을 했다고 해도 이상할 건 없겠네. 제법 노는 놈인 것 같더라고. 게다가 생김새도 그럭저럭 괜찮게 생겼어. 너무 뺀질거리지 않는다고나 할까.”

인기 있게 생겼다는 말이라는 건 알 수 있었다.

“도스케가 싫어할 인간인 것 같은데?”

“맞아, 임무만 아니었다면 접근하기도 싫었어.”

나는 도저히 도스케를 다 안다고는 생각할 수 없어서 “더더욱 수고 많았다”라는 정도로만 응해두었다.

“너도 지쳤을 텐데 이런 얘기는 미안하지만, 앞으로의 계획에 대해 얘기해도 되겠냐?”

“그럼요, 보스님.”

“번거로우니까 그냥 평범하게 얘기하겠는데, 그 소문을 댓글 1위로 올리기 위해서는 본인의 실언을 이끌어내거나 실제 현장을 잡는 것이 가장 효과가 있어. 그러니까 부탁하기 몹시 어려운 얘기지만, 우리는 일단 텐과 친해지도록 해야 할 것 같아.”

“그래야겠지. 우리, 라고 했지만 그자는 아직 가에데를 모르지?"

"아마 모를 거야. 다른 세계 사람이니까. 내가 거기 있을 때, 그런 사람은 없기도 했고."

언제쯤 가입했는지도 나는 알지 못한다. 하지만 언제 가입했건 만남을 위해, 성욕을 위해 모아이에 가입한 것이라면, 그리고 그런 자가 간부가 되었다면, 텐은 왜곡된 모아이의 상징과도 같은 자다.

"그러면 연락해서 진짜 한잔하러 가볼까? 아, 그게 혹시 남녀 미팅 같은 자리여도 나는 어디까지나 임무 수행차 가는 거니까 이 친구에게는 비밀로 해줘."

엄지손가락으로 폰짱을 가리키는 도스케에게는 뭔가 또 다른 이유가 있는 듯한 느낌이었지만, 뭐 그건 상관없다. 희미하게 폰짱의 잠든 숨소리가 들리는 것을 확인한 뒤에 나는 대답했다.

"그래, 네가 폰짱을 좋아한다는 것도 비밀로 해줄게."

"엇, 조용조용!"

급히 폰짱 쪽을 돌아보며 작은 소리로 나무라는 모습에서 농담이 아닌 진담이라는 게 고스란히 드러났다. 의외로 귀여운 데가 있는 녀석이다. 서로 동갑인데 귀엽다는 건 좀 이상하지만.

"아참, 리더는 봤어?"

그 질문에 흐뭇하게 웃고 있던 내 얼굴이 움찔 굳어버린 것을 도스케는 눈치챘을까.

"……응, 봤어."

"어땠어? 아, 질문이 좀 이상한가?"

"아니, 괜찮아. 어땠나……."

나는 실제로 어땠는지 생각해보았다. 그리고 그것을 알기 쉽게 도스케에게 전할 말을 찾아냈다.

"뭐랄까, 꼭 되찾아야겠다고 새삼 생각했어. 모아이, 라기보다 우리의 이상을 되찾고 싶어."

"그래?"

"응."

"너답지 않게 열을 올리면서 그런 오글거리는 소리를 하는 게 너무 신기하다. 좋아, 나도 기꺼이 도와줄게."

든든한 친구에게 나는 진심으로 고맙다는 인사를 건넸다.

"야, 새삼스럽게 인사 차리는 거, 소름 끼치니까 하지 마!"

도스케는 손을 내저으며 받아주지 않았다.

그리고 한 시간쯤 우리는 오늘의 임무 따위는 잊고 술을 마셨다.

"이제 슬슬 폰짱 바래다주고 집에 가야겠다. 우리 집에서 옷 갈아입고, 아, 가에데가 그 옷이 마음에 든다면 그냥 빌려줘도 되는데."

"아니, 한시바삐 돌려주고 싶어. 그래서 너희 집에 꼭 들러야겠다."

“왜 그래, 폰짱도 오늘 데이트였느냐고 물었잖아. 그 옷으로 새 여자 친구 찾아보면 아주 딱 좋을 텐데. 아, 혹시 아직도 아르바이트하던 가게의 그 여학생을…….”

“언젠가의 도스케와 나는 다르니까 걱정은 접어두셔. 얼른 폰짱이나 깨워.”

도스케가 폰짱에게 일어나라고 말을 건넸다. 그래도 반응이 없어서 어깨를 쿡쿡 찌르자 그녀는 움찔 몸을 흔들더니 빨갛게 자국이 난 이마를 내보였다.

“아, 죄송합니다……. 내가 잠이 들었……음냐.”

“그만 가자.”

“네에…….”

여전히 잠이 덜 깬 폰짱을 도스케에게 맡기고 나는 계산대로 갔다.

술집을 나와 폰짱을 데려다주고 도스케의 집으로 향했다. 2차로 마시기로 했지만 결국 둘 다 어느새 방바닥에 누워 잠이 들어버렸다.

꿈에 1년 전쯤에 사귀다 헤어진 아르바이트 가게의 그 여학생과 함께 웬일인지 폰짱이 나타났다.

그러고 보니 폰짱은 언제부터 나를 다바타 선배가 아니라 가에데 선배라고 부르기 시작했을까.

아침에 잠이 깨자마자 별 의미도 없이 그런 생각을 했다.

*

어떤 여자와 함께 계단을 내려오던 아키요시가 아래쪽 복도에 있던 나를 발견하고 눈짓으로 신호를 보냈다. 이윽고 계단을 다 내려와 함께 왔던 여자와는 헤어졌다. 좀 더 아래층으로 내려가는 그 여자에게서 등을 돌리고 아키요시는 "안녕?"이라고 내 앞에 와서 섰다.

"가에데, 여기는 웬일이야?"

"응, 리포트 제출 장소가 위층 교수실이라서."

"그렇구나. 이다음에 또 수업?"

"아니, 집에 가려던 참이야. 아키요시는?"

"나도 수업 없어서 지금 약속이……. 아, 가에데도 점심 먹을 거면 나하고 같이 갈래?"

"뭐야, 갑작스럽게?"

웬일인가 하고 의아했다. 아키요시가 누군가와 나란히 계단을 내려온 것도, 누군가와 약속을 잡았다는 것도 평소에는 전혀 없었던 일이다. 게다가 자신의 선약에 나까지 함께 가자는 건 무슨 얘기인가.

"실은 모아이에 가입할 사람을 만나기로 했어. 방금 계단을 함께 내려온 여자분, 내가 듣는 강의의 조교 선생님인데 지난번에 잠깐 모아이 얘기를 했었거든. 그랬더니 같은 수업을 듣는 학생이 모아이에 관심이 있더라고 알려주셨어. 그 학생을 오늘 만나기로 했는데 마침 잘됐다, 가에데도 함께 가면 좋겠네. 아, 혹시 바쁘거나 만나기 싫다면 안 가도 되고."

바쁘지도 않았고 누군가를 만나는 건 별로 소질이 없지만 싫다고 할 정도는 아니었다. 단지 마음에 걸리는 게 있었다.

"이거, 가입 면접이야? 비밀결사의?"

"그런 대단한 거 아니야. 특별한 사람만 골라서 뽑다니, 우리가 무슨 프리메이슨•도 아니고."

아키요시는 곧잘 자신이 한 말에 하하 웃곤 했다.

대단한 건 아니지만 그래도 면접 같은 것이라고 생각했다. 그리고 이어진 아키요시의 말은 그런 내 생각을 다시금 긍정해주는 것이었다.

"그 친구를 받아줬다가 혹시 가에데 마음에 안 들면 그것도 좀 그렇잖아. 나야 원래 싫은 사람이 거의 없으니까 괜찮지만. 낯가리는 센서가 망가졌거든."

"망가졌어? 애초에 탑재가 안 된 줄 알았는데."

"뭐야?"

아키요시는 웃으면서 내 어깨를 툭 치고 한마디 덧붙였다.

"그러고 보니 낯가림도 능력이라더라."

당연한 일이지만 그때는 우리 앞에 기다리는 미래 따위, 알지 못했다. 사라져버린 자도, 왜곡되어버린 자도, 싸우려는

• 18세기 초 영국에서 시작된 단체. 비밀결사의 대명사로 사용된다.

자도, 그 누구도 앞일 따위 알지 못했다.

그 무렵에는 오로지 이상만을 바라보는 모아이가 아직 존재했었다.

그날, 아키요시가 권하는 대로 근처 패밀리레스토랑에서 회원으로 가입하려는 여학생을 만났다. 처음 만나 잠깐 얘기해본 인상을 솔직히 말하자면 뭔가 나와는 다른 타입이었다. 모아이에 관심을 가진 괴짜라니, 아키요시 같은 4차원 친구가 한 명 더 늘어나겠다고 생각했었지만 그녀는 아키요시와도 전혀 다른 타입의 인간이었다.

어머니가 이탈리아인이어서 다즈노키 미아라는 이름을 가진 그녀는 쌍꺼풀 없이 길쭉한 눈매에 입술이 얇아서 차가운 분위기를 휘감고 있었다. 표정에서 따스함이 느껴지는 아키요시와는 전혀 다르다는 것을 생김새에서도 알 수 있었다. 똑같은 점은 그녀도 자신의 시선으로 바라보는 미래를 굳게 믿는다는 것이었다. 다만 그곳에 이르기까지의 여정이 아키요시와 달랐다.

"요즘 종교와 경제에 대해 공부 중이야. 어떤 시스템으로 세계가 돌아가는지, 어떤 자들이 좌지우지하는지, 좀 더 알고 싶어서."

레몬티를 마시며 다즈노키는 조용히 자기 자신에 대해 이야기했다. 간단히 말하면 그녀는 이론을 추구하는 인간이었다. 그녀에게 이론이란 아키요시의 이상과도 같은 것이었다.

자신과는 상당히 다른 다즈노키의 이야기를 아키요시는 흥미진진한 기색으로 듣고 있었다. 잠시 뒤에 다즈노키는 세 번째 모아이 회원이 되었다.

댐이 무너졌다고 할까—실제로는 그 반대였지만—, 단둘뿐이던 게 무너지고 문호를 개방한 순간이었다. 그리고 그때부터 모아이는 쉼 없이 굴러가지 않으면 안 되었던 것 같다.

세 명이 네 명이 되고, 네 명이 다섯 명이 되고, 마침내 대학에 번듯한 단체로 인정받을 수 있었다.

아키요시는 기뻐하는 것 같았지만, 동시에 이런 말도 했다.

"내가 먼저 말을 꺼냈으니까 신청도 내가 했지만 모아이는 우리 모두의 것이고 가에데의 것이기도 해. 이건 아니다 싶은 게 있으면 언제든지 말해줘. 우리 둘 다 납득할 만한 형태로 운영해나갈 거니까."

그것이 아키요시가 바라던 이상의 형태였던 것이리라.

이상은 무너지고 그것을 지향하던 자도 사라져버릴 줄은 아무도 생각하지 못했다.

도스케가 이번 교류회 행사에 참석하기 2년 반 전쯤의 이야기다.

*

그리고 이제부터 할 얘기는 교류회 행사가 끝나고 한 달쯤 지난 뒤의 일이다.

"오, 가에데, 반갑다!"

"응, 그래."

기온이 부쩍 오르고 벌써 바람에 여름 냄새가 섞이기 시작하는 계절이다. 학생식당에서 메밀국수를 먹고 있는데 텐이 까르르 웃어대는 여학생과 함께 옆을 지나가면서 인사를 건넸다.

"커뮤니케이션 능력이 지나치게 좋아도 오히려 커뮤니케이션 장애가 생기는 모양이에요."

조금 전에 우연히 만나서 함께 점심을 먹던 폰짱이 별스러운 얘기도 아니라는 투로 묘한 것을 알려주었다.

낯가림이 능력이라고 하는 자가 있는가 하면 커뮤니케이션 능력이 장애가 될 수 있다고 하는 사람도 있다. 이상한 얘기지만, 가치관이란 언제 어떻게 반전할지 모르는 것이다. 그래서 모아이는 그토록 크게 바뀌어버렸을 것이고, 따라서 지금부터 우리가 다시 바꾸는 것도 불가능하지 않다고 긍정적으로 받아들이기로 했다.

그로부터 한 달, 우리는 아직 그때 세운 작전의 한복판에서 있었다.

일의 경과는 그럭저럭 괜찮은 편이다. 그 뒤로 우리는 텐과 접선해 함께 밥도 먹고 술도 마시는 관계를 만들어갔다. 오는 자 막지 않고 가는 자 잡지 않는다는 텐의 기질은 우리 입장에서는 마침 좋았다. 서로 얼굴 알면 친구, 라는 그에게 우리는 이미 친구일 것이다. 전에 도스케가 말했던 대로 나와는 너무 달라서 어쩐지 싫은 부류의 인간이지만, 이번 일만 보자면 운이 좋았다. 무슨 직접적인 피해가 있는 것도 아니다. 텐이 내가 아는 모아이 인물들과 함께 있을 때는 잽싸게 피하도록 한다는 점만 주의하면 된다.

다만 작전상, 몇 가지 문제점도 생겨났다.

"이 더위에 재킷이라니, 저 사람 머리가 돈 거 아니에요?"

반소매 셔츠를 입은 폰짱이 텐에 대해 그런 얘기를 했다. 한 달 전의 일로 모아이에 대한 혐오감이 끓어오른 것 같았지만 폰짱의 그런 심정은 딱히 문제가 아니었다.

문제는 폰짱과는 달리 텐은 그 자리에 없는 사람에 대한 얘기는 거의 하지 않는다는 것이었다. 그것은 말을 바꾸자면 우리에 대한 것이 그자들에게 알려질 일은 없다는 이점이기도 했다. 하지만 그런 만큼 자신의 의혹에 등장하는 여자 얘기도 제 입으로는 단 한마디도 하지 않았다. 그렇다면 우리 쪽에서 먼저 여자관계 얘기를 꺼내면 될지도 모르지만 사생활에 너무 깊이 개입하면 부자연스럽게 여길 수 있다. 뭔가 좋은 방법은 없을지, 우리는 현재 그것을 모색하고 있다.

참고로, 좀 민망하지만 폰짱이 말한 텐의 재킷에 대한 얘기를 하려고 한다. 한 달 전에 내가 찾아간 카페에서 뒷자리의 모아이 회원들이 우연히 텐에 관한 이야기를 했던 것을 나는 행운이라고 생각했지만 실은 아니었다. 내가 그때 했던 변장이 텐의 차림새와 매우 비슷했던 것이다. 이미지만 시모기타자와 식이었던 그 옷차림을 보고 그녀들 중의 한 명이 텐을 떠올렸던 것이리라. 뜻밖의 지점에서 도스케의 파인플레이가 큰 공을 세운 셈이었다. 세상 모든 일에는 분명하게 이유가 있게 마련이다. 그리고 새삼 나와 텐 사이에 존재하는 메울 수 없는 간극을 실감했다.

점심식사를 마치고 폰짱과 헤어진 나는 강의 하나를 듣고 아르바이트를 하러 가기로 했다.

지난 한 달 동안의 모아이 관련 활동과는 아무 상관없는 변화지만 나는 아르바이트를 다시 시작했다. 일부러 일자리를 구했다기보다 전에 아르바이트하던 드러그스토어 점장에게 취업 결정 소식을 전했더니 다시 나와 달라고 한 것뿐이다. 모아이도 중요하지만 먹고살기 위해서는 돈이 필요하다.

그 드러그스토어는 학교에서 자전거로 10분 거리다. 건물 뒤편에 자전거를 세워놓고 내 집처럼 익숙한 뒷문으로 라커룸에 들어갔다. 다시 일을 시작한 뒤로 항상 같은 타임에 근무하는 '조폭 여학생'—이건 나 혼자 마음속으로만 부르는 별명이다— 가와하라 씨가 먼저 와 있었다. "안녕하십니까?"라고 하길래 나도 "아, 네, 안녕하십니까?"라고 답했다. 그녀는 우리 대학 1학년이라서 캠퍼스에서는 명백히 후배다. 하지만 아르바이트 때는 약간 미묘하게 다르다. 다시 일하러 나온 시점부터 생각하면 내가 오히려 후배지만 그 전에 근무한 것까지 계산하면 여기서도 선배다. 결국 지난 한 달 내내 어떻게 대해야 할지 모색하는 사이에 서로 간에 어중간한 존댓말이라는 관계로 자리가 잡혔다. 다행히 캠퍼스 안에서는 아직 마주친 적이 없다.

드러그스토어의 업무는 간단하다. 상품 진열과 계산대, 그 밖의 자잘한 일들을 처리하면 된다. 주택가에 위치한 점포여서 진상 손님도 별로 없고, 혹시 그런 손님이 오더라도 반드시 한 명은 상주하는 정규직에게 넘겨버리면 된다. 언젠가 말도 안 되는 이유로 반품을 요구한 손님에게 가와하라 씨가 "뭐요?"라고 험하게 대꾸했을 때는 옆에서 간이 서늘해졌다. 뭐, 그런 정도다. 그때부터 나는 마음속으로 그녀를 조폭 여학생이라고 부르고 있다. 귀를 감추듯이 세팅한 머리칼 사이로 이따금 은빛 귀걸이가 반짝 내보이는 것도 그녀의 특징이다.

분명 폰짱처럼 능숙하게 살아가지는 못하는 모습이었다. 가와하라 씨와 거의 아무 대화도 없이 부지런히 일하다 보면 서서히 가게 밖이 어두워지고 밤이 다가온다. 그 시간대쯤이면 손님들의 발길도 뜸해져서 우리는 한 사람은 청소를 하고 다른 한쪽은 멍하니 계산대에 서 있곤 했다.

나는 가게 안에 흐르는 음악에 귀를 기울이며 별 생각 없이 계산대 주위를 닦고 있었다. 건너편에는 가와하라 씨가 따분한 듯 멀뚱히 서 있었다. 항상 똑같은 가게 안, 별일 없는 일상이다.

계산대 앞을 지나가려는 때였다. 가와하라 씨가 불쑥 나를 불렀다.

"다바타 씨."

"아, 네!"

드문 일이었기 때문에 흠칫 놀란 소리로 대답하자 가와하라 씨는 그제야 무슨 말을 해야 할지 생각하는 것처럼 비스듬히 위쪽을 쳐다보았고 그런 다음에 다시 내 쪽을 향했다.

"전에 얘기했던 모아이, 알아보러 갔었어요."

"엇, 진짜요?"

"진짜요."

입을 아주 조금만 움직이면서 가와하라 씨는 고개를 끄덕였다. 언뜻 귀걸이가 보였다.

"설명회를 한다고 해서 다녀왔는데요."

"행동력이 뛰어나네요……."

"회원 가입했어요."

"엇, 진짜요? 아, 아니, 진짜겠죠."

"한가했거든요."

할 일이 없어서 만화책을 봤습니다, 라는 정도의 느낌으로 모아이 가입을 털어놓는 가와하라 씨. 나는 당연히 놀랐다.

하지만 속내를 말하자면 지난 며칠 동안 나는 그녀가 모아이에 가입하기를 기다려왔다. 이건 우연이 아니다. 그래서 새삼 놀란 것은 전적으로 나의 소심한 성격 탓이다.

한 달 전부터 진행해온 모아이 토벌 계획 중 하나로 나는 모아이에 누군가 스파이를 심어놓는다는 작전을 짜냈다. 도스케처럼 국외자로서 잠입하는 것도 아니고 폰짱처럼 그곳을 싫어하면서 어쩌다 참석하는 것도 아니다. 실제로 모아이에 관심을 갖고 정식으로 가입해 회원으로서 보고들은 것을 지나가는 얘기처럼 들려줄 사람, 스스로 스파이라는 자각이 없는 스파이. 하지만 우리 입맛에 딱 맞는 그런 사람이 있을 리 없다. 현실적인 작전이 아니라고 포기하려던 참이었는데 얼마 전에 가와하라 씨가 내게 물었다.

"어딘가 재미있는 동아리 없어요?"

"아, 거기 꽤 재미있을 것 같던데요."

만에 하나의 가능성을 기대하며 나는 모아이라는 '수준 높은' 동아리의 존재를 추천했다.

물론 그녀가 회원이 된다면 정보 입수가 한결 수월해질 것이라는 계산 때문이었다. 하지만 설마 이렇게 빨리 행동에 옮기고 게다가 가입까지 해줄 줄은 생각도 못했기 때문에 내심 놀랐다. 어쩐지 미안한 마음도 있었다.

"그런 쪽에 관심이 있었던 모양이죠?"

"관심이랄 건 없고요. 운동부 쪽은 별로고, 문화 쪽도 취미 활동이라면 나 혼자 하면 되니까요. 그래서 모아이에 가입했어요."

"아, 예……."

"어? 사실은 수상한 동아리였어요? 종교 쪽이라든가?"

동아리의 존재 방식만 보자면 종교라고 말해버려도 될지 모른다. 하지만 가와하라 씨의 질문은 그런 게 아니라는 것을 알고 있었기 때문에 나는 고개를 저었다.

"아뇨, 그런 건 전혀 없을걸요."

"그럼 됐어요. 모아이, 아주 열의가 넘치더라고요. 다른 동아리는 권할 때도 냉소가 보인다고 할까. 나는 스스로 도취하는 사람들, 좋아해요."

우연히도 서로 간에 필요가 딱 맞아떨어지는 동아리를 소개했구나, 라고 생각했다. 하지만 설마 그런 말을 할 수는 없고, 그렇다고 스스로 도취하는 집단이란 결국 가와하라 씨가 우려하는 종교 동아리와 별반 다를 게 없지 않으냐는 말도 못 하고, 나는 대충 두루뭉술한 대답을 준비했다.

"나도 자세히는 모르지만, 들리는 얘기로는 상당히 바쁜 모양이에요. 학점 놓치지 않게 조심하고, 거기서 어떤 활동을 하는지 가끔 얘기해주십쇼."

"관심 있어요?"

"아뇨, 여행 얘기 같은 느낌으로."

"알았어요."

거기서 가와하라 씨와 나의 대화는 끝났다. 손님이 계산을 하러 왔기 때문이다. 나는 등을 돌리고 다시 청소를 시작했다. 무덤덤한 음성에 미소 따위는 전혀 없이 "계산하시겠습니까?"라고 묻는 가와하라 씨의 말소리가 들려왔다.

두 시간이 지나 가와하라 씨와 같은 타임에 근무가 끝났다. 그녀는 잽싸게 옷을 갈아입고 라커룸을 떠났다. 왜 그런지는 알 수 없지만 그녀는 항상 한발 앞서 라커룸을 나가면서도 내가 옷을 갈아입고 밖에 나가면 헬멧을 쓰고 스쿠터 엔진을 켠 채 기다리고 있다. 나를 보자마자 "수고하셨습니다"라는 무뚝뚝한 인사를 던지고 부우웅 사라진다. 항상 그렇다.

조폭 여학생이라서 상하관계에 특히 엄격한 건가. 그런 생각을 해가며 자전거 자물쇠를 풀고 문득 스마트폰을 들여다봤더니 도스케의 문자 메시지가 와 있었다.

'텐에게 직장인 여자 친구가 생긴 것 같아.'

한 남자의 연애 사정을 알려주는 것뿐인 별 의미 없는 메시지로 보일지 모른다. 하지만 그것은 우리가 목을 빼고 기다려온 봉홧불 같은 것이었다.

"완전 안성맞춤이네!"

빈 좌석이 없을 만큼 북적거리는 주말, 지하철 문에 기대선 도스케에게 가와하라 씨가 그 뒤로 착실히 모아이 모임에 참석한다고 얘기했더니 그는 깜짝 놀란 듯이 말했다. 달리는 지하철 주위에 높은 건물이 사라지면서 강한 햇살이 비쳐들었다. 도스케의 멋내기안경이 번쩍 빛났다.

"시간이 좀 걸리는 작전이지. 거기서 친구도 사귄 모양이야."

어제 근무 때 "모아이 친구와 놀러갈 예정"이라고 말했던 가와하라 씨의 진지한 얼굴이 생각났다. 그 성격에 어떻게 친구를 사귀었는지, 쓸데없는 오지랖이지만 은근히 걱정스러웠다. 하지만 물론 그런 건 묻지 않았다.

차창 밖으로 흘러가는 풍경을 멍하니 바라보다가 문득 고개를 돌리자 도스케가 내 등 뒤를 향해 손을 흔들고 있었다. 나도 아는 사람인가 하고 조심스럽게 돌아봤더니 자그마한 여자애가 이쪽을 향해 손을 흔들고 있어서 마음이 놓였다.

가족과 커플 승객으로 가득한 지하철은 한 사람 한 사람의 사연을 싣고 휙휙 달려갔다. 그들 중 대부분은 분명 이 지하철의 종점에 있는 테마파크로 향할 것이다.

우리는 어떤가 하면 별로 내키지 않는 얼굴로 어느 공원 근처 역으로 향하고 있었다.

이유는 어떤 모임에 참석하라는 얘기가 들어왔기 때문이다.

"바비큐 모임?"

"응, 텐이 여학생들도 올 거니까 함께 가자고 하더라고. 연락용으로 메일 주소 알려주고 회비만 내면 누구든 참가해도 된대. 뭐, 요즘 흔해빠진 번개 모임이야."

"그런 수상쩍은 자리를 흔해빠진 모임이라고 하는 건 건들건들 노는 대학생들뿐이지."

"아니, 아니, 아냐. 누가 주최하는지도 잘 모른다니까. 텐에 의하면 모아이 쪽 사람들은 초대하지 않았으니까 가입하라고 조를 걱정은 안 해도 된다더라. 하긴 그래서 누가 나타날지 아슬아슬하지만 딱히 위험할 것도 없고, 나는 가볼 생각이야. 너는?"

그런 대화를 했던 것이 나흘 전쯤이다. 결국 매번 도스케에게만 일을 떠맡기는 것도 미안해서 나도 참석하기로 했다. 텐의 정보를 그런 개방적인 모임에서 알아내기 위해서였다. 처음으로 도스케와 둘이 동시에 잠입하는 셈이다.

명색이 잠입인데 걱정거리는 조금이라도 덜어야 한다면서 또다시 내 옷을 챙겨준 도스케는 이번에도 묘하게 신바람이 나있었다.

"역시 잘 어울리는데, 가에데?"

반쯤 웃으며 말하는 도스케에게 나는 아니, 라고 분명하게 부정의 의사를 표했다.

"아는 사람에게 들키면 혀 깨물고 죽을란다."

"그런 신나는 차림새로 사망하면 수사가 난항을 거듭하겠는걸?"

껄껄 웃는 도스케 때문에 나는 다시 한번 내 옷차림을 살펴보았다. 연두색 알로하셔츠에 흰 티셔츠, 아래는 노란색 반바지에 하얀 슬립온. 거기에 흰색 밀짚모자와 목걸이로 마무리했다. 분명 멀리서 보면 아무도 나인 줄은 상상도 못하겠지만, 어딘가 리조트에 가는 듯한 이 차림새, 끔찍할 만큼 창피하다. 그에 비해 도스케는 폴로셔츠에 멋내기안경으로 세련된 맛을 풍기는 것도 지독히 짜증난다.

“도스케, 너는 굳이 변장할 것도 없는데 그 멋내기안경은 무슨 의미냐?”

“아니, 안경을 물로 보지 마. 남자의 멋을 가장 간단히 업그레이드시켜주는 아이템이야.”

“진짜 눈 나쁜 사람들이 들으면 화나겠다.”

도스케는 다시 껄껄 웃었다. 원래 흥이 많은 친구지만 오늘은 평소보다 더 신이 난 것은 봄날의 양기(陽氣) 때문일까. 아니면 여학생들이 온다는 정보 때문인가.

폰짱도 함께 왔으면 좋았을 걸. 내심 아쉬워하는 참에 지하철이 서서히 속도를 늦추면서 역에 멈춰 섰다. 등을 기대고 있던 도스케가 슬쩍 비켜서자마자 문이 열렸다. 우리는 약 냉방 차량에서 후끈하게 달아오른 바깥으로 과감하게 뛰쳐나갔다.

“으, 덥네.”

“이런 더위 속에 고기를 굽냐, 고기를?”

아웃도어를 딱히 싫어하는 건 아니지만 미처 더위에 대한 마음의 준비도 못한 6월이다. 숯불이라니, 상상만 해도 지레 피곤해지는 느낌이었다.

개표구를 나서자 우리의 목적지와 관계가 있는지 없는지, 피크닉 차림의 젊은이들이 공원 입구로 이어지는 사거리 쪽으로 가고 있었다. 나는 혹시나 아는 사람이 없는지 주위의 얼굴들을 주의 깊게 관찰했다.

"엇, 텐이다!"

옆에 있던 도스케의 말에 나도 모르게 흠칫 긴장했다.

도스케가 "어이" 하고 손을 흔드는 쪽을 보니 분명 텐이 편의점 봉투를 한 손에 들고 스마트폰을 들여다보며 횡단보도를 건너고 있었다. 내게 미리 상의도 없이 목소리를 높이다니. 도스케를 알아본 텐은 웃는 얼굴로 마주 손을 흔들며 횡단보도 건너편에서 기다려주었다.

"왔구나, 도스케! 앗, 가에데는 평소하고 느낌이 전혀 다른데? 오, 패션에 신경 좀 쓰셨네. 아주 좋아, 그 차림."

"아니, 아냐, 하하하."

웃으면서 어물어물 넘겼지만 물론 나는 패션 따위에 신경 쓸 마음은 전혀 없었다. 마주한 텐이야말로 큼직한 모자에 셔츠를 맞춰 입고 손가락에는 실버 액세서리까지 번쩍거려서 그야말로 마음먹고 멋을 부린 것 같았다. 아니, 그에게는 그게 일상인지도 모르지만.

몇 차례 별 의미도 없는 인사말을 주고받은 뒤, 텐은 우리를 바비큐 모임 장소로 안내해주었다. 실은 사람이 적을 때 등장해서 공연히 주목받는 일이 없도록 약속시간보다 일부러 늦게 왔는데 그 시점에도 아직 반밖에 오지 않았다고 한다. 역시 대학생 모임답구나, 라고 생각했다. 나중에 온 사람들 중에도 아는 사람이 없는지 계속 주의를 기울여야 해서 상당히 신경이 쓰일 것 같았다.

바비큐가 허가된 광장으로 나가자 벌써 몇몇 팀이 모여 진지를 만들기 시작하고 있었다. 텐에게서 어떤 부류의 참석자들인지 설명을 들으면서 우리는 광장에서 한층 큰 공간을 점령한 단체 쪽으로 안내를 받았다. 점점 가까워질수록 놀람도 커져갔다. 참석자가 너무 많은 것이다. 고등학교 한 개 반 정도는 될 만한 숫자인데 아직 반밖에 안 왔다니, 이건 대체 무슨 모임인가.

전체가 자기소개를 하는 시간 따위는 없는 게 그나마 구원이었다. 우리 작전 때문에 불가피하게 따라왔지만 이렇게 많은 사람들의 주목을 받는 건 상당히 괴롭다. 회계 담당자에게 우선 회비부터 내고, 그 참에 텐이 자기 친구들 몇 명을 소개해주었다.

텐하고 같은 대학? 오호, 완전 두뇌 명석한 인재들이잖아? 야야, 대충 뭐든 갖다 마셔, 마셔!

저마다 거의 똑같이 그런 말을 건네주었다. 좋다 나쁘다 평가할 건 아니지만, 역시나 하나같이 건들건들 놀아본 느낌이다. 내가 이런 즉석 모임을 까맣게 모른 채 대학 생활을 보내버린 것도 고개가 끄덕여졌다.

누군가의 재촉에 아이스박스에서 맥주캔을 하나씩 집어든 참에 내내 옆에서 친절하게 안내해주던 텐이 스마트폰을 귀에 댔다. 대화 내용을 들어보니 우리와는 별도로 그가 초대한 사람이 길을 잃은 모양이었다.

“미안, 잠깐 친구 좀 데리러 가야겠다. 적당히 다른 사람들하고 놀고 있어.”

상쾌한 웃음을 던지고 텐은 빠른 걸음으로 방금 왔던 쪽으로 멀어져갔다. 바쁜 사람이다. 뒤에 남겨진 도스케와 나는 무심코 시선을 마주치고 맥주캔을 치익 따서 건배했다. 한 모금 마셔보니 쨍쨍한 햇빛 아래 죄책감의 맛이 났다.

자아, 어떻게 할까. 한 호흡 쉬면서 주위를 살펴보는데 옆에서 “엇!” 하는 소리가 났다. 돌아보니 도스케가 건너편에서 고기를 굽는 남자와 서로 손을 흔들고 있었다. 누구냐고 묻기도 전에 “내년부터 직장 동기가 될 사람”이라고 설명해주었다. 즉 도스케가 들어갈 회사의 예비사원이다.

“잠깐 인사만 하고 올게.”

도스케가 숯불 쪽으로 가버리자 나는 우두커니 혼자 남았다. 할 일 없는 처지인 것을 감추려고 다시 맥주를 한 입 마셨다. 이럴 때 내가 먼저 누군가에게 말을 붙일 수 있는 성격이었다면 아마 진즉에 이런 모임의 존재도 알고 있었을 것이다.

하하 웃어가며 이야기를 나누는 도스케 쪽을 멍하니 쳐다보는데 내 옆으로 누군가 다가오는 기척이 있었다. 그쪽을 돌아보기도 전에 나를 부르는 소리가 날아왔다.

"다바타 씨, 여기서 뭐해요?"

이름이 불리자마자 옆을 돌아보고 나는 흠칫 뒷걸음질을 쳤다. 그 반동으로 맥주가 조금 바닥으로 쏟아졌다.

"……가와하라 씨?"

물어보는 투가 되고 말았지만 내 옆에 있는 사람은 틀림없이 아르바이트를 같이하는 조폭 여학생 가와하라였다.

이 자리의 참석자들은 처음 도착했을 때 대략 확인했었다. 그때는 분명 가와하라는 없었다.

뭐해요, 라니 그건 내가 묻고 싶은 말이다.

"안녕하십니까. 다바타 씨가 이런 데도 와요?"

"예, 뭐, 그냥……."

"그리고……."

가와하라 씨가 내 머리에서부터 발끝까지 자연스럽게 훑어보며 말했다.

"옷차림, 뜻밖인데요?"

혀를 깨물고 죽을까, 하고 생각했다.

"아, 이건 친구가 장난을 좀 쳐서……."

"잘 어울립니다."

"고, 고마워요."

물론 공치사겠지만 가와하라 씨의 입가는 아르바이트 근무 때보다는 온화한 것처럼 보였다. 그녀는 평소와 비슷한 옷차림, 즉 온통 검은색이다. 평소보다 더 털털하게, 티셔츠에 면바지였다.

“가와하라 씨야말로 왜 이런 곳에……. 아니, 그러니까…….”

아무리 의외라고 해도 나도 참석한 곳인데 그녀는 올 권리가 없다는 식의 말투는 잘못이라는 생각이 들었다.

“가와하라 씨도 이런 곳에 오시네요? 아니, 그게 아니라, 지난번에 놀러갈 예정이라고 했던 게…….”

“네, 여기예요. 친구하고 왔어요.”

가와하라 씨가 눈짓으로 가리킨 쪽에는 매우 튼튼해 보이는 여학생이 있었다. 초대해준 선배인지 주최 측 남자에게 인사를 건네고 있었다.

“다바타 씨는 어떤 경로를 타고 왔어요? 날라리 친구들하고?”

아무래도 내 옷차림이 친구 장난이라는 말을 믿지 않는 것 같아서 나는 분명하게 설명해주기로 했다.

“아뇨, 그게, 모아이의 텐이라고 알아요? 상당히 간부급인 모양이던데, 실은 저쪽에 안경 쓴 친구가 도스케라고 내 친구예요, 그 친구하고 텐이 또 친구여서 그런 경로로 네, 오게 됐어요.”

내가 생각해도 별로 능숙하지 않은 설명을 당황해서 빠른 말투로 늘어놓고 말았다. 이상하게 생각하지는 않을까 내심 걱정스러웠다. 하지만 가와하라 씨는 고개를 끄덕여주었다.

“네, 텐이라는 사람, 대화해본 적은 없지만, 알아요.”

그녀나 나나 사적인 얘기는 거의 해본 적이 없는 사람들끼리, 그리고 아마도 말이 유독 어눌한 사람들끼리, 대화가 그리 쉽게 이어질 리 없어서 상당히 긴 침묵이 생겨났다. 거북스럽게 생각하는 건 아닌지, 그 대답을 통해 감지하기 전에 고맙게도 도스케가 돌아왔다.

옆에 온 도스케는 나를 돌아보며 눈짓으로 누구냐고 물었다.

"이쪽은 가, 가와하라 씨. 우리 대학 1학년이고 드러그스토어에서 같이 아르바이트를 하고 있어."

이름을 까먹어서 버벅거린 게 아니다. '그녀는' 이라고 말하려다가 너무 진지한 말투인가 싶어서 잠깐 머뭇거린 것이다.

가와하라 씨를 향해 "친구"라고 도스케를 가리키자 그녀는 꾸벅 인사를 건네며 담백하게 말했다.

"안녕하십니까, 가와하라입니다."

이런 때 나라면 첫 만남이라서 일단 존댓말이 튀어나오겠지만, 폰짱과의 관계를 봐도 알 수 있듯이 도스케는 후배에게는 상당히 익숙한 편이다.

"오, 반가워! 난 가에데 친구야. 같이 아르바이트를 한다고? 뭐, 눈에 선하다. 가에데가 덤벙덤벙 실수만 연발하겠지? 그래도, 잘 봐줘."

"내가 아르바이트하는 곳에 와본 적도 없잖아!"

깜빡 평소에 하던 대로 미운 소리를 날리고 나서야 혹시 가와하라 씨가 썰렁해하지 않을까 하고 바라보니 그녀는 입가를 살짝 올리며 웃고 있었다.

"아뇨, 항상 다바타 씨의 도움을 받고 있습니다."

"아, 아뇨, 나야말로."

별로 도움을 준 기억이 없었기 때문에 얼른 대답에 나섰지만, 도움이라는 단어를 뭔가 이상한 쪽으로 파악했는지 도스케가 남을 놀리기 10초 전의 눈빛으로 지그시 쳐다보았다. 나는 잽싸게 화제를 바꿨다.

"가와하라 씨와 함께 온 친구는 모아이 쪽 사람이에요?"

"네, 돌아오면 소개하겠습니다."

가와하라의 말이 떨어지자마자 그 친구가 이쪽으로 다가와서 엉겁결에 인사를 나눴다. 밑도 끝도 없이 명랑한 여학생이라는 분위기여서 그런 사람과 가와하라 씨가 친하게 지낸다는 것이 또 한번 뜻밖이었다. 하지만 원래 그런 것인지도 모른다. 친구라는 건 서로 부족한 부분을 채워주는 경우가 많은 것이다.

이번에는 가와하라 씨가 친구의 선배에게 인사하러 가겠다고 해서 나는 일단 대학 선배로서 농담처럼 한마디를 건넸다.

"우리는 신경 쓰지 말고 가서 재미있게 놀아요."

"다바타 씨도요."

그런 대답이 돌아왔다. 나는 재미있기가 어려웠지만 일단 감사히 받아들였다.

둘만 남게 되자 예상했던 대로 도스케는 열을 내며 팔꿈치로 나는 쿡 쑤셨다.

"또 아르바이트 후배야, 다바타 선배?"

"그런 거 아니라니까. 너야말로 여학생 사귀려고 바비큐 모임에 참석한 거, 폰짱에게 일러버린다?"

"어이쿠, 그건 안 되지! 뭐, 아무튼 좋아. 그보다 느닷없이 아는 사람을 만나다니, 조심해야겠다."

그건 정말 그렇다.

이제부터는 늦게 나타나는 사람들도 특히 주의하지 않으면 안 된다.

"이 옷 때문에 금세 들켰잖아. 당장 갈아입고 싶다."

"하지만 이상하다는 얘기는 없었지?"

"날라리 느낌이라더라."

공치사를 들었다는 말은 도스케에게 전하지 않았다.

잠시 지나자 텐이 예쁘장한 여학생을 데리고 돌아왔다. 그 여학생은 이번 모임에 아는 사람이 많은 모양이어서 여기저기서 들끓는 듯한 환성이 터져나왔다.

"오, 예쁘네."

도스케의 말에 역시 폰짱에게 일러버릴까 하고 잠깐 생각했다.

물론 우리는 예쁜 여학생을 보며 눈의 보양을 하러 온 것도 아니고, 뙤약볕 아래 고기와 맥주와 죄책감을 맛보러 온 것도 아니다. 우리는 우리의 임무를 완수하지 않으면 안 된다.

기본적으로 텐이 그동안의 여자관계에서 저지른 나쁜 짓을 제 입으로 털어놓게 하는 것이 목적이다. 모아이를 만남의 장소로 이용해 직장인 여자 선배를 독니로 물어뜯은 뒤 일방적으로 차버렸다, 라는 식의 무용담을 줄줄 털어놓게 하고 싶었다. 그것을 단초로 사실을 샅샅이 조사해 모아이의 악행 사례로 인터넷에 퍼뜨릴 예정인 것이다. 실은 내 가슴팍 호주머니에는 음성녹음기가 켜져 있어서 지금도 모든 대화를 담아낼 터였다. 원래는 텐의 발언을 그대로 인터넷에 올리는 것도 생각했지만, 올린 사람이 누구인지 금세 알 수 있다는 것 때문에 포기했다.

우리는 소수 정예다. 착실히 발로 뛰면서 처리해나갈 수밖에 없다.

우선 텐과 그 일행의 대화에 끼어들어야 하는데 나는 특히 그런 쪽에는 젬병이다. 사람들에게 다가가 자연스럽게 어울린다는 게 나한테는 상당히 고난도의 기술이다. 불가능할 것까지야 없지만 아무래도 부자연스럽게 되고 만다.

그런 점에서 도스케는 아주 능숙하다. 그야말로 자연스럽게 자신이 점찍은 상대와 대화하는 게 가능하다. 나의 부족한 부분을 채워주는 친구다.

텐은 주최자와 가까운 사이인지 빈번하게 불려갔다. 음료수 비치 장소를 묻는 질문에 답하기도 하고 고기도 구워야 하고 이래저래 바쁘게 돌아다녔다. 어디서나 웃는 얼굴로 농담처럼 툴툴거리면서도 싹싹하고 요령 있게 자신의 역할을 해치웠다. 역시나 대규모 조직 안에서 간부의 위치까지 치고 올라갈 만한 인물이라고 생각했다. 잘 놀아주는 날라리라는 것만으로는 아무도 따라오지 않을 것이다.

"아무튼 기왕 왔으니까 뭐든 좀 먹자."

도스케는 나에게 작전 개시를 선언하지도 않은 채 앞장서서 숯불과 고기 냄새가 나는 쪽으로 향했다. 나도 그 뒤를 따라갔다.

"텐, 이것 좀 가져가도 돼?"

"네네, 얼마든지 쓰세요!"

도스케는 고기를 나눠주던 텐에게 말을 건네 접시와 나무 젓가락 두 세트를 들고 왔다. 내게 하나씩 나눠주고 그는 다시 텐에게 접근했다.

"우리도 고기 좀 먹어야겠는데."

"에잇, 왜 다들 나한테 고기를 주문하는지 모르겠네. 잠깐만 기다려봐!"

귀찮다는 듯이 내뱉었지만 실제로는 재미있어 하는 텐에게 도스케가 웃는 얼굴로 말했다.

"아까부터 다들 부탁하는 거 보니까 텐이 고기를 제일 잘 굽는 것 같더라고."

주위에 있던 텐과 비슷한 느낌의 남학생들도 일제히 고기를 달라고 징징거렸다. 그 모습에 주위 여학생들이 일제히 깔깔거렸다. 나는 그런 모습을 도스케 옆에서 바라보며 미소를 만들고 있었다.

고기가 다 익을 때까지 계속 이 자리에 서 있는 건 부자연스럽지 않다. 도스케는 텐과 같은 대학인데도 4학년이 된 지금에야 서로를 알았다는 얘기를 하고 있었다. 우리보다 텐과 훨씬 더 오래 사귄 그들은 도스케가 알지 못할 만한 정보를 일러바치며 텐을 놀려댔다. 거기에 맞춰 도스케도 분위기를 띄웠다.

"엇, 내가 미처 몰랐던 텐의 모습이잖아?"

주위 사람들에게는 관계의 우위성이라는 유쾌함을 부여해 주면서 텐을 놀리는 흐름에 가볍게 올라탄 것이다. 나는 웃으면서 지켜보고 있었다.

대화는 자연스럽게 어디서 어떻게 알게 됐느냐는 것으로 옮겨갔다.

"아, 그건……."

텐에 대한 배려 차원에서, 그리고 그것도 일종의 테크닉인지 도스케가 말을 끊고 텐 쪽을 돌아보았다. 그러자 텐이 먼저 말을 꺼내주었다.

"응, 도스케가 우리 모아이 행사에 참석했었어."

그렇게 우리 쪽에서 무리하게 화제를 꺼냈다는 느낌 없이 자연스럽게 모아이 얘기로 끌고 갈 수 있었다.

주위의 반응은 특이한 일, 이라는 건 아닌 것 같았다.

텐이 모아이라는 말을 꺼내자마자 주위 사람들이 일제히 웃음을 터뜨렸다. 그들 중의 한 명이 말했다.

"야, 텐, 아직도 세계 평화를 위해 뛰고 있어?"

그들의 웃음은 모아이의 그런 이미지에 대한 것이었다.

"예예, 항상 말씀드리지만 제가 영웅감은 아니죠, 네."

텐의 생김새와 그 말이 얄밉도록 잘 맞아떨어져서 그것이 다시 주위의 웃음을 샀다.

"거기서 꽤 높은 자리를 꿰찼지?"

"그 정도는 아냐. 뭐, 한마디로 늬들보다는 이 사회에 공헌하고 있다고나 할까?"

짐짓 으스대는 텐의 말에 "어, 그래, 너 잘났다"라는 식으로 한바탕 끓어올랐다.

그 참에 아까 텐이 데려온 여학생이 음료수를 들고 대화에 끼어들었다.

"텐 선배가 우리 리더에게 전폭적인 신뢰를 받고 있거든요."

그 말에 텐이 피식 웃음을 터뜨렸다.

"아니, 아냐, 그건 절대 아니지. 리더는 내가 조금만 실수해도 폭발하는 통에 항상 싸우기만 하잖아. 아, 모아이 리더가 히어로라는 친구인데 보통 잔소리가 많은 게 아니야. 우리 엄마냐고 할 정도라니까."

지금까지 뒷담화는 별로 하지 않는다는 인상이 강했던 텐이 이번만은 말수가 많았다.

"리더가 여학생이었어? 예쁜 모양이지?"

"아니죠, 여기 있는 분들이 훨씬 더 아름다우시죠."

농담 섞인 텐의 찬사에 주변 여학생들이 웃었다. 그중 안경 쓴 여학생이 우리에게 큰 도움이 될 만한 화제로 몰고 가 주었다.

"텐은 누구한테나 그런 달콤한 말을 하니까 금세 걷어차이는 거야."

그의 연애사는 우리가 목을 빼고 기다리던 얘기였다.

그렇다, 몹시 기다리던 얘기였지만…….

솔직히 말해 듣기에 기분 좋은 얘기는 아니었다.

작전에 유리한 것과 내 감정, 그 두 가지는 전혀 상반된 것이었다.

다만 나 스스로도 뭔가 이상하다고 생각했다. 마치 종교처럼 현재의 리더를 추종하는 모아이가 영 마음에 들지 않는다. 하지만 막상 간부가 리더를 비판하는 모습을 보자 그런 상층부에서조차 뒷담화를 하는 조직이 되어버렸는가 하고 또 한번 실망감과 분노가 일었다.

감정에 치우쳐서는 안 된다는 건 잘 알고 있다. 냉정하게 귀를 기울여야 한다.

그러고 보니 조금 전 여학생의 발언은 '걷어찼다'가 아니라 '걷어차였다'였다. 주위에 그런 식으로 떠벌린 것일까.

아까 도스케가 예쁘다고 했던 여학생이 캔 츄하이를 마시면서 끄으응 하고 뭔가 의미심장한 신음소리를 냈다.

"나는 틀림없이 리더가 텐을 좋아하는 거라고 생각해."

"글쎄 그게 아니라 만날 싸우기만 한다니까?"

"여자는 원래 그런 거야."

마치 여성의 대표인 것처럼 발언하는 건 역시 자신의 용모를 자각하고 그것도 일종의 권력이라고 생각하기 때문일까.

"같은 학교 친구가 보기에는 어때?"

갑작스럽게 날아온 질문이었다. 평소 같으면 당황했겠지만 다행히 긴장 태세였기 때문에 도스케보다 먼저 반응할 수 있었다.

"그 리더에 대해 별로 아는 게 없어서……. 그렇지?"

"응, 그렇지. 하지만 행사에 참석했을 때 보니까 서로 좋아하고 말고 하는 느낌은 아니었는데?"

도스케가 옆에서 박자를 맞춰주었다. 하지만 자신이 원하는 대답이 아니었는지, 아니면 처음부터 우리에게 관심이 없었는지, 그 여학생은 우리 쪽으로 향했던 시선을 다시 텐에게로 돌렸다.

"하긴 텐이 워낙 여자한테 금세 반하는 스타일이니까."

지금까지의 대화와는 전혀 연결되지 않는 말이었다.

하지만 이런 것에 일일이 비위가 상했다가는 나는 이 세상에서 살아갈 수 없게 된다. 게다가 그 여학생의 발언은 우리에게는 뜻밖에 굴러들어온 수확이었다.

"그보다 텐, 요즘 여자 친구 생겼다면서?"

남학생 중 한 명이 말하자 단숨에 분위기가 달아올랐다. 이 작은 축제에 우르르 달려들듯이 지금까지 이 자리에 없었던 자들까지 끼어들었다. 대학생이라는 생물 중에는 항상 축제의 흥분 속에 있지 않으면 뭔가 불안해하는 족속이 있고, 오늘도 그런 자들이 섞여 있는 모양이다.

"그 얘기는 제발 하지 마!"

텐이 들고 있던 츄하이를 마시면서 말했다. 그 얼굴에서 지금까지의 웃음기가 싹 가셔버린 것이 인상적이었다. 자신의 나쁜 짓거리에 죄책감이라도 든 것인가. 그런 일이 들통 나더라도 나무라지 않고 웃으며 받아줄 '동지들'은 아닌 것인가. 아니면 아무래도 여학생들 앞이라서 태연할 수가 없는 것인가.

"진짜야? 와아, 축하한다! 어떤 여자야?"

"설마 또 직장인 선배는 아니지?"

"축하축하! 야, 이번에는 괜찮은 거지?"

이런 때 축하보다 놀리는 느낌이 강한 말들을 던지는 것은 흔한 일이지만, 아무래도 마음에 걸린 것은 그들의 말 속에 걱정해주는 톤이 섞여 있다는 점이었다.

텐은 일부러 그러는지 입을 툭 내민 얼굴로 그들의 축하를 설렁설렁 넘겨버렸다. 들고 있던 고기용 집게를 딱딱 치면서 새삼 주목을 독차지하더니 딱 한마디만 대꾸했다.

"사귀는 여자, 없어!"

나와 도스케는 서로를 마주보았다.

"그럼 그 정보는 엉터리였어? 어떻게 된 거야?"

머리를 노랗게 염색한 자가 조금 전에 텐의 연애사를 늘어놓은 남학생과 텐을 번갈아 바라보며 물었다. 나는 계속 텐을 지켜보았다. 주시하는 것을 들키지 않게 맥주 캔을 입에 댄 채로.

"아니, 내가 진짜 쪽팔려서 이런 얘기는 하고 싶지 않았는데 말이지."

텐은 눈썹 끝을 축 늘어뜨리고 자조적인 감정을 단번에 알 수 있는 웃음을 내보였다.

그 표정은 그가 이 사회에서 살아가기 위한 일종의 능력일 것이다.

"내가 모아이 회원과 직장인 선배들 연락처도 관리하고 있거든. 그러니 그쪽에도 내 연락처가 알려져서 행사 때 잠깐 얘기했던 여자 선배가 밥을 사주겠다고 나오라는 일이 어쩌다 한 번씩 있는 거야."

"네가 사전작업을 했겠지."

"글쎄 그런 거 아니라니까! 그쪽에서 수고했다고 위로 겸 함께 밥이나 먹자는 것뿐이야. 메일 주소도 모아이 전용이고. 근데 어쩌다 보면 가끔 약간은 괜찮은 분위기가 형성되는 때가 있더라고. 행사 끝난 뒤라든가, 메일로 명백히 데이트 신청이 들어온다니까."

"부른다고 넙죽넙죽 찾아갔구나."

빈정거리는 여학생의 말에 텐이 "아니, 아니지"라고 고개를 저었다.

"내가 날라리라서가 아니라 사실 얘네들도 그런 데이트 신청이 들어오면 틀림없이 갈걸?"

텐이 남학생들 쪽을 차례대로 손끝으로 가리켰다.

"섹시한 누님이 청해주신다면야 물론 가야지."

일부러 정색을 하며 한 남학생이 텐의 말에 공감해준 것까지는 좋았다. 거기에 방금 전의 여성 대표 같은 여학생이 끼어들었다.

"나도 섹시한 남자 선배가 청해주신다면 갈 거야."

아마도 뭔가 자신이 원하는 이미지를 사람들에게 심어주기 위해서일 것이다. 대화의 흐름상 전혀 필요 없는 한마디였지만 여학생들은 한층 열기가 더해졌고 그 덕분에 텐의 이야기가 앞으로 내달리는 데 좋은 연료가 되었다.

나는 빨리 텐의 그다음 얘기를 듣고 싶었다. 그쪽에서 먼저 데이트를 신청했다고?

"맞아, 그런 거야. 그쪽에서 먼저 신청한 데이트에 응하는 건 딱히 나쁜 일은 아니라고. 그래서 나갔는데 역시 자연스럽게 그렇고 그런 분위기가 형성되면서 자꾸 만나게 됐어.

근데 와아, 그다음이 진짜 창피한 얘기야."

자각하고 있다는 점을 부각시켜 그 창피함을 얼버무리는 것은 텐뿐만 아니라 모두가 써먹는 테크닉이다.

"한마디로 말해서 나 혼자만 사귄다고 착각했던 거야. 그 쪽에서는 전혀 그럴 생각이 없었는데. 아, 여기서 잠깐 여론 조사!"

"오호, 역시나 개념찬 모아이!"

개그 같은 한마디에 일제히 웃음이 터졌다. 아무리 왜곡된 모아이라도 이런 일로 여론조사를 하지는 않을 것이다.

"자아, 단둘이 여러 번 만났고 손도 잡은 사이야. 이건 사귄 것이 아닌가? 아니면 말만 안 했지 사귄 것인가? 어때, 어느 쪽이 더 일반적이라고 생각해?"

어느 쪽이 더 일반적이냐고? 그건 각자의 경험에 따라 달라질 거라서 과연 텐이 원하는 답을 얻을 수 있을지 의문이었다. 하지만 손을 들라고 했기 때문에 나와 도스케는 남녀의 교제는 암묵의 이해라는 쪽에 손을 들었다. 즉 텐의 편을 들어준 것이다.

결과는 우리를 포함해 거의 반반이었다.

하지만 그런 결과보다 더 마음에 걸리는 건 텐의 인간성에 관한 것이었다.

"엇, 대박! 재네는 사귀지도 않는 사람과 태연히 손을 잡는 모양이네? 나보다 훨씬 더 날라리잖아?"

텐은 자기 쪽에 투표해준 여학생들에게 그런 말을 날렸다. 그녀들은 어떤 감정인지 애매한, 선한 웃음을 보이고 있었다.

그의 말을 나는 그대로 믿는 쪽으로 해석해보았다. 텐은 사귀지 않는 사람과는 손을 잡지 않는다. 그 주장이 옳다면 물론 그다음 단계도 없었다는 얘기인가.

"하긴 텐이 겉으로는 날라리 같지만 속내는 순수하지. 마음은 동정이라니까."

"대체 누가 동정이란 거얏!"

동정이라는 단어는 그들 안에서 상당히 흥분되는 말인 모양이다. 한바탕 쓸데없이 신이 나서 떠들어댄 뒤, 한 명이 슬슬 때가 됐다고 생각했는지 텐의 어깨를 툭 쳤다.

"됐어, 심각한 사이로 발전하기 전에 상대가 어떤 사람인지 알았으니까 잘된 거야. 이제 그다음으로 가자고, 그다음으로."

"맞아. 지난번에는 훨씬 더 우울해했었는데 그나마 다행이지."

"그치? 연상 좋아하는 내 취향, 어떻게 교정 좀 안 될까?"

웃음을 유발하려고 그런 말을 던졌을 것이다. 그런 텐에게 지난번 연애에서 무슨 일이 있었는지 이 자리에서 물어보기는 어렵겠다, 라고 포기했던 것은 최소한 이 장면에서는 좋은 의미에서 잘못 짚은 것이었다. 세상에는 섬세한 배려라는 게 없는 사람이 적절히 존재해주는 것이다.

"지난번에 무슨 일 있었어?"

흰색 톤의 하늘하늘한 옷차림에 약간 처진 눈매의, 여태까지 방글방글 웃으면서 그룹 안에 섞여 있었을 뿐, 그야말로 어쩌다 따라온 것이라는 느낌을 연출하던 여학생이 텐에게 물었다.

한순간 자리가 고요해졌다. 하지만 텐은 분위기를 파악하고 조종하는 것에 능숙했다.

"아니, 아니, 아무것도 아니야, 아무것도 아니라고! 그냥 문득 깨닫고 보니까 상대에게 나보다 더 좋은 남자가 있었을 뿐이야."

사실을 쓱쓱 지우는 모습을 표현하려고 과장스럽게 머리 위에서 손을 흔드는 텐에게 주위의 남학생들도 "관둬라, 관둬, 눈물 난다!" "자학 개그!"라고 왁자하게 떠들면서 그 자리의 썰렁한 분위기는 한순간에 안개처럼 사라졌다. '인공 천연기념물' 같은 여학생 쪽은 흠칫 놀란 얼굴을 하고 있었다.

텐의 연애 얘기는 그 지점을 경계로 서서히 수축해서 10여 분 뒤에는 완전히 다른 화제로 넘어갔다. 우리는 텐과 그 주변인물들이 계속해서 뭔가 중요한 사실을 흘려주지 않을까 기대하며 내내 그들 옆에 붙어 있었다. 하지만 고기를 먹고 권하는 대로 술을 마시고 각자 취업이 결정된 회사에 대해 나름대로 얘기한 끝에 바비큐 모임은 정리 시간을 맞이했다.

나와 도스케는 자진해서 쓰레기 정리를 맡았다. 페트병 안에 어중간하게 남은 것들을 쏟아버리고, 가까운 슈퍼마켓의 재활용 쓰레기 수집 박스까지 나르는 역할이다.

쓰레기봉투를 들고 가는 길에 주위에 사람이 없는 것을 확인하고 도스케가 먼저 입을 열었다.

"텐은 우리가 생각했던 것과는 다른 놈인 것 같아."

나는 고개를 끄덕여야 할지 어떨지, 한 차례 생각했다.

"아직은 잘 모르지. 텐이 그냥 거짓말을 하는 것일 수도 있어."

"글쎄 거짓말하는 것 같지는 않던데?"

다시 고개를 끄덕여야 할지 어떨지, 한 차례 생각했다. 하지만 결국 아무 말도 하지 않고 우리는 쓰레기를 버렸다. 그때의 한숨 쉬는 소리가 우리의 실망의 흔적으로 녹음기에 또렷이 남겨져 있었다.

약 3주일 뒤, 생각지도 못한 곳에서 상당히 신빙성 높은 소식이 날아왔다. 가와하라 씨다.

"그 사람, 시끌시끌하던데요? 텐이라는 사람."

아르바이트 근무 중에 가와하라 씨가 불쑥 그런 얘기를 꺼내는 바람에 나도 모르게 기대치가 쭈우욱 올라가고 말았다.

"다바타 씨랑 친구라고 했지요?"

"친구라고 할 정도는 아니지만, 왜요, 무슨 일 있었어요?"

"아니, 날라리 꽃미남 같은 이미지였는데 얼마 전에 함께 술 마시러 갔을 때 좀…….”

가와하라 씨는 현역 입학이니까 텐이 한참 선배인데 날라리 꽃미남이라니 그건 안 되죠, 라는 잔소리는 내가 1학년이었을 때를 생각하면 섣불리 꺼낼 수 없는 말이었다.

“의리남이에요, 그 사람.”

웬만해서는 여학생 입에서 듣기 힘든 단어다.

“그건 글쎄, 잘 모르겠지만……. 무슨 일인데요?”

“모아이 회원들 사이에서 텐이 여자관계가 꽤 복잡하니까 조심하라는 얘기가 간간이 들리더라고요. 그래서 술도 취한 김에 그 점을 콕 집어 물어봤어요.”

그런 걸 어떻게 물어봤는가, 라는 질문은 안 했다. 우리에게 유익한 정보일 가능성이 높다는 것도 있었기 때문이다.

“그 사람, 선배 직장인과 사귀다가 나쁘게 말하면 걷어차인 적이 몇 번 있었는데 그때마다 상대를 나쁜 사람으로 만들지 않으려고 모아이 내부적으로는 자신이 걷어찬 것으로 얘기해뒀다는 거예요. 아, 물론 그 사람이 직접 얘기한 게 아니라 여러 사람의 증언을 요약하자면 그렇다는 얘기예요. 나하고는 별 상관없는 일이지만.”

목소리 톤은 변함이 없지만 말수가 많은 것에서 상당히 흥분했다는 게 감지되는 가와하라 씨였다. 잘생긴 남자를 좋아하는 건가 싶어서 좀 뜻밖이었는데, 실은 그런 게 아닌 모양이다.

"자기 자신에 도취한 느낌이 최고여서 엄청 좋았습니다."

"……전에도 말했었지요? 그거, 좋은 건가요?"

가와하라 씨는 고개를 끄덕였다.

"자기 자신에 도취한 사람이 남도 도취하게 만드니까요. 그 사람이 인기 있는 것도, 띠동갑 직장인들이 추파를 던지는 것도 충분히 그럴 만하다고 생각했어요."

가와하라 씨가 자기 자신에게 도취한 누군가에게서 톡톡히 피해를 보는 미래가 눈에 선하게 떠오른 것은 일단 제쳐두기로 했다. 나는 그녀에게서 얻은 정보를 곱씹어보며 충분히 이해한 끝에 크게 실망하고 말았다.

카페에서 목격한 여학생들도 그렇고, 나와 도스케도 그렇고, 그야말로 텐이 노렸던 대로 실제 사실과는 정반대로 알고 있었다는 얘기인가.

아르바이트가 끝나고 도스케에게 전화했더니 끄으응 신음했다. 그도 나름대로 텐에게 은근슬쩍 떠봤지만, 아무래도 텐 쪽에서 직장인 여자 선배를 농락한 일은 없는 것 같다는 얘기였다. 게다가 텐 본인의 말에 따르면, 연애로 착각하게 했던 여자 선배의 회사가 지금도 모아이와 돈독한 관계를 맺고 있다는 것이다. 텐에게 분명한 잘못이 있다면 그런 일은 있을 수 없을 터였다.

나는 도스케와 상의해 이런 쪽으로 모아이를 공략하는 건 중단하기로 했다. 그리 좋은 결과가 나올 것 같지 않았기 때문이다.

그렇게 우리의 작전은 실패로 끝이 났다.

*

아키요시에게 연인이 생겼다는 말을 들었을 때, 나는 마음 속으로 크게 놀랐다.

"……뭐, 그럴 수도 있지."

"반응이 왜 그렇게 뜨뜻미지근해?"

그녀는 내 입으로 말하기는 민망하지만, 이라는 전제를 했다. 즉 마음먹고 용기를 내서 얘기했는데 내게 먹히지 않은 게 적잖이 불만스러운 모양이었다. 화가 난 것인지 아니면 겸연쩍은 것인지 아키요시의 얼굴은 상기되어 있었다.

물론 놀랐다. 상대가 내가 아는 모아이 관련자였던 것도 그렇고, 무엇보다 놀라운 것은…….

"아키요시 같은 사람도 연애에 관심이 있구나."

"가에데, 나를 대체 어떤 사람이라고 생각한 거야?"

아키요시 히사노, 라고 생각했었다.

하지만 대학생인데 그런 일이 생기는 건 어찌 보면 당연하고 게다가 아키요시에게 연인이 생겼다고 우리 사이에 뭔가 변화가 있는가 하면 그런 것도 없었다. 그녀에게 연인이 생기기 전부터 우리는 단둘이 만나는 시간이 대폭 줄었기 때문이다.

그때는 모아이가 학내에서 존재를 인정받고 회원도 불어나 조직으로 급성장하던 무렵이었다.

작은 봉사활동이며 재해지역 지원활동 등을 시작한 모아이에는 신입회원뿐만 아니라 후원해주는 직장인 선배들도 가입했다. 든든하게 뒤를 받쳐주는 선배들이 생기자 예전과는 전혀 다른 이미지로 아키요시의 존재가 캠퍼스에서 점점 유명해져갔다. 어느 여교수는 아키요시를 스터디그룹에 합류시켜 조직 운영에 대한 조언을 해주었고 학내에 배포한 소책자에서는 아키요시를 새로운 리더상이라고까지 칭찬했다. 또한 학부생의 주체적 진로선택에 도움을 준다는 목적으로 활동하던 전통 있는 대학원생 단체가 아키요시를 견제하기는커녕 마치 자신들의 후계자인 것처럼 지원해주고 금전적 후원을 아끼지 않는 졸업생 인맥을 모아이에 제공했다. 물론 그것도 모아이의 급성장에 박차를 가해준 일이었다. 돌이켜보면 현재 모아이의 교류회 행사는 그 단체 쪽에서 활동의 일환으로 소규모 행사를 개최했던 것이 바탕이 되었다.

그렇게 모아이는 단번에 회원 수십 명의 대가족이 되었다. 놀라웠다. 모든 것이 이토록 타이밍을 딱 맞춰 운 좋게 굴러가다니. 누구에게 좋았는지는 아직도 알 수 없지만.

아키요시는 몇 번이나 내게 물어보곤 했다. 이대로 진행해도 괜찮겠느냐, 가에데는 이런 거 싫지 않으냐. 나는 아키요시의 이상에 따라 모아이가 굴러가면 그걸로 좋다고 생각했다. 그래서 굳이 꺼내들 만한 불평불만 같은 건 없었다.

좀 더 규모가 큰 활동이 가능해지면서 아키요시는 바쁘게 돌아다녔다. 주위에서 도와준다고는 해도 아직 대학 1학년이었다. 얼마나 큰 압박감을 느꼈을까. 얼마나 무거운 책임감에 짓눌렸을까. 때로 능력이 미치지 못해 실수하는 바람에 활동 자체가 의미를 잃는 사태를 경험하고 고민에 빠진 아키요시를 먼발치에서 지켜보기도 했다.

우리가 헤어졌던 그 무렵, 그녀는 여전히 이상을 품고 있었을까. 조금이라도 그 마음속에 남겨져 있었기를 나는 빌었다.

그래서 모아이 대변혁의 시기에 그녀를 내면에서 지지해주는 존재가 생겼다는 건 분명 좋은 일이었다. 그때 좀 더 기뻐해줬더라면 좋았을 텐데, 라고 생각하지만 이제 새삼 때늦은 얘기다.

*

텐의 스캔들 의혹을 폭로하자는 작전이 실패로 끝나자 우리는 당장 앞이 막막해졌다. 어차피 후원해줄 사람도 일을 도와줄 사람도 없는 대학생 신분이다. 할 수 있는 일이라야 거기서 거기일 뿐이다. 모아이의 다음 교류회 행사도 한참 나중에나 열릴 예정이었다.

졸업 전까지, 라는 한정된 시간 속에서 우리는 우선 할 수 있는 일이라면 뭐든 해보자는 생각으로 소소한 것들을 다양하게 시도하고 있었다.

먼저 SNS에 몇 개의 계정을 만들었다. 가공의 대학생이나 사회인인 척 위장해 적당한 일상의 글에 모아이에 대한 비난과 험담을 섞어 올리는, 우리 스스로 생각해도 답답하고 음습한 악플 작업을 시작했다. 애초에 그리 긴 기간도 아니었기 때문에 당연히 모아이를 파멸로 몰아넣을 만한 효과는 아직 나타나지 않았다. 그래도 아무것도 안 하는 것보다는 낫다는 생각으로 나와 도스케는 시간이 날 때마다 스마트폰과 눈싸움을 했다.

SNS 쪽으로 모아이 내부의 반란자를 찾아보는 작업도 시작했다. 내부에서 모아이에 반감을 품은 자라면 뭔가 도움이 되는 정보를 흘려줄지도 모르기 때문이다. 우리와는 달리 별다른 목적도 없이 생각나는 대로 모아이 험담을 하는 학생들이 의외로 SNS 상에 상당히 많았다. 우리는 그들의 일상을 관찰하면서 모아이 회원인지 아닌지를 파악해나갔다. 하지만 찬찬히 생각해보면 알 일이지만, 험담을 하는 회원을 찾아낸다고 해도 폰짱처럼 모아이 조직의 말단이라면 그쪽에 치명타가 될 만한 정보를 갖고 있을 리 없다. 결정적인 한 방을 가진 인물, 이를테면 텐은 트위터도 페이스북도 하고 있지만 모아이에 불리한 글은 당연히 올리지 않았다.

그런 작업 이외에 부족한 지식과 스마트폰을 동원해 할 수 있는 일이라야 SNS 상에서 발견한, 모아이 때문에 피해를 봤다는 자들의 글을 복사해 퍼뜨리거나 모아이 회원의 계정에 직접 올리는 것이었다. 히어로와 텐의 계정에, 교류회에서의 인간관계 때문에 원래 희망과는 다른 회사에 들어간 직장인의 탄식이며 직장인 선배에게 여자 친구를 빼앗긴 대학생의 하소연 같은, 거짓과 가짜가 뒤섞인 듯한 정보를 지속적으로 퍼 날랐다. 우리의 그런 작업에 자극을 받았는지 원래부터 모아이에 불만을 품었던 몇몇 계정에서도 동조해주었다.

기본적으로 히어로와 텐은 침묵을 지켰지만 이따금 우리가 퍼 나른 글에 항의 댓글을 올리는 모아이 회원들도 있었다. 하지만 우리 쪽은 가공의 인격이라서 전혀 거리낌이 없었다.

잠깐 등이 서늘해졌던 것은 가와하라 씨가 갑작스럽게 그 얘기를 꺼냈을 때였다.

"안전지대에 틀어박혀서 그런 글이나 올리는 놈들은 진짜 쓰레기죠."

혹시 가와하라 씨가 우리 짓이라는 걸 알고 있는가, 하고 흠칫 놀랐다. 하지만 그럴 리가 없다. 단순히 잡담 삼아 한 얘기였다. 바비큐 모임에서 마주친 뒤로 가와하라 씨는 전보다 말을 걸어오는 일이 많아졌다. 왜 그런지는 모르지만 나에게 마음을 열었는지도 모른다.

가와하라 씨가 그런 얘기를 꺼낸 걸 보면 모아이 내부에서도 조금쯤은 얘깃거리가 되고 있는 것이리라. 그 불씨에 기름을 붓기 위한 방법을 모색하던 끝에 나는 도스케와 함께 광고지를 만들어 뿌려보기로 했다.

도스케는 원래 문화제 행사 등에 꽤 열성적으로 참여해온 편이다. 광고지 만들기를 제안하자 그는 워드프로세서로 마치 살인 예고장처럼 다양한 크기와 형태의 글자를 오려붙인 광고지를 뚝딱 만들어 우리 집에 들고 왔다.

"도스케, 이건 좀 엉뚱한 얘기지만 너 요즘 심심했어?"

"광고지 만들자고 먼저 말을 꺼낸 건 너잖아!"

도스케는 지난번 작전이 실패로 끝난 뒤에도 여전히 텐과 친구 관계를 유지하고 있는 모양이었다.

"얼마 전에 둘이 밥 먹으러 갔었어. 진짜 짜증나는 게, 아주 괜찮은 녀석이야."

미리감치 이탈한 나에 비해, 그리고 나를 도와주는 것까지 포함해, 도스케는 정말 의리 있고 착한 친구라고 새삼 실감했다. 광고지를 기숙사 우편함에 배포하는 작업은 그쪽에 아는 친구들이 많아서 안 된다고 거절했지만, 일단 만들어준 것만으로도 나는 감사했다.

"폰짱이 가에데를 만나고 싶다던데?"

인터넷 클라우드에 보존된 데이터를 집에 있는 최저한의 기능뿐인 프린터에 보내 대량의 광고지가 찍혀 나오는 것을 지켜보는 참에 옆에서 요구르트를 마시던 도스케가 그런 말을 했다.

“그러고 보니 요즘 학교에서도 통 못 봤네.”

만나고 싶다, 라는 건 분명 도스케의 과장일 터라서 나는 별다른 반응을 보이지 않았다.

“언제 셋이서 또 한잔하자.”

“아르바이트 없는 날이라면 나는 언제든 괜찮으니까 폰짱 일정에 맞춰서 나갈게.”

건성으로 던진 대답이었는데 곧바로 세 사람의 일정이 맞춰져버렸다. 뭐야, 미리 짰구나, 라고 투덜거리기는 했지만 마음속으로는 전혀 싫지 않았다.

3일 뒤, 우리는 다시 셋이서 술파티를 하기로 했다.

이번 만남 장소는 도스케의 집이다. 비용 절약 차원에서, 그리고 도스케가 다코야키 기계를 새로 구입했기 때문이다. 뜬금없이 웬 다코야키, 라는 느낌이었지만 도스케는 취업이 정해지면서 남아도는 시간을 모아이 토벌과 자취 요리에 쏟아 붓는 모양이었다.

지하철 막차시간을 감안해 일찌감치 오후 6시부터 시작하기로 했다. 아직 밖이 훤한 시간대에 도스케와 슈퍼에 나가 재료를 사들였다. 도스케는 부엌에서, 나는 거실에 놓인 작은 테이블에서 사온 것들을 잘게 썰고 있는 참에 벨이 울렸다.

도스케가 현관에 나갔고 둘이 뭔가 옥신각신하는 소리가 들리더니 폰짱이 안으로 들어왔다.

"가에데 선배, 오랜만이에요. 잘 지내셨죠?"

"응, 덕분에."

"네에, 다행이네요!"

폰짱은 변함없이 생기가 넘쳤다. 여름 분위기가 나는 옷 사이로 튼튼한 두 팔뚝이 드러났다. 그 손에 종이가방이 들려 있었다.

"도스케 선배, 이거 케이크. 매우 감사히 받아주시어요."

"오, 고마워. 냉장고에 좀 넣어줄래?"

손님을 맞이하자마자 곧장 부엌에서 다시 문어 썰기에 들어간 도스케의 부탁에 폰짱은 익숙한 기색으로 냉장고를 열었다. 빈 공간에 케이크 상자를 밀어넣는 뒷모습도 여성스럽게 느껴졌다.

"폰짱, 여기 자주 왔었어?"

케이크 상자를 넣어온 종이가방을 꼼꼼히 접고 있는 폰짱에게 대파를 송송 썰면서 물었다.

"스터디그룹 뒤풀이를 가끔 여기서 했거든요. 도스케 선배 방이 조금 넓은 편이잖아요."

아닌 게 아니라 이 자취집은 거실만 4평이 넘는데다 깨끗이 정리된 편이어서 대학생 방 치고는 상당히 넓게 느껴진다.

"저는 뭘 할까요?"

손을 씻고 나온 폰짱의 질문에 집주인 쪽을 쳐다보니 도스케가 다코야키 반죽을 호쾌하게 휙휙 저으면서 말했다.

"냉장고에 있는 플라스틱 통 두 개, 테이블에 꺼내줘."

지시한 대로 통을 꺼내든 폰짱은 절임생강을 썰고 있는 내 앞에 와서 앉았다. 통을 열자 한 쪽에는 오이 탕탕이•, 또 한 쪽에는 카프레제•• 가 들어 있었다.

"와아!"

폰짱은 환성을 올리며 손끝으로 널름 오이를 집어 먹었다.

"진짜 맛있네. 가에데 선배도 하나 드실래요?"

"먹고 싶긴 한데, 이거 해놓고."

절임생강 때문에 붉어진 손을 내보이자 폰짱은 방바닥에 놓인 봉투 틈새로 삐죽 튀어나온 나무젓가락 다발을 꺼냈다. 하나를 뽑아 쫘악 쪼개더니 통에서 오이를 집어 내게 내밀었다.

"자아, 드십쇼."

눈앞에 들이민 오이를 무시할 수도 없고, 더구나 이런 상황에서 부끄러워하는 게 더 부끄러운 일이라는 것도 알고 있었기 때문에 나는 바보인 척하고 후배의 "어서, 아앙~"을 받아들였다.

오이는 라유와 진간장과 고춧가루로 맛을 더한 것 같았다.

• 통 오이를 방망이로 가볍게 두드려 진간장, 소금, 라유 등으로 무쳐낸 요리.

•• 토마토, 모차렐라 치즈, 바질에 소금과 올리브유를 넣은 이탈리아식 샐러드.

적당히 아삭아삭 씹히는 맛이 아닌 게 아니라 꽤 맛있었다.

이윽고 도스케가 다코야키 기계를 세팅하고 모든 재료가 쟁반에 차려지자 드디어 오늘의 다코야키 파티가 시작되었다.

반죽을 틀에 붓기 전에 우선 건배부터 했다. 셋이서 홀짝홀짝 술을 마셔가며 철판이 뜨거워지기를 기다리는데 누군가의 스마트폰이 부르르 울렸다. 셋이 동시에 스마트폰을 들여다보는, 그야말로 요즘 젊은 애들다운 짓을 한 끝에 도스케가 "나야, 나"라고 선언했다.

"아, 미안, 잠깐 나갔다 올게. 달궈지면 여기에 반죽 붓고 각자 원하는 재료를 넣으면 돼."

"네에."

무슨 일인지 궁금해 하는 나와는 대조적으로 폰짱은 환하게 대답하고 스마트폰 화면만 슥슥 넘기고 있었다. 도스케는 내가 이유를 묻기도 전에 냉큼 밖으로 나갔다.

입사 예정 회사에서 뭔가 연락이 왔나, 라고 생각했던 나는 얼마나 아둔했었는지.

도스케가 일러준 대로 다코야키를 만들고 있으려니 이윽고 현관문 열리는 소리가 났다. "다녀왔어"라는 도스케의 말과 함께 왜 그런지 "실례합니다"라는 또 다른 목소리가 들려왔다.

방과 복도 사이의 문이 열렸다. 고개를 들고 돌아보니 그곳에 도스케와 함께 검은 워크셔츠를 입은 가와하라 씨가 서 있었다. 나는 하마터면 입에 머금었던 술을 뿜을 뻔했다.

"또 나타났……, 아, 아니, 가와하라 씨?"

바비큐 때의 기억이 되살아나 깜빡 "또 나타났다!"라고 부르짖을 뻔한 것을 가까스로 술과 함께 꿀꺽 삼켰다.

"안녕하십니까."

평소처럼 목뼈만 삐끗 숙여 인사하는 가와하라 씨였다.

"처음 뵙겠습니다. 도스케 선배와 가에데 선배보다 한 학년 후배예요. 폰짱이라고 불러주세요."

"처음 뵙겠습니다, 가와하랍니다."

오늘 첫 대면인 듯한 두 사람이 인사를 주고받은 뒤, 도스케의 지시로 가와하라 씨는 손을 씻으러 갔다.

나는 한껏 의아한 눈빛을 만들어 도스케를 쏘아보았다.

"야, 대체 어떻게 된 거야?"

"응? 뭐가?"

도스케는 느물느물 웃고 있었다. 그 웃음으로 놈이 쓸데없는 짓을 꾸몄다는 것과 그 이유까지 짐작이 갔지만, 구체적으로 어떤 방법을 썼는지는 알 수 없었다. 어떻게 도스케가 가와하라 씨와 연결된 것일까. 바비큐 때는 연락처 교환 따위 하지 않았던 것 같은데.

가와하라 씨는 거실로 돌아오자 도스케가 권하는 대로 내 옆자리에 와서 앉았다. 이런 자리 배치에까지 도스케의 의지가 작용한 게 아닌가 싶은 생각이 들었다. 폰짱도 가와하라 씨가 오는 것을 미리 알고 있었던 눈치였기 때문이다.

도스케와 폰짱이 술을 권하고 자기소개를 부탁하자 가와하라 씨는 태연히 학부와 출신지 등을 자진 신고했다. 그녀가 간사이 출신이라는 것은 거기서 처음으로 확실하게 알았다.

가와하라 씨가 간사이에서 도쿄로 온 이유는 희망 학부와 시험 과목 때문이었다고 한다. 미안하지만 그런 것보다 내가 궁금한 것은 따로 있었다. 그녀가 지금 이곳에 와 있는 이유. 그건 다시 한 차례 건배를 한 뒤에야 도스케가 설명해주었다.

"지난번에 가에데를 놀려주려고 밤 시간에 드러그스토어에 갔었어. 서프라이즈로 미리 연락 안 하고 조용히 갔지. 근데 가에데는 없고 그 대신 가와하라 씨가 있더라고. 그래서 며칠 뒤에 다코야키 파티를 할 건데 오겠느냐고 물어봤더니 와준다고 해서 초대한 거야."

"네, 그렇습니다."

"응, 이렇게 사교성 좋은 후배가 가에데와 함께 일해줘서 이 선배는 아주 든든하다."

자신이 한 말에 연신 고개를 주억거리면서 도스케는 술을 홀짝거렸다.

"아름다운 여성을 보면 일단 말을 건네고 보는 게 도스케 선배의 수법이에요."

폰짱이 옆에서 한마디 날렸다.

벌써 두 번째의 우연한 만남이지만, 나는 가와하라 씨가 이렇게 사교성 좋은 사람이었다는 것에 놀랐다. 그리고 역시나 그녀는 원래 그런 사람이었는지도 모르겠다고 다시 생각했다.

그런 식으로 이해하고 가와하라 씨의 방문을 순순히 받아들여도 되는가, 라는 문제가 남기는 했지만 내가 받아들이건 말건 이미 와버린 사람이니 어쩔 수 없다. 돌아가라고 할 수도 없고 이제는 어쨌든 즐거운 시간을 만들어야 한다고 마음을 다졌다. 그게 나의 기본적인 삶의 방식이다.

도스케와 나의 관계, 도스케와 폰짱의 관계를 별 재미도 없는 말로 가와하라 씨에게 설명해주고 있으려니 다코야키 반죽에 뽀글뽀글 공기방울이 생기고 익어가기 시작했다. 각자 대나무 꼬치를 네 귀퉁이에 꽂아 홱홱 뒤집었다.

결과는 가와하라 씨와 도스케는 능숙하고 폰짱과 나는 그럭저럭, 이라는 정도였다. 웃음이 터질 만큼 서툰 게 아니라 적당히 서툰 것이라서 이 또한 재미가 부족했다.

다코야키 소스와 마요네즈를 넷이 번갈아 뿌려서 먹어봤다. 어깨 너머로 배운 것치고는 나름대로 맛이 근사했다.

첫 판은 의외로 금세 없어졌다. 다음 판의 다코야키가 완성될 때까지 도스케가 미리 준비해둔 안주와 가와하라 씨가 가져온 과자를 먹으면서 기다렸다.

잠시 그저 그런 대화를 하고 있으려니 폰짱이 가와하라 씨의 대학 생활에 흥미를 보였다.

"아르바이트는 드러그스토어만?"

"그렇죠, 현재로서는."

당연히 이야기가 그쪽 방향으로 튀었다.

"동아리 활동은 뭘 하고 있어?"

폰짱의 질문에 가와하라 씨는 아무 거리낌 없이 담담하게 대답했다.

"모아이라는 동아리에 가입했어요."

"엇, 진짜? 나도 거기 회원이야!"

가와하라 씨는 길쭉한 눈을 크게 뜨고 오옷 목소리를 높였다.

"내가 유령회원이라서 여태까지 만난 적이 없었겠지?"

"네, 그렇군요."

사실을 사실로서만 받아들이는 가와하라 씨는 딱히 화제를 넓혀가려고 하지 않았다. 그것을 예상했는지 폰짱이 다시 재료를 던져주었다.

"모아이 모임에는 자주 참석하는 편이야?"

전에 폰짱과 가와하라 씨를 비교해봤던 것이 생각났다. 폰짱은 사회생활에 능숙한 편이고 가와하라 씨는 분명 그리 능숙하지는 않다. 하지만 그 덕분에 두 사람 사이에 오고가는 모아이 얘기에 조마조마할 일은 없었다. 능숙한 폰짱이 모아이에 적극 참여하는 가와하라 씨 앞에서 조직을 깎아내리는 말을 하리라고는 생각되지 않았기 때문이다.

"네, 자주 가는 편이에요, 작은 모임에도 가고. 남의 얘기

듣는 걸 좋아해서."

"그래? 주로 어떤 얘기를 하는데?"

폰짱이 모아이에 관한 화제를 이어가주는 것에 내심 감사했다.

가와하라 씨는 글쎄요, 라고 허공을 올려다보았다.

"요즘에는 전쟁 비즈니스 얘기? 그리고 지난번에는 건축 쪽 졸업생 선배님이 오셔서 전후 부흥과 건축업 얘기를 해줬어요."

"재밌어?"

"재밌어요. 열의를 가진 사람이 많을 때는 특히나."

가와하라 씨는 열의를 가진 사람이고, 폰짱은 열의 따위 없는 사람일까. 단순한 의문이 떠올랐다.

"열의가 없는 사람들도 작은 모임에 참석해요?"

"작은 모임이라도 십여 명쯤 되니까 단순히 뒤풀이를 기대하고 참석하는 사람도 있어요. 뭐, 그것도 나쁜 짓은 아니죠."

가와하라 씨는 내가 생각했던 것보다 훨씬 더 유연한 사고방식의 소유자인 모양이다. 그런데 왜 진상 손님에게는 유연하게 대처하지 않았느냐는 말은 물론 할 수 없었지만, 곧 그 이유를 본인이 설명해주었다.

"이따금 여학생 품평회를 위해 참석한 게 뻔히 보이는 자들이 있어서 진짜 죽여버릴까 했던 적은 있었죠."

"오, 어떻게?"

"그때 갖고 있는 게 볼펜뿐이라서, 이렇게 눈알을 콱."

가와하라 씨는 다코야키 돌리는 꽂이를 허공에 대고 찌르며 말했다. 역시 적으로 간주한 인간에 대해서는 유연한 사고방식을 가질 필요가 없다는 것인가. 그렇다고 해도 참으로 조폭스러운 여학생이다. 극단적이고 무섭다.

"근데 그런 모임은 커플이 생기기 쉬울 것 같아. 사고방식이 잘 맞는 상대라면 처음부터 연애감정은 아니어도 자꾸 둘만의 시간을 가지려고 하잖아?"

"네, 그렇다니까요."

가와하라 씨는 몹시 짜증스럽다는 듯이 말했다. 하지만 그걸 비난할 수도 없다는 듯한, 뭔가 떨떠름하고 복잡한 표정이었다.

"그러면 가와하라 씨는 그런 일은 없겠네?"

폰짱이 왜 그런지 사적인 얘기까지 거침없이 캐묻고 있었다.

"뭐, 그렇죠, 내 생각은 모임 자리에서 다 얘기하니까요."

"아니, 그게 아니라 모아이 남학생과 썸타는 일은 없느냐는 거야."

가와하라 씨는 겸연쩍게 웃으면서 고개를 가로저었다.

"없어요, 그런 거."

"아, 지금 사귀는 사람이 있는 모양이지?"

"아뇨, 없는데요."

한 순간, 그야말로 한 순간, 분명 나만 알 수 있는 신호였던 것이리라. 폰짱이 흘끗 나를 보았다. 아, 그런 거였구나. 도스케와 둘이 결탁해서 완전 오지랖을 떨고 있는 것이구나.

물론 겉으로는 어떤 감정도 드러내지 않았다. 그래도 마음속 1층에서는 어처구니없는 웃음으로 넘어갔지만 마음속 2층은 그리 기분 나쁜 빛깔을 띠지는 않았다.

그보다 혹시 가와하라 씨에게 실례가 되지는 않을지 은근히 걱정하는 내가 있었다.

그래서 심술을 좀 부리려고 견제구를 날렸다.

“폰짱은 고등학교 때부터 사귄 남자 친구가 있다면서?”

“헉, 제기랄, 도스케 선배, 그런 얘기까지 했어요?”

폰짱은 익어가는 다코야키를 뒤집던 꽂이를 그대로 도스케에게로 향했다.

도스케는 환하게 웃는 얼굴로 “어허, 위험하잖아”라고 나무라고 뒤를 이었다.

“사실인데 뭐 어때?”

“고등학교 때부터라니, 폰짱 선배, 오래 사귀셨네요.”

“폰짱 선배, 라는 호칭, 너무 귀엽다!”

유쾌한 폰짱을 향해 가와하라 씨는 웃는 얼굴로 “네, 잘 어울립니다”라고 대답했다. 그녀는 낯가림이 심한 게 아니라 타인에 대한 관심도가 남들보다 낮은 것뿐인지도 모른다고 생각했다.

“아니, 실은 이제 뭐가 뭔지 잘 모르겠어. 워낙 거리가 멀어서 벌써 한 달 넘게 못 만났거든.”

폰짱은 약간 우울한 한숨을 웃음에 섞어 넣었다. 서로 환경이 바뀌고 보니 이런저런 어려움이 있는 건가. 나는 그런 얘기를 꺼낸 것을 후회했다.

“아, 이제 뒤집어야겠어요.”

가와하라 씨의 그 말이 내 실수를 덮어주려는 것이었는지 아니면 단순히 다코야키가 익었기 때문인지는 알 수 없었다. 우리는 조금 전까지의 대화는 잊어버린 것처럼 깍깍 웃어가며 다코야키를 굴렸다. 이번에는 아까보다 훨씬 더 잘 익었다. 가와하라 씨가 짚어준 타이밍이 절묘했는지도 모른다. 그 바람에 모아이 얘기가 휩쓸려가버린 건 유감이지만, 너무 집요하게 파고들면 의심을 살 수 있다.

물론 내게 주어진 사명도 머릿속에 있었지만 우리는 평범한 대학생이다. 그렇기 때문에 거기서 다른 대학생들처럼 술을 마시고 놀았던 것은 결코 잘못이 아니다. 다코야키를 실컷 먹어가면서 별 내용도 없는 얘기들을 주고받았다. 모아이에 관한 중요한 증언 같은 건 거의 나오지 않았기 때문에 술에 취해도 아무 문제없었다.

한 시간이 지나고 두 시간이 지났다.

오늘은 이대로 별다른 수확도 문제도 없이 유쾌한 술자리가 되겠다, 라고 생각했다. 평화와 약간의 긴장을 나도 모르게 즐기고 있었다. 아마 모두가 그랬을 것이다. 나사가 살짝 풀려 있었다.

폰짱이 가져온 케이크도 다 먹고, 파티는 종반에 접어들었다. 우리는 상당히 취해 있었다. 나는 시야가 출렁거렸고 폰짱은 얼굴이 빨개졌다. 도스케는 자꾸 웃어대고 가와하라 씨는 머리를 끄덕끄덕 젓고 있었다.

가와하라 씨, 집에 가는 거 괜찮을까, 라는 생각이 들어서 "괜찮아요?"라고 물었더니 "네에, 아뇨"라는 이중의 대답이 돌아온 것을 보면 전혀 괜찮지 않았다.

이제 슬슬 끝내자, 라는 참에 폰짱이 불쑥 내 쪽으로 몸을 내밀었다.

"그나저나 가에데 선배는 왜 가와하라 씨에게 존댓말을 쓰는 거예요?"

술에 취해 혀가 꼬부라진 말투의 폰짱을 보며, 뭘 이제 새삼 그런 세세한 문제를 궁금해 하는가 라고 생각했지만 얼굴에는 드러내지 않았다. 아니, 드러내지 않았을 것이다.

갸우뚱 고개를 기울인 폰짱과 눈이 마주친 나는 어린 시절 주위 친구들이 엄마를 어머니라고 부르는 것을 뒤늦게 알았을 때 같은 기분이었다.

"드러그스토어에서 일할 때, 어느 쪽이 선배인지 좀 애매해서."

사실대로 대략 간추려 설명한 것이다.

얼핏 가와하라 씨를 봤더니 왜 그런지 이쪽을 지그시 지켜보고 있었다.

“그래도 학교에서는 분명하게 선배니까 드러그스토어 밖에서는 말을 놔도 되잖아요?”

폰짱의 뜻하지 않은 추궁에 나도 모르게 다시 가와하라 씨 쪽을 쳐다보려다가 가까스로 멈췄다. 지금 그녀의 얼굴을 쳐다보는 것이 폰짱에게 묘한 의미로 해석될지도 모른다고 생각했기 때문이다.

하지만 폰짱에게 나의 의미심장한 동작 따위는 필요 없었다. 왜냐하면 그때 이미 폰짱은 술이 들어간 머리로 자신이 나아갈 방향을 정하고 있었기 때문이다.

“선배가 존댓말이라니, 괜히 거리를 두는 것처럼 느껴지잖아요.”

“거리를…….”

내 입에서 새어나온 그 말을 폰짱은 어떻게 받아들였을까.

어떤 사람이든 타인과는 애초에 일정한 거리를 두게 마련이라서 그런 느낌을 갖는 건 당연하다, 라고 나는 생각했다. 나와 가와하라 씨, 폰짱, 도스케와의 사이에도 당연히 거리가 있다.

그러니까 굳이 거리감을 강조하면서 예의에 어긋난 것처럼 말할 필요는 없는데.

“그치, 가와하라 씨?”

폰짱이 그렇게 그녀에게 말을 건네서 나도 겨우 그녀 쪽을 돌아볼 이유가 생겨났다. 가와하라 씨는 미간에 주름을 잡고 있었다.

별로 유쾌하지 않은 듯한 그 표정에 나는 등이 서늘해졌다.

"……나는."

잔뜩 긴장했다. 입에 발린 말이라도 그녀가 폰짱이 원하는 것을 파악하고 순순히 그 말을 해줄 것 같지 않았기 때문이다. 분명 지금의 표정 그대로 말해버릴 것이다. 그녀를 깎아내리려는 게 아니라 나에게 가와하라 씨는 원래 그런 사람이라는 인식이 있었다.

"나는……."

하지만 내가 바짝 긴장해봤자 아무 도움도 되지 않았다.

"……이만 가봐야겠네요. 죄송합니다."

느닷없이 그런 말을 떨구고 가와하라 씨는 부스스 자리에서 일어났다. 한 차례 휘청 비틀거렸지만 천천히 자세를 바로잡고 우리 세 사람에게 머리를 숙였다. 그러고는 대답도 기다리지 않고 자기 마음대로 현관으로 나가려고 했다. 우리가 멍해져서 보고 있으려니 중간에 몸을 돌려 도스케를 쳐다보았다.

"죄송합니다, 회비는……."

"아냐, 회비는 다음에 내도 되는데, 그보다 괜찮아? 술 깰 때까지 좀 기다렸다가 가는 게 좋을 것 같은데."

"아뇨, 괜찮아요. 그럼 회비는 다음에 다바타 씨에게 전달

하겠습니다. 실례합니다."

그러고는 비틀비틀 벽에 손을 짚으며 현관으로 향했다. 나는 도스케와 폰짱의 얼굴을 보았다. 폰짱은 한층 더 아연실색한 표정이고, 도스케는 나를 향해 손가락과 얼굴의 움직임으로 얼른 뒤따라가라고 말하고 있었다. 나도 거의 같은 생각이었다. 자리에서 일어나 가와하라 씨의 등을 따라갔다. 현관에서 신을 신으려고 하는 그녀에게 말을 건넸다.

"가와하라 씨, 집에 갈 수 있겠어요?"

"괜찮아요. 걸어서 갈 거니까."

"아니, 괜찮지 않을 것 같은데? 잠깐 더 있다가 가는 게……."

가와하라 씨는 그쯤에서 내 쪽을 돌아보며 시선을 맞췄다.

그 눈을 바라봤을 때의 느낌에 동질감이니 공감이니 하는 명칭을 붙여버린다면 그야 간단히 우리 자신에게 도취할 수 있겠지만, 그보다 나는 그저 단순히 나라면 어떨까 라는 것을 생각해 신중하게 말을 골랐다.

"그러면 괜찮을 만한 곳까지 데려다줘도 될까요?"

"……괜찮습니다."

"혹시 무슨 일이라도 생길까봐 걱정되는데."

가와하라 씨는 체념한 듯 고개를 끄덕이고 내 뒤쪽을 향해 "실례가 많았습니다. 죄송합니다"라는 인사를 건네고 현관 손잡이를 잡았다. 힘이 제대로 들어가지 않아서 단지 문을 여는 동작에도 꽤 시간이 걸릴 것 같아서 나는 그 틈에 재빨리 방으로 돌아와 두 사람에게 바래다주고 오겠다고 말했다. 둘 다 이의를 제기하지 않았다. 폰짱이 "내가 화나게 한 건가?"라고 걱정하고 있길래 그건 아닌 것 같다고 말해주었다.

가와하라 씨를 따라 구두를 신고 밖으로 나오자 미적지근한 공기가 오른쪽에서 왼쪽으로 흘러갔다. 계단에서 발을 헛디디지 않게 주의하면서 1층으로 내려와 자동문 밖으로 나왔다.

"자전거 좀 가져올게요."

"네……."

도스케의 집에 다시 돌아올 때 타려고 나는 1학년 때부터 쓰던 자전거를 거치대에서 끌고 나왔다. 가와하라 씨를 뒤에 태울까도 생각했지만 나도 술을 상당히 마신 상태다. 둘이 같이 넘어지는 볼썽사나운 일이 일어날 수 있다.

가와하라 씨의 집은 도보로 20여 분, 올 때도 걸어왔다는 얘기였다. 나는 자전거를 끌고 가와하라 씨와 나란히 걷기로 했다.

"죄송합니다……."

도로를 3분쯤 걸어갔을 때, 조용하던 가와하라 씨가 입을 열었다.

"1학년 때는 나도 자주 술 마시고 취했었어요."

"아뇨, 그게……."

가와하라 씨는 거북스러운 듯 말을 얼버무렸다.

"그것도 그렇지만, 도망쳐 나와버려서."

도망치다. 그 말이 어떤 뜻인지 알아들었지만 나는 시치미를 뗐다.

"도망친 게 아닌 것 같은데?"

"아뇨, 그게, 별스럽다고 할지도 모르지만……."

가와하라 씨는 내 쪽을 쳐다보지 않았다.

"마음에 들지는 않았는데 그래도 그쪽 의견을 부정할 정도는 아니고 상대가 잘못된 말을 한 것도 아니고, 근데 그걸 정확히 설명할 수 있을 만큼 머리가 또렷한 것도 아니라서 일단 도망쳤는데……."

참회, 라는 말이 어울릴 듯한 얼굴로 가와하라 씨는 고개를 떨구었다.

"아뇨, 그럴 만했어요. 그러니까 신경 쓰지 않아도 돼요."

나는 분명 그것 때문일 거라고 생각해서 따라온 것이다.

가와하라 씨를 무시하는 뉘앙스로 하는 말이 아니다. 단지 현관에서 그때 그렇게 생각했었다.

그녀의 눈을 보았을 때, 관계에 서툰 사람이 긴급회피를 할 때 발하는 죄책감과 도피를 원하는 빛 같은 게 감지되었다. 분명 어딘가에서 나와 똑같은 성향을 가진 부류라고 느꼈다.

"다음에 두 분에게 꼭 사과하러 갈게요."

"그래요. 도스케에게 말하면 언제든 만날 기회가 있을 테니까."

"고맙습니다."

휘청거리는 걸음이지만 가와하라 씨는 내내 똑바로 앞을 보고 있었다. 정말로 일단은 괜찮은 것 같아서 마음이 놓였다.

가와하라 씨 집 방향으로 천천히 걸어가는데 눈부신 빛을 내쏘는, 롤플레잉게임의 세이브 포인트 같은 패밀리마트가 눈에 띄어서 잠깐 들렀다. 생수를 한 병 사줬더니 가와하라 씨는 꿀꺽 한 모금 마시고 "아, 술을 너무 많이 마셨네"라고 자기 꾸짖음일 터인 말을 땅바닥에 내뱉었다.

겨우 백 엔짜리 생수 한 병에 몇 번이나 감사인사를 들으며 다시 걸음을 옮겼다. 가와하라 씨의 걸음이 아직도 허청거렸기 때문에 따라온 게 잘못된 판단은 아니라고 생각했다. 설령 어딘가에서 누군가 이상한 착각들을 하고 있더라도.

그 두 사람에게 분명히 말해줘야겠다, 라고 생각하며 그 내용을 멍하니 머릿속에서 그려보고 있는데 옆에서 가와하라 씨가 "저기"라고 뭔가 얘기를 시작할 도움닫기를 했다.

"네!"

왜 그런지 대답이 펄쩍 뛰쳐나왔다.

"폰짱 선배의 말이 마음에 들지 않았다고 얘기한 거, 죄송합니다."

"아뇨, 전혀."

"그게 거짓말은 아니었지만, 어째서 뭐가 마음에 안 들었는지 설명을 좀 해도 될까요?"

"좋죠, 해봐요."

미묘한 관계성을 꼬치꼬치 캐물은 것이 마음에 안 들었던 거라면 나도 완전히 똑같은 기분이었다. 하지만 그 얘기를 다시 꺼낸 걸 보면 아무래도 그게 아닌 모양이다. 가와하라 씨의 속마음이 약간 궁금해졌다.

"그게, 간단히 말하면 사람과 사람 사이의 거리는 일대일로 결정되는 거라고 생각해요."

"……그건 여럿이서 이러쿵저러쿵 할 게 아니라는 얘기인가요?"

"그것도 그렇지만, 억지로 틀에 끼워 맞춰봤자 별 의미가 없다고 할까……."

가와하라 씨는 자신의 생각에 가장 잘 맞는 말을 찾고 있는지 이마에 손을 대고 조용조용 얘기했다.

"이런 말을 하기는 좀 창피하지만, 술에 취했으니까 이해해주시고요. 다바타 씨 쪽이 명백히 선배, 라는 건 폰짱 선배의 말이 맞고, 그러니까 저한테 반말을 쓰셔도 당연히 괜찮아요. 아, 물론 존댓말도 괜찮긴 한데……."

숨을 한 차례, 가와하라 씨는 들이쉬었다. 여전히 내 쪽은 쳐다보지 않았다.

"아마도 그게 다바타 씨가 나에 대해 취하고 있는 거리감, 이라고 생각해요. 그리고 그건 보통 사람들이 말하는 것보다 훨씬 더 존중받아야 할 일이라는 게 내 생각이에요."

거리감의 중요성.

"거리감은 사이가 좋다든가 나쁘다든가 하는 것과는 또 다른, 인간의 가치관? 주의? 같은 거라고 생각하니까요. 죄송합니다. 어휘력이 별로라서 제대로 설명은 못하겠네요."

"아니, 나도 알 것 같아요."

자신과 타인의 거리감을 줄곧 의식하며 살아온 나에게는, 그리고 그것을 내 인생 테마로 삼고 있는 나에게는, 충분히 공감할 만한 얘기였다.

하지만 그다음에 가와하라 씨가 한 말은 나로서는 잘 이해가 되지 않았다.

"나는 다바타 씨가 타인과의 거리를 스스로 결정하는 거, 굉장히 좋다고 생각해요."

"예……?"

물음표를 찍는 게 몇 초 늦은 것은 그 말을 내 머릿속에서 곱씹었기 때문이다.

"술에 취하긴 했지만 내가 원래 공치사할 성격도 아니고, 정말 그렇게 생각해서 하는 말이에요. 자기 자신에게 도취한 사람이 좋은 것과 똑같은 만큼 분명하게 자신의 가치관을 갖고 있는 사람도 좋아요. 거리감 같은 것도 그렇고."

남을 칭찬하는 데 익숙하지 않은 것이리라. 가와하라 씨는 다시 한번 물을 마시고 앞을 향한 채 겸연쩍은 듯 코를 크응 울렸다.

다시 한번 놀랐다, 가와하라 씨의 말에.

타인과 지나치게 거리를 좁히지 않는다는 내 생각을 누군가 긍정해준 것은 너무 오랜만이었다.

게다가 얼굴 마주하고—정면으로 마주한 건 아니지만—누군가 내 가치관을 긍정해주는 것에는 나도 전혀 익숙하지 않았다.

"아, 그게…… 네, 고마워요."

그런 말 이외에 어떤 것을 준비해야 좋을지 알 수 없었다. 가와하라 씨도 마찬가지로 어떻게 그다음을 이어가야 할지 모르겠는 기색으로 "넵"이라고 말했다.

설마 그런 식으로 긍정적으로 받아주었을 줄은 몰랐다. 나는 그녀를 조폭 여학생이라고만 생각했었는데. 과거형인 것은 최근에 몇 번 사적으로 그녀를 만나는 가운데 점점 또 다른 인상이 추가되었기 때문이다. 뭔가 달라진 건 아니지만 좀 더 다각적으로 바라보게 되었다.

가와하라 씨는 무뚝뚝하지만 사교성이 좋고 간사이 출신이고, 어딘가 나와 닮았다, 라고.

능숙하게 살아가지는 못할 거라는 점도 그렇다.

그리고 애써 대화를 길게 끌고 가려고 하는 사람도 아니었다.

우리는 둘 다 딱히 말을 주고받는 일도 없이 여름 밤거리를 걸었다. 도중에 고양이가 어슬렁거려서 가와하라 씨가

"아, 고양이!"라고 했던 것이 그나마 가장 의미 있는 발언이었다. 가와하라 씨가 고양이를 좋아한다는 것을 알았으니까.

이윽고 그야말로 대학생 자취집다운 원룸 앞에 도착했다. 가와하라 씨의 고맙다는 인사에 나는 "아뇨, 아뇨"라고 답했고, 이어서 서로에게 "잘 자요"라고 가벼운 한 마디를 주고받았다.

"아참, 아까 말했던 거리감에 대한 건데요, 다바타 씨에게 꼭 존댓말을 쓰라는 건 아니에요. 반말도 완전 오케이예요."

"아, 예에."

여기서 당장 "자, 그럼 잘 자"라는 식으로 말할 수 있다면 나는 좀 더 친구도 많고 남들과 잘 어울리는 대학 생활을 보냈을 거라고 생각했다.

"그럼 다음번에 가와하라 씨의 빈틈을 노리도록 하죠."

힘껏 짜내본 나의 농담에 가와하라 씨는 웃어주었다.

"네, 기다리겠습니다."

가와하라 씨는 다시 한번 사과와 감사 인사를 하면서 꾸벅 머리를 숙이고 원룸 안으로 들어갔다. 왠지 모르지만 그 자리에 한참 서서 기다리다가 위층의 문이 닫히는 소리를 듣고서야 나는 자전거에 올라탔다.

거기서 올라타야 할 것은 자전거가 아니잖아, 라는 매우 천박한 말을 던진 도스케를 어떻게 단죄해야 할까 고민해본 시간도 있었지만, 그가 인맥을 활용해 꽤 괜찮은 단기 아르바이트를 소개해줘서 그냥 넘어가기로 했다.

도스케는 취업 준비에 들어가기 전에 상당히 큰 입시학원의 개인지도 교사 아르바이트로 그 커뮤니케이션 능력을 유감없이 발휘했다. 나는 학원에 자주 다닌 편이 아니었고 입시학원의 개인지도라는 것에도 별로 익숙하지 않은 데다 고등학생들의 입시상담을 해주는 과정까지 끼어 있어서 나로서는 절대 할 수 없는 아르바이트였다.

하지만 도스케가 학원 인맥을 활용해 모의시험 감독관이라는 아르바이트 자리를 따냈고 그걸 내게도 나눠준 것이다. 시급이 상당히 좋은 편이어서 일단 천박한 농담쯤은 눈감아주기로 했다.

취업 면접 때 입었던 정장을 꺼내 입고 아침 일찍 그 입시학원을 찾아갔다. 도스케와 가볍게 인사를 나누고 접수처로 가자 담당자가 감독관 대기실로 안내해주었다. 긴 의자가 나란히 놓였고 벌써 정장 차림의 사람들이 앉아 있었다. 우리도 뒤쪽에 자리를 잡았다. 조용한 가운데 기다리고 있자 이윽고 젊은 남자가 교단에 올라 감독 내용을 설명했다. 상세한 얘기는 줄이겠지만, 요컨대 시험지를 나눠주고 응시자를 지켜보고 해답용지를 걷어오는 간단한 일이었다.

자료를 확인한 뒤에 각자 감독할 교실이 배당되었다. 내가 담당한 곳은 백여 명이 수강 가능한 세로로 긴 교실이었다.

책상은 긴 책상이 아니라 하나하나 독립된 것이다. 응시자들이 들어오기 전의 하릴없는 시간을 조용한 교실에서 책상 줄을 반듯하게 맞추는 데 사용했다.

이윽고 시간이 되자 응시자들이 속속 도착하고 나는 그들을 향해 앞쪽 칠판에 큼직하게 써놓은 주의사항을 정해진 절차에 따라 읽어주었다. 수험번호를 확인해서 이러저러하게. 시험 시작 10분 전에는 이러저러하게. 기본적으로 응시자는 칠판의 주의사항을 읽어보기 때문에 아마 내 말을 진지하게 듣는 사람은 없을 것이다. 속 편한 일이다.

시간이 되자 문제지를 나눠주고 시작 선언. 그다음은 시험 시간이 끝날 때까지 앞쪽 파이프 의자에 잠들지 말고 조용히 앉아 있다가 이따금 감독하는 척하며 슬슬 통로를 돌아다니면 된다. 나 같은 사람도 할 수 있는 간단한 일이었다.

교실 안을 한 바퀴 돈 뒤 의자에 앉아 한숨 돌리면서 응시자들의 나란한 정수리 부분을 보았다. 머리 색깔이며 길이, 체형이며 옷차림, 그런 정도의 차이는 있지만 기본적으로 모두가 거의 똑같은 움직임이어서 마치 그런 생물의 소굴 같았다.

취업 활동을 했던 우리도 직장인에게는 이런 모습으로 보였으리라. 그러고 보면 인사부라는 곳도 꽤 힘든 업무다. 어차피 생김새도 본바탕도 별반 다를 게 없는 사람들 중에서 어떻게든 우수한 인재를 골라내야 하는 것이다. 그러니 학력

같은 것으로라도 판단하지 않고서는 어떻게 해볼 도리가 없다. 이력서와 성격 진단과 면접과 그룹 토의. 그런 것까지 해가면서 우수한 인재를 가려 뽑으려 했는데 결국 나 같은 사람을 채용해버렸으니, 참 딱하다는 생각까지 들었다.

모아이 홈페이지에는 회원들의 번듯한 취직처가 보란듯이 적혀 있었다. 하지만 분명 모아이가 우수한 인재를 만든 것도 아니고 거기에만 개성이 특출한 사람들이 모인 것도 아닐 터였다. 최근에 댓글을 달면서 지켜본 모아이 회원들의 SNS 계정은 리더급부터 말단까지 한결같이 대량 생산형 대학생 그 자체거나 그런 자신을 감추려 필사적인 모습뿐이어서 전혀 살펴볼 흥미가 나지 않았다.

지금의 모아이는 범용한 인간들이 취업 활동에서 어떻게든 살아남도록 철저히 '나 자신이 아닌 것'을 가르치고 있을 뿐이다. 세속에 영합하고 자기 자신에게 베이킹파우더를 섞어 한껏 부풀리는 방법. 이상적인 나 자신을 지향하는 것과는 정반대 방향이다.

그 자체를 모두 부정하려는 건 아니다. 나 역시 그렇게 했다. 이 사회에서 살아가는 한, 그런 자세도 필요하다. 하지만 그것은 원래의 모아이가 아니다, 라는 것뿐이다.

백 명 단위의 강의실에서 단 한 명의 특출한 개성이었던 그 친구가 이상으로 삼고 만들었던 그 조직이 아니다.

우리 자신 속에 자리한 테마나 이상을 그대로 지닌 채 살아가는 나, 라는 것을 목표로 하자는 게 우리가 만들려고 했던 모아이였다. 그것만은 결코 바뀌지 않았으면 했다.

물론 함께 만들었으면서 여태 모른 척했던 나한테도 책임이 있다.

그렇기 때문에 더더욱 모아이를 원래대로 되돌릴 책임이 나에게 주어진 것이다. 다시 그 무렵의 모습으로. 지금의 모아이를 무너뜨려서라도.

하지만 어떻게 무너뜨릴지 그 방법을 찾지 않으면 안 된다. 언제까지고 악플만 달고 있을 수는 없다. 제한시간은 졸업 전까지. 분명 시간은 금세 흘러갈 것이다. 나 혼자가 된 뒤의 시간은 길었지만, 기한을 정해버리면 순식간에 지나간다.

어쩌면 좀 더 생각을 확장해보는 게 좋을지도 모른다. 나는 지금까지 모아이의 동아리 활동을 정지시키는 쪽으로 목표를 정했지만 꼭 거기까지 갈 필요는 없을지도 모른다. 이를테면 신뢰를 잃고 약화되는 정도라도 충분하다. 혹은 간부들의 신용을 실추시키는 정도라도. 중요한 것은 현재의 모아이를 모아이가 아니게 하면 된다. 그리고 참된 모아이의 가치관을 지향하는 단체를 새로 만들 수만 있다면 대성공이다. 참된 모아이에는 실적도 명성도 필요 없다. 단지 순수한 이상만 있으면 된다. 예전 그 무렵처럼.

모아이 약화로 목표치를 낮추고 고민을 거듭하다 보니 이윽고 1교시 시험 종료 벨이 울렸다. 나는 해답용지를 걷고 다음 시작 시간을 알려주었다. 교실 안의 공기가 단숨에 탁 풀렸다. 즉각 복도로 뛰어나가 담소하는 응시자도 있었다. 떠올리고 싶지도 않았는데 고등학교 때 이런 모의시험을 치렀던 나 자신이 저절로 생각이 났다. 그때는 대학 합격 여부라는 단 한 가지에 내 인생이 좌우된다고 믿었다. 하지만 그런 일은 결국 없었다. 내가 이 응시자 학생들보다 더 알고 있는 것이라고 해봤자 겨우 그런 정도다. 기껏 몇 년 사이에 뭐가 어떻게 좌우된다는 것인가. 자신의 체험을 마치 귀중한 보물처럼 학생들에게 줄줄 늘어놓는 자의식 과잉의 사회인들의 강연이 이런저런 명목으로 곳곳에서 열리고 있다. 자신들이 정말로 후배들에게 도움이 된다고 생각하는 걸까.

15분 뒤, 2교시 시험이 시작되었다. 내가 해야 할 일은 그전 시간과 똑같다. 응시자들이 집중할 수 있도록 쓸데없는 짓만 하지 않으면 된다. 이건 내가 아주 잘하는 일이다. 특히 대학에 입학한 뒤부터는 내내 그런 식으로 살아왔다.

조금 전의 생각을 계속 이어갔다. 자의식 과잉의 사회인은 후배들에게 뭔가를 전해주겠다고 찾아오는 것이겠지만, 만일 후배들에게 도움이 되었다고 쳐도 어떻게 그런 대단한 노력의 결과물을 관계도 희박한 후배들에게 선선히 나눠줄 수 있는가.

나도 스터디그룹에 후배들이 있지만 항상 일정한 거리를 두었기 때문에 굳이 그들에게 도움을 주려고 하지는 않는다. 좀 더 가까운, 일상적인 대화를 나누는 수준의 후배라면 가와하라 씨가 있지만 일부러 내 쪽에서 오지랖을 떨 생각은 없다.

도스케라면 아마도 그렇게 할 것이다. 특히 폰짱이 힘들어할 때는 직접 나서서 도와줄 것이다. 이건 도스케가 폰짱을 노리고 있다는 농담의 범위에서 그렇게 생각한 게 아니다. 도스케가 원래 의리 있는 인간이기 때문이다. 나를 도와준 것처럼 그는 폰짱이나 다른 후배들에게도 분명 도움을 줄 것이다.

내 시선에는 도스케와 폰짱이 오히려 신기한 관계로 보인다. 후배와 그런 식으로 우정을 키워가는 방법도 잘 모르는 나한테, 잠깐 집에 바래다준 정도로 가와하라 씨와의 관계를 심화시켜가라는 건 말도 안 되는 얘기다. 분명 도스케도 그런 짓은 하지 않을 것이다.

도스케의 지금까지의 연애 편력에 대해 생각하다보니 2교시도 끝이 났다.

그 뒤 다시 15분의 쉬는 시간과 3교시도 별 의미 없이 시간이 흘러가고 드디어 감독관과 응시자들에게 약간 긴 점심시간이 주어졌다.

응시자들은 식당이나 근처 편의점을 이용하고 감독관인 우리에게는 도시락과 음료수가 지급되었다. 아침에 모였던 대기실에서 각자 도시락이 놓인 자리에 앉아 먹었다. 마치 주유소 같았다.

나보다 조금 늦게 도스케가 내 옆에 와서 앉았다. 서로 그리 수고랄 것도 없는 수고를 위로하고 눅눅해진 생선튀김을 먹었다.

"옛날 생각이 나던데? 두 번 다시 이런 시험은 보고 싶지 않다고 생각하면서 감독을 했어."

자신이 싫어하는 매실장아찌를 허락도 없이 내 도시락에 쏙 집어넣으며 도스케가 감개무량한 듯이 말했다.

"취업 활동보다는 그나마 낫지."

"그야 훨씬 낫지."

거의 모든 취업 활동 경험자가 공감해줄 얘기일 것이다.

졸지에 두 개가 된 매실장아찌 중 하나를 입에 넣었다. 옆에서 도스케가 아참, 하고 뭔가 생각난 듯한 소리를 냈다.

"그저께 가와하라와 폰짱이 학생식당에서 함께 밥 먹더라?"

"어, 그래?"

도스케는 성의 없는 대꾸라고 받아들였는지도 모른다. 하지만 실제로는 그날의 일이 마음속에 길게 꼬리를 끌고 있었기 때문에 누군가와 누군가 사이에 균열이 생기지 않은 것에 깊이 안도했다.

그런 마음의 움직임을 도스케도 읽어냈던 것이리라. 그는 씨익 웃고 녹차를 한 모금 마시더니 호주머니에서 스마트폰을 꺼냈다.

"또 스팸 메일이네."

액정화면을 들여다보자마자 한마디 중얼거리고 다시 책상 위에 내려놓았다.

"요즘 스팸 메일이 부쩍 많아졌다니까."

"도스케, 이상한 사이트에 등록한 거 아냐?"

"나는 바람직한 사이트 외에는 절대 클릭하지 않아요~."

어떤 스팸인가 하고 나도 느릿느릿 스마트폰을 꺼내 메일함을 열어보았다. 별다른 건 없었다. 이어서 SNS도 들여다봤지만 이쪽도 별다른 움직임 없음.

"착한 학생인 나한테는 스팸 메일이 전혀 없는데?"

"흠, 나는 재심사에 들어가야겠군."

이거 봐, 라면서 도스케가 스마트폰을 보여주었다. 아닌 게 아니라 수많은 미등록 주소에서 메일이 와 있었다. 스마트폰을 건네받아 메일을 열어보았다. 도스케는 스팸 메일이라고 했지만 대부분 취업 활동의 인사 담당자에게서 온 면접 초대나 회사 안내 같은, 우리에게는 이미 필요 없는 메일이었다.

"이런 기업 설명회에도 갔었어?"

"아니, 나는 간 적이 없어. 근데 어떻게 내 메일 주소를 알았는지 모르겠단 말이야. 우수한 학생의 메일 주소는 은밀히 거래라도 하는 건가?"

"우수한지 어떤지는 모르겠고, 진짜 그런 거래가 있을 수도 있지, 대학 이름만으로."

학력사회의 혜택을 우리는 틀림없이 누리고 있었다.

"내 메일 주소는 과연 얼마에 거래될까?"

"아마 낱개로 거래하지는 않을걸? 분명 학생들의 명단 정보가 통째로……."

말을 하다가 나 자신의 발언에 고개를 갸우뚱했다.

뭔가 마음에 걸렸다. 대체 뭔가.

학생들의 명단 정보가…….

내가 한 말이 과거의 뭔가와 연결되는 듯한 느낌이 들었다. 가려운 곳이 얼른 짚이지 않을 때의 느낌. 나는 그 이미지를 내 손에서 놓치지 않게, 도스케가 옆에서 "왜 그래?"라고 묻는 것도 무시하고 최근의 일들을 찬찬히 머릿속에서 더듬어 보았다.

더듬더듬 열어보자 그것이 바로 거기에 있었다.

드디어 내 손에 잡혔다.

"도스케, 그 스팸 메일이 오기 시작한 게 언제부터야?"

"3, 4주일 전쯤부턴가?"

"구체적으로, 며칠부터였어?"

이상하다는 얼굴로 도스케는 스마트폰 화면을 넘기며 몇 개의 메일을 보여주었다.

"여기쯤부터야."

그 날짜와 교실 앞쪽에 걸려 있는 달력을 비교해보았다.

내 상상이 맞아떨어진다는 감이 왔다.

"이거, 텐과 바비큐 파티 하고 바로 그다음 주야."

"……그런가?"

"스팸 메일이 부쩍 늘어난 거, 뭔가 계기가 있었던 거 아닐까?"

"뭐? 너, 그럼 그게……."

이해력이 뛰어난 도스케도 내가 하려는 말을 눈치챈 모양이었다.

만일, 만일, 내 상상이 맞는다면, 만일 정말로 그렇다면, 이건…….

결정타가 되지 않을까.

"아, 잠깐, 잠깐."

뭔가 할 말이 있는 듯한 도스케를 제지하고 나는 내 스마트폰에서 항상 쓰는 것과는 다른 여벌 계정에 접속했다.

잠깐의 로딩 시간 뒤, 스마트폰 화면에 수신함이 나타났다.

소름이 오소소 돋았다.

"맞는 것 같다."

나는 도스케에게 화면을 보여주었다. 그곳에는 도스케에게 와 있는 메일과 거의 동일한 것들이 줄줄이 이어져 있었다. 분명 내용이 똑같은 것이다.

"그러니까 이건……."

말을 하려다가 한 차례 침을 꿀꺽 삼켰다.

"텐이 명단을 기업 쪽에 멋대로 건네준 거잖아?"

"……이걸로 그런 걸 어떻게 알지?"

"이거, 여벌 메일이야."

도스케가 미간에 주름을 잡았기 때문에 내가 설명해주었다.

"평소에 쓰는 것과는 별도로 대충 만들어둔 메일. 혹시라도 어딘가 악용되지 않게 하려고 모르는 사람에게 메일 주소를 알려줄 때는 이 여벌 계정을 쓰고 있어. 너도 취업 활동 때, 전용 메일을 따로 만들었지?"

"아니, 나는 한 개밖에 없는데?"

"진짜? 스팸 메일이 엄청나게 들어올 텐데?"

"응, 들어오지. 그런 메일 때문에 진짜 짜증난다니까."

꼼꼼한 도스케가 웬일인가 싶었다. IT 쪽으로는 의외로 무관심한 건가. 그렇다면 이건 내가 알지 못했던 면이다.

"아무튼 이 여벌 메일은 이번에 새로 만들어서 처음 사용했던 거야. 그러니까 이건……."

"그러니까 이건?"

"유일하게 텐에게만 알려줬는데 이렇게 각 기업에서 메일이 들어왔다는 얘기야. 이상하지?"

"그건 그렇다. 하지만 모아이 회원도 아닌 우리 것까지?"

"회원 비회원 가리지 않고 우리 대학 학생이라는 것만으로 전체 연락처를 기업 쪽에 일괄 송신한 거 아닐까? 매사에 꼼꼼한 도스케가 메일 주소 관리는 엉성했던 것처럼 의외의 곳에서 관리가 허술했을 수도 있어."

말을 하면서 나는 몸이 파르르 떨렸다.

나는 생각했다.

마침내 찾아냈다.

이건 어떻게 처리하느냐에 따라 모아이 약화의 결정타가 될 것이다. 최소한 텐을 끌어내릴 수 있고, 어쩌면 좀 더 위쪽까지 관련된 일인지도 모른다. 개인정보에 엄격한 요즘 같은 때, 보통 사람들의 윤리관에 충분히 어필할 수 있는 재료다.

하지만 좀 더 확실한 증거가 필요하다. 나의 여벌 계정 메일만으로는 텐에게만 알려줬다는 증거가 되지 않는다. 따라서 그리 큰 타격을 입힐 수 없다. 뭔가 확실한 증거를 입수할 수는 없을까.

"이를테면 텐 일당이 기업에 건넨 명단 자체를 입수하면 가장 좋을 거야. 뭔가 방법이 없을까?"

"설마 텐이 그런 걸 우리한테 내줄 리는 없고."

"물론 가와하라 씨나 폰짱이 갖고 있을 것 같지도 않고."

"그렇다면 모아이 간부 집에 몰래 들어가는 수밖에 없나?"

말도 안 되는 소리에 나는 피식 웃음이 터져버렸다.

점심 시간 내내 궁리해봤지만 결국 우리는 답을 내지 못했다. 모의시험 중에 아이디어를 짜내보자고 얘기를 마무리하고 일단 아르바이트 업무에 들어가기로 했다.

교실에서 대기하고 있자 응시자들이 하나둘 들어와 진지한 얼굴로 자리에 앉았다. 문제지를 나눠주는 동안 물론 겉으로는 태연한 척했지만 내심 몹시 흥분하고 있었다. 드디어 무기를 얻은 것이다.

지금부터가 중요하다. 우연히 알게 된 중요한 사실. 손에 넣은 대형 무기. 과연 어떻게 적을 공략해야 분명하게 데미지를 입힐 수 있을까. 주어진 시간은 그리 많지 않다. 모처럼 그자들이 저질러준 실수, 거기서부터 반드시 댐을 무너뜨리지 않으면 안 된다.

교실 앞쪽 의자에 앉아 나는 생각하고 또 생각했다. 하지만 초조해할수록 생각은 같은 자리를 맴돌 뿐, 어디에도 착지해주지 않았다. 감독하는 것도 잊고 생각에 빠져 있는 사이에 4교시가 끝나버렸다.

그다음이 마지막 시간이었다. 응시자들의 피곤함과 마지막 분발의 기운이 가득한 교실에서 나도 이번 시간 안에 아이디어를 짜내기 위해 분발해서 머리를 혹사하지 않으면 안 된다.

하지만 응시자들과 똑같이 뇌는 그리 쉽게 결과를 내주지 않았다. 게다가 내 경우에는 기쁨의 흥분이 사고를 방해하고 있었다. 마침내, 드디어, 내 손에 되돌아올지도 모른다. 그런 기쁨이 자꾸만 냉정함을 방해했다.

똑같은 자리를 맴돌다가 원심력이 한계에 달했을 때, 한 차례 생각이 팡 터지는 듯한 순간을 거쳐 다시 가장 단순한 모양새를 만들었다. 모아이 회원이 명단을 내주지 않을까, 기업 측에서 명단을 내주지 않을까, 라는 것이다. 그러고는 다시 말도 안 된다고 생각했다.

'모두가 행복한 것이 가장 좋아. 당연히 단순한 것이 가장 중요하고 가장 위력이 있어.'

이번에도 또 다시 처음으로 되돌아가 생각을 이어가려던 참에 불쑥 그 친구의 목소리가 들려왔다. 벌써 몇 년째 들어본 적이 없는 목소리인데도 당연한 일처럼 다시 내 머릿속을 울렸다. 모두를 행복하게 하지 못하는 현재의 모아이에는 없는 목소리.

오락가락하던 걸음을 멈췄다. 단순하게 명단을 손에 넣는다? 교류회 행사를 감시하려고 강당 밖에서 잠복했을 때의 일이며 그 전의 마지막 면접 때 엘리베이터 앞에서의 일이 떠올랐다.

퍼뜩 생각났다.

사회인들은 실제로 그렇게 우수할까.

입사한 지 몇 년 안 된 사원이라면 나이도 우리와 별반 차이나지 않는다. 그렇다, 지금 대학 입시를 위해 모의고사를 치르는 응시자들과 나 사이에 그리 대단한 차이가 없는 것처럼 직장인이 우리와 비교해 엄청나게 경험을 쌓았거나 훨씬 더 우수한 인재인 것도 아니다. 물론 그런 훌륭한 사람도 더러 있겠지만 대부분의 직장인은 나와 마찬가지로 나 자신이 아닌 것을 꾸며낸 끝에 겨우겨우 취업에 성공한 것뿐이다.

그렇다면 당연히 어이없는 실수를 하는 사회인도 있을 것이다. 이번에 우리에게 중대한 실수를 들켜버린 모아이의 텐처럼.

게다가 지금 내가 직장인을 만만하게 보는 것과 똑같이, 직장인도 자신이 이미 지나온 곳에 서 있는 재학생을 만만하게 보고 있을 가능성이 있다.

한 가지 아이디어를 만들어냈다. 실은 아이디어라고 하기도 민망한 것이다. 하지만 그것 말고는 더 생각해낼 만한 게 없다는 느낌이 들었다. 만일 도스케가 좀 더 좋은 아이디어를 짜내지 못한다면 이 정도도 괜찮지 않을까, 라고 생각했다.

어느 틈에 시간이 흘러서 5교시는 지금까지의 어떤 시간보다 빨리 끝나버린 느낌이었다. 응시자들에게 내일도 다른 교과의 시험을 치르는 경우에 대해 설명한 뒤 퇴실을 지시했다. 그런 다음에 부지런히 남은 업무를 해치우고 다시 아침에 모였던 장소로 내려갔다. 내일의 시험 일정에 대한 확인을 마치자 귀가가 허락되었다.

나는 즉각 도스케를 근처 카페로 데려갔다. 가장 안쪽의 으슥한 자리에 앉아 아이스커피를 주문하자마자 얘기를 꺼냈다.

"도스케, 뭔가 생각난 거 있어?"

재촉하듯이 묻자 그는 쓴웃음을 지으며 고개를 저었다.

"웬일로 가에데가 의욕이 대단하네? 하지만 너무 어렵더라고. 넌 뭔가 생각났어?"

"딱 한 가지, 생각났어."

개요를 설명하려고 하는 참에 주문한 음료가 나왔기 때문에 일단 입을 다물었다. 아이스커피가 눈앞에 나오자 나는 빨대를 쓰는 대신 유리잔을 직접 입에 대고 꿀꺽꿀꺽 마셨다.

"좀 어이없는 얘기긴 한데."

"괜찮아, 빨랑 말해봐."

"스팸 메일을 보낸 그 직장인에게 물어보자."

도스케는 알기 쉬운 성격이고 그게 내가 좋아하는 면이지만, 이번에도 매우 알기 쉽게 비판의 표정을 지었다. 에이, 하는 탄식을 얹어서.

"미안하지만, 뭔 말인지 통 모르겠다."

"아니, 분명 엉뚱하긴 하지만, 퍼뜩 생각난 거야."

나는 그다음 말에 무게를 싣기 위해 한 차례 말을 끊었다.

"직장인 중에도 바보 같은 사람이 있지 않겠냐? 이를테면 모아이의 히어로와 텐의 이름으로 적당한 연락처를 만들어서 명단 관리 담당자가 바뀌었다, 라고 하면 기존 명단을 순순히 내줄 바보가 있을지도 모르잖아."

"설마 그런 사람이 있을까?"

"글쎄 모르지. 하지만……."

나는 스마트폰을 꺼내 조금 전 여벌 메일의 수신함을 도스케에게 보여주었다.

"가능성이 이만큼이나 있는 셈이야."

메일함에는 꼼꼼하게도 회사명과 인사 담당자의 이름, 연락처까지 적힌 메일이 주르륵 이어졌다.

"어쩌면 우리 예상보다 직장인들은 똑똑할 수도 있어. 위험관리에 대한 개념을 탑재하고 있어서 그런 건 섣불리 알려주지 않는 사람이 많을 거야."

"응, 그게 우리 사회를 위해 더 희망적이지."

맞는 말이라고 생각했다.

"하지만 이 방법이 뜻밖에도 현실적인 거 아닐까? 여벌 계정을 몇 개 더 만들어서 한번 시도해볼까 하는데 어떨까? 메일 문장은 내가 쓰고 PC방 같은 데서 보내기만 하면 되니까 네가 좀 도와줬으면 좋겠다."

도스케의 눈을 보며 정식으로 부탁했더니 그는 한 차례 시선을 피한 다음에 나를 보았다.

"……뭐, 좋아. 지휘관은 가에데니까."

친구의 끄덕임에, 그리고 일단 방향이 정해진 것에 나는 마음이 놓였다. 전례는 없어도 좋다, 하지만 목적지는 있었으면 했다.

"고마워. 그 보답으로 도스케가 폰짱을 노리고 있다는 건 비밀로 해줄게."

"아, 응, 제발 그래줘."

뭔가 목에 걸린 듯한 도스케의 태도가 그때, 마음에 걸리기는 했었다.

결론부터 말하는 게 얘기가 빠를 것이다.

바보 같은 자가 있었다.

내가 메일을 보낸 인사 담당자 중 한 명이 그다음 날 정중하게 답신을 보내준 것이다. 나도 놀랐다.

내 쪽에서 보낸 메일은, 새로 명단 담당자가 되었는데 최신 상황을 확인하고자 하오니 갖고 계신 명단을 확인하게 해 달라, 라는 게 주요 내용이었다.

그 인사 담당자의 답신은, 인터넷상의 클라우드로 볼 수 있는 최신 명단을 사용하고 있다, 라는 것이었다. 착실하게도 URL까지 찍어주었다.

메일을 받자마자 나는 도스케에게 전화했다. 그다음 날 도스케의 집에 모여 새로운 작전 회의를 열기로 했던 것이다.

"내일이라면 언제든지 좋아. 쓰레기 버리는 날이라서 아침 일찍 일어날 거니까."

"그럼 적당히 시간 봐서 갈게."

"응."

별 생각 없이 대답하는 도스케와 통화한 것이 점심때의 일이다. 나는 전화를 하면서 편의점에서 사온 시라스• 파스타를 먹었다. 마음은 투지로 불타올랐다. 보내온 URL에는 혹

• 까나리·장어·멸치·청어·은어 등의 치어(稚魚).

시라도 꼬리를 밟힐까봐 일단 접속은 하지 않았다.

오후에 아르바이트를 하러 가자 오늘도 근무시간이 가와하라 씨와 겹쳤다. 그날 이후에도 모아이에 자주 참석하는 모양이어서 예전보다 입가에 웃음이 감도는 가와하라 씨에게 나도 밝은 미소를 염두에 두고 인사를 건넸다.

"무슨 좋은 일 있었습니까?"

"어, 그게, 은 엔젤*이 나왔어요."

"진짜요? 대박!"

그런 얼버무리기 대화 이외에는 별다른 일도 없이 아르바이트 근무를 마쳤다. 항상 하던 대로 주차장에서 기다려준 가와하라 씨에게 작별인사를 한 뒤에 집에 돌아왔다. 편의점에서 사온 도시락을 먹으면서 노트북을 켜고 여러 개의 여벌 메일을 들여다보니 또 한 통, 인사 담당자가 보내준 정중한 답신이 있었다. 이런 바보, 라고 액정화면을 향해 말해봤자 대꾸는 돌아오지 않았다.

그날 밤, 왜 그런지 폰짱과 가와하라 씨가 나오는 꿈을 꾸었다.

꿈을 꾼다는 건 잠이 얕았다는 것이라서 그런 날 아침에는 손해를 본 듯한 기분이 든다. 다만 이미 꾼 꿈은 어쩔 수 없기 때문에 나는 손해를 본 듯한 기분 그대로 속옷을 갈아

---

* '초코볼' 과자 상자 안의 당첨 스티커. 금과 은의 엔젤 스티커를 모아 보내면 기발한 장난감이 채워진 깡통 선물을 받을 수 있다.

입고 빵을 먹고 느릿느릿 SNS를 체크하고 10시쯤에 집을 나섰다.

예상 밖으로 햇빛이 쨍쨍해서 자전거를 포기한 나는 오히려 멀리 돌아가는 지하철을 타기 위해 역으로 향했다. 겨우 몇 분 동안이지만 냉방이 잘된 지하철을 탄 덕분에 몇 킬로미터의 거리가 짧게 나뉘어져서 좋았다. 덕분에 땀으로 범벅이 되는 걸 피할 수 있었다.

지하철 계단으로 지상에 나오자 햇빛은 몇 개 역 전에 경험했던 그대로여서 도스케의 집까지 약간 거리가 먼 것이 원망스러웠다. 하지만 주위 도로에 모조리 지붕을 씌울 정도의 재력이 있는 것도 아니잖아, 별수 없지, 라고 포기하고 땡볕 아래를 걸어갔다.

이 길은 지난번에 가와하라 씨를 집까지 바래다준 그 길이다.

그날 밤, 다시 도스케의 집으로 내 짐을 챙기러 돌아갔더니 폰짱이 그때까지 기다리고 있었다. 내가 없는 사이에 두 사람은 어떤 대화를 주고받았을까. 내 앞에서는 가와하라 씨를 걱정해주는 말을 했었다.

한참 걸어가자 지난번에 세이브 포인트로 이용했던 패밀리마트가 보였다. 이번에도 잠깐 들러 열사병 대비를 위해 차와 캔커피 두 개, 스낵과자 두 봉지를 샀다. IC카드로 결제하고 상품을 들고 밖으로 나섰다. 강한 햇볕에 지겨워하면서 도스케의 집 쪽으로 발을 돌린 참에 나는 멈춰 섰다.

차도를 끼고 건너편 인도, 역과는 반대쪽 방향에서 폰짱이 걸어오고 있었다. 스마트폰을 들여다보느라 나를 알아보지 못한 것 같았다.

이런 데서 뭘 하고 있을까. 폰짱의 집은 여기서 환승해야 하는 역 근처일 터였다.

말을 걸어야 하나 생각하는 참에 폰짱은 그대로 역 쪽으로 가버렸다.

땀 때문일까, 어쩐지 화장이 평소만큼 진하지 않은 듯한 느낌이었다. 물론 그런 말을 억지로 전할 필요는 없었기 때문에 나는 폰짱의 등을 바라보는 것을 멈추고 다시 도스케의 집으로 향하기로 했다.

등에 땀이 맺힐 때쯤에 도스케가 사는, 대학생으로서는 약간 사치스러운 원룸에 도착했다. 입구 그늘 안으로 들어서자 그것만으로도 훨씬 시원하게 느껴졌다.

계단을 몇 개 올라가 지난번에 이어 도스케의 집 앞으로 갔다.

인터폰을 누르자 안에서 벨소리가 울리고 몇 초 뒤, 뭔가 후다닥 다급하게 움직이는 기척이 들렸다.

이윽고 달칵 자물쇠가 열렸다. 현관문 너머에 나타난 도스케는 팬티 한 장 차림에 목에는 수건을 걸치고 있었다.

"너무 일찍 왔잖아!"

"바쁜 일 있었어?"
"아니, 아냐, 괜찮아."
도스케를 따라 안으로 들어갔다. 구두를 벗고 도스케의 그대로 드러난 등짝을 쫓아 거실로 가자 지금까지 여러 번 와본 곳인데도 뭔가 평소와는 다른 공기가 감돌았다.
희미하게 음식도 비누도 아닌 달달한 향기가 난 것이다.
"아하!"
오늘 얻은 몇 가지 정보가 하나로 연결되는 것을 깨닫고 나도 모르게 탄성이 흘러나왔다. 그게 어떻게 들렸는지 도스케가 내 얼굴을 돌아보았다.
"가에데, 그게……."
"아니, 괜찮아, 그럴 수도 있지."
내가 말을 가로막자 도스케는 쓴웃음을 지으며 고개를 끄덕였다.
"응, 그래, 그런 거야."
화장실에 가서 손을 씻는데 세면대 한쪽 끝에 시력 좋은 도스케에게는 필요 없을 터인 콘택트렌즈 빈 용기가 놓여 있었다.
한참 놀려먹어도 될 일이지만 오늘은 그런 농담을 하고 있을 상황이 아니었다.
거실로 돌아와 내가 사온 캔커피와 스낵과자를 꺼내자 반바지에 티셔츠를 입은 도스케가 시원한 주스를 내주었다. 여름방학 때 친구 집에 놀러와 같이 게임할 준비를 하는 듯한 모습이지만, 실은 이제부터 우리는 전쟁을 시작하려는 것이다.

"보내준 URL을 컴퓨터로 보고 싶은데 잠깐 빌려도 될까?"

"아직 안 봤어?"

"일단 너하고 함께 보려고."

도스케는 책상에 놓인 컴퓨터를 켜고 내가 사온 캔커피를 땄다. 잠시 말없이 기다리자 윈도우 특유의 시작음이 흘러나왔다.

"어서 열어봐."

도스케의 지시에 나는 의자에 앉아 지난번에 새로 만든 여벌 메일을 열었다. 참고로 이 계정의 설정은 대학 3학년의 총명한 여성이라는 것으로 했다.

"그나저나 설마 진짜로 보내주다니."

뒤에서 들여다보던 도스케가 말했다.

"누가 아니래. 이 회사에 입사할 친구들이 불쌍하다."

바보 같은 인사 담당자가 보내준 메일에 찍힌 한 줄의 URL에 커서를 맞췄다. 혹시 덫인지도 모른다는 상상이 머릿속을 스쳐서 두근두근하면서 클릭했다.

물론 덫은 아니었다. 하지만 내가 상상했던 것과도 약간 달랐다.

"엇, 이런!"

나도 모르게 입 밖으로 튀어나온 말이었다.

"왜?"

"비밀번호가 필요해. 이게 없으면 명단을 볼 수 없어."

역시나 인사 담당자도 바보 나름대로 마지막 열쇠는 건네지 않은 것인가.

그런 냉정한 판단을 하면서도 미처 상정하지 못한 사태에 나는 초조했다. 당연히 열려서 명단을 손에 넣고 그걸 어떻게 확산시킬지 도스케와 상의할 생각이었기 때문이다.

비밀번호라니, 물론 우리는 알 도리가 없다. 그렇다고 인사 담당자에게 물어본다면 당장 수상하게 여길 것이다. 텐에게 물어보는 것도 말이 안 된다. 말단 회원인 가와하라 씨가 알 것 같지도 않다.

"어떻게든 비밀번호를 풀어야 해."

"암호 해독인가? 스파이 같잖아, 이거?"

도스케가 웃으면서 말했지만 지금 웃고 있을 때가 아니다. 시간이 걸리는 것이다. 회사 인사 담당자 중 누군가가 모아이 회원에게 확인했다가는 당장 보존 장소를 바꿔버릴지도 모른다. 그때까지 어떻게든 찾아내지 않으면 안 된다.

비밀번호, 비밀번호.

"어떤 걸로 했을까?"

"스터디그룹에서는 그때그때 유행하는 말을 비밀번호로 쓰기도 하는데."

"그런 거라면 절대로 알 수 없지."

시험 삼아 대표의 별명인 hero라고 썼다가 어쩌면 입력 횟수 제한이 있을지도 모른다는 생각에 일단 클릭은 하지 않았다.

"도스케의 스터디그룹도 이 포털사이트 사용해?"

"응, 그렇지. 나야 자세한 것까지는 모르지만."

"비밀번호, 입력 횟수에 제한이 있을까?"

"그건 아닐 거야. 언젠가 잊어버려서 몇 번이나 다시 했던 적이 있어."

이건 좋은 소식이다. 도스케의 정보 관리가 허술해서 다행이다. 나는 안심하고 비밀번호 엔터키를 눌렀다. 하지만 역시 아니었다.

다음에는 우리 대학 이름을 넣으려고 했지만, 여덟 글자 이내라는 게 밝혀졌다. 그래서 moai라고 입력해보았다. 이것도 아니었다.

"아무래도 기나긴 여정이 될 것 같다."

"……뭐, 느긋하게 마음먹자고. 명단이 도망가는 것도 아니잖아."

실은 도망갈까봐 걱정이었지만 딱히 그걸 이해해달라고 할 필요도 없어서 그냥 입을 다물었다. 그 대신 꼭 필요한 것을 물어보았다.

"유행하는 말이 아니라면 뭘 비밀번호로 했을까?"

"글쎄, 모아이와 전혀 관계없는 것일 수도 있고."

"그런 식으로 생각하기 시작하면 한이 없어."

"암호 같은 게 있을 텐데."

맞을 리가 없다고 생각하면서도 'risou•'라고 입력해봤지만 당연히 아니었다.

그때부터 내가 알고 있는 한에서 모아이와 관계있을 만한 것을 몇 개나 입력해봤지만 모두 명단으로 통하는 벽을 돌파하지 못했다.

우리 힘으로 어떻게든 해결한다는 건 결국 불가능할까. 비밀번호를 가르쳐줄 바보가 나타날 때까지 기다려야 하는가. 과연 그럴 만한 시간이 있을까.

"어쩌지?"

여기서 안달복달해봤자 별 수 없다는 건 잘 알고 있다. 일단 의자에서 일어나 내가 사온 캔커피를 땄다. 약간 미지근해졌지만 달달한 맛이 뇌를 적셔주는 것 같았다.

휴식을 취하는 동안, 도스케에게도 생각나는 대로 비밀번호를 차례차례 입력하라고 했다. 하지만 역시 전혀 벽이 뚫릴 기미는 없었다. 나는 바닥에 앉아 생각에 잠겼다. 모아이의 비밀번호. 누가 그것을 생각해냈을까, 라는 것도 중요하다. 텐이 고안했다면 반쯤 포기하는 수밖에 없을지도 모른다. 그런 타입의 인간이 가진 가치관이라면 전혀 짐작도 가

• '이상(理想)'의 일본어 발음.

지 않는다. 다른 사람, 이를테면 좀 더 위쪽의 사람이 생각해 낸 것이라면…….

도스케가 의자에 앉은 채 크게 기지개를 켰다.

"역시 모아이와 관계가 있는 걸로 했나보네. 그렇다면 가에데가 알아내는 수밖에 없겠다."

"……날짜를 비밀번호로 하는 경우도 있을까?"

"그야 꽤 많겠지?"

"06, 21."

내 목소리가 기도처럼 덧없이 날아가버릴 것 같았다.

도스케는 그게 어떤 뜻의 숫자냐는 질문보다 우선 자판을 두들겼다.

엔터키를 누르는 도스케의 손끝을 나도 모르게 빤히 지켜보았다. 타다닥 하는 박자가 맞지 않는 소리가 유난히 크게 들렸다.

"아, 이것도 아냐."

비밀번호가 다릅니다, 라는 문장이 벌써 몇 번째인지 모르게 화면에 떴다. 비밀번호를 틀린 것보다도 더 큰 낙담이 나를 덮쳤다.

"가에데, 이거 무슨 숫자야?"

"모아이 결성일."

"대단하네, 그걸 기억하고 있다니. 아, 그럼 이건 어떨까?"

도스케가 다시 영어와 숫자를 비밀번호 창에 넣었다.

moai0621.

다시 한번 엔터키를 눌렀다.

"우왓!"

도스케가 깜짝 놀란 소리를 올렸다. 나도 그의 등 뒤에서 어깨를 쭉 치켜들었다.

숨과 침을 동시에 삼켰다.

방금 전까지 수없이 지켜봐야 했던 입력 무효 화면과는 다른 것이 떠 있었다.

몇 개의 파일명이 주르륵 이어지고 그 속에 '기업 공유용 명단'이라는 것이 있었다. 아무 말도 없이 도스케는 그쪽에 커서를 맞추고 클릭했다.

튀어나온 것은 엑셀을 사용해 만든 재학생들의 연락처 명단이었다.

"우와, 굉장하다, 가에데."

도스케가 뒤돌아보며 칭찬하는데도 나는 대꾸할 말이 없었다. 칭찬받는 것에 익숙하지 않은 것도 있었고, 그걸 기억하는 것 자체가 그리 대단하게 생각되지 않기도 했다.

하지만 본질은 그게 아니었다.

그게 아니라 한 가지 감정이 내 온몸을 휘감고 있었다.

"나도 설마 했었어."

기쁨 비슷한 감정이었다.

기쁨 비슷하다는 것은 다시 말해 기쁨 그 자체는 아니라는 뜻이다. 이런 감정을 어떤 말로 표현해야 할지, 나는 알지 못한다. 다만 이런 감정을 아마도 좀 더 작은 규모로나마 품어 본 적은 있었다. 우리의 의지가 아직 남아 있다는 기쁨과 함께, 모아이 전체가 기업 측에 위법적인 협력을 했다는 것이 거의 확정적이라는 당혹스러움 비슷한 감정을 품었던 것이 언제였을까. 그게 언제였을까.

수업이 끝나고 도망치는 나를 아키요시가 급하게 쫓아왔을 때였을까. 아니, 그게 아닌 것 같다. 그때의 감정은 놀람이나 당혹스러움뿐이었다. 그렇다면 언제였을까…….

"앗, 가에데, 있다, 있어!"

그렇다, 지금은 나 자신의 감정을 분석하고 있을 때가 아니다. 화면을 들여다보니 분명 내 이름과 학부, 연락처가 엑셀에 입력되어 있었다. 도스케에게 저장해달라고 했더니 '기업 공유용 명단(레지스턴스용)'이라는 파일이 데스크탑에 생겨났다. 이걸로 일단 증거는 확보되었다.

"자아, 이걸 어떻게 써먹지?"

즉각 행동에 옮기려는 성질도 급한 도스케에게 박자를 맞춰 나는 생각해둔 것을 그에게 말했다.

"인사 담당자의 메일과 함께 인터넷에 올릴 생각이야. 게시판이나 트위터 같은 곳에 올려버리면 분명 대학에 항의 전화가 걸려오고 모아이에도 큰 데미지를 입힐 수 있을 테니까."

"흠, 그렇겠네."

자신이 질문했으면서도 도스케는 목소리 톤을 떨구고 퉁명스럽게 말했다. 왜 그러는 걸까. 드디어 이게 최종 작전일지도 모른다는 게 감개무량한 것인가. 그 모습에 나는 딱히 깊은 의미를 두지 않았다.

그렇건만 도스케는 깊숙이 숨을 들이쉬고 토해냈다.

명백히 나에게 특별한 뭔가를 전하려는 것이었다.

"저기, 가에데."

"응?"

"지금 이 단계에서 할 얘기는 아닌지도 모르지만, 내가 좀 생각한 게 있어. 얘기해도 괜찮겠냐?"

그는 내 쪽을 쳐다보지 않고 말했다. 이 타이밍에 대체 뭔가, 라고 생각했다.

"뭔데?"

뒤돌아본 도스케는 더 이상은 없을 만큼 온갖 다양한 것들을 품은 듯한 웃음을 짓고 있었다.

"그게 말이다……."

한 순간, 점 같은 침묵이 시간을 멈춰 세운 듯한 느낌이 들었다.

"이쯤에서…… 그만두는 게 어때?"

"뭐?"

실내에 감돌던 달달한 향기는 진즉에 어딘가로 사라지고

없었다.

*

우리가 이제 곧 2학년에 올라갈 무렵, 학생식당에 가면 이따금 아키요시가 와키사카와 함께 점심을 먹는 모습이 보이곤 했다.

나는 최대한 눈에 띄지 않게 조심했지만 어쩌다 둘 중 누군가에게 들켜버렸을 때는 아키요시에게는 손을 슬쩍 흔들고 와키사카에게는 머리를 숙였다. 그리고 멀리 떨어진 자리에 앉아 나 혼자 밥을 먹었다.

돌이켜 생각해보면 나는 입학 당초의 목표를 달성했다. 나름대로 조용한 대학 생활을 손에 넣은 것이다.

모아이는 더욱더 규모가 커져서 본격적인 단체로서 활동을 펼치고 있었다. 지금 같은 교류회 행사는 없었지만, 큰 강의실을 빌려 집회를 갖거나 졸업한 선배들의 힘을 빌려 유익한 이야기를 듣기 위해 사회인 게스트를 초청해 특별수업 등도 하고 있었다. 내가 참석한 것은 일주일에 한 번, 정규 모임 때뿐이었다. 아키요시가 꼭 참석해달라고 말했기 때문이다.

아키요시는 모아이 활동하랴 연애하랴 공부하랴, 몹시 바쁜 모습이었다.

그에 비해 나는 평범하게 수업을 듣고 평범하게 아르바이트를 하고 평범하게 그 뒤로 친해질지 어떨지 아직 알지 못했던 도스케를 만나곤 했다.

나와 아키요시의 행동 사이클이 맞을 리 없어서 벌써 몇 주일째 단둘이 만난 일이라고는 전혀 없었다. 아키요시를 처음 만났던 그 수업도 후기에 접어들면서 그녀의 친구들이 주위에 몰려와 둘러앉았다. 나와 단둘이 나란히 앉는 일은 그때쯤에는 이미 없었다.

친구로서 뭔가 섭섭하기는 했는지도 모르지만 나도 내 나름대로 대학 생활을 보내고 있었으니까 아키요시가 그녀 나름대로 바쁘게 돌아가는 것에 이러니저러니 참견할 만큼 예의 없는 인간은 아니다.

"좀 더 네 의견을 밝혀줬으면 좋겠는데."

아키요시 이외의 사람들에게서 몇 번 그런 말을 들은 적이 있었다. 모아이를 지원해준 교수님이라든가 별 관계없는 선배들이라든가.

그들은 모두 내 인생 테마를 알지 못했다. 알지도 못하면서 뭘, 이라고 반론에 나서는 것은 또 다른 내 인생 테마인 남의 의견을 부정하지 않는다, 라는 것에 반하는 일이었기 때문에 나는 그럴 때마다 옅은 웃음으로 흘려 넘겼다.

와키사카는 딱히 아무 말도 하지 않았다. 달관을 몸으로 표현한 듯한 표정의 그는 자신들이 크게 키운 모아이를 유유히 관찰하고 있었다. 평범한 대화 정도는 나눈 적이 있지만 아키요시와는 다르게 별 재미도 없는 나는 와키사카와 친한 사이는 되지 못했다.

뭔가 큰 변화가 있는 것도 아닌 날들이 흘러갔다. 그 무렵의 아키요시는 변화 없는 평범한 대학 생활 따위는 상상도 할 수 없었을 것이다. 누구보다 눈이 핑핑 돌게 풍성한 자극이 넘치는 날들을 보낸다는 것을 외부에서도 충분히 알 수 있었다. 그것을 나는 좋다고도 나쁘다고도 생각하지 않았다.

다만 이윽고 아키요시의 생활의 변화는 그녀 자신에게도 영향을 미쳤다.

그날도 나는 일주일에 한 번 있는 정규 모임에 참석했다. 매번 별다른 의견을 밝히는 일도 없이 앞으로의 활동에 대한 활발한 토론을 듣기만 했다. 그래서 항상 가능하면 가장 뒷자리, 가능하면 가장 귀퉁이 자리를 택했다. 그날 앉았던 자리는 뒤에서 두 번째, 창가 쪽이었다. 정확히 아키요시를 처음 만난 그 자리와 비슷했다.

아키요시가 그 모임에 내가 반드시 필요하다고 생각했는지 어쨌는지, 그건 알지 못한다. 그런 얘기는 듣지 못했기 때문이다.

모임에서의 토론도 제대로 귀담아 듣지 않았다.

하지만 그 안에서 지금도 귀에 남아 있을 만큼 분명하게 들린 말이 있었다.

모임 도중에 누군가 아키요시에게 의견을 냈을 것이다. 이러저러한 것을 하고 싶다, 이러저러한 방침으로 추진해나가고 싶다, 분명 그런 뜻의 얘기를 했던 것 같다.

아키요시는 흐흠 하고 생각에 잠긴 표정이었다. 의견을 낸 누군가가 준비한 요약본을 들여다보더니 이윽고 타이르는 듯한 말투로 대답했다.

"무슨 얘긴지는 알겠는데, 현실적으로 좀 어렵지 않을까?"

나는 내 귀를 의심했다.

그 말의 목적이 무엇이었건 나는 그 말이 아키요시의 입에서 나왔다는 것을 믿을 수가 없었다.

현실적. 현실적. 현실적.

머릿속에서 곱씹어봐도 그 말의 의미가 뒤집어지지는 않았다.

이상을 지향하기 위해 만들어졌을 터인 모아이에서 누군가 제언한 이상을 좇는 안을 아키요시가 현실을 들이밀며 부정했다.

믿을 수가 없었다. 믿고 싶지도 않았다.

우리는 모두 함께 이상만을 바라보며 나아가기로 하지 않았던가.

나는 아키요시가 조금 전의 발언을 최소한 정정해줄지도 모른다고 기대하며 지그시 그녀를 지켜보았다.

하지만 모임이 끝날 때까지 아키요시가 내 쪽을 쳐다보는 일은, 없었다.

나는 그날을 마지막으로 일주일에 한 번 정규 모임에 참석하는 것도 멈춰버렸다.

*

도스케가 내민 제안에 나는 내 귀를 의심했다.

"이쯤에서, 라니?"

"응, 이제 그만둘 때가 아닌가 싶어서."

"왜?"

그는 끄응 하고 신음하더니 의자를 빙 돌려 내 쪽으로 몸을 쓰윽 내밀었다.

"실은 얼마 전부터 고민했던 거야. 가에데, 정말로 모아이를 무너뜨려도 괜찮겠냐?"

"그러려고 몇 달 동안 뛰어왔는데 당연히 괜찮지."

간발의 틈도 두지 않고 대답하자 도스케는 심각한 얼굴을 하고 있었다. 내 의견을 일단 받아주는 척하는 표정이었다.

"물론 그렇지. 그리고 나도 거기에 동조해왔지만, 아무래도 이게 좀……."

"분명하게 말해봐."

"아니, 가에데의 기분도 엄청 잘 알지. 잘 알지만……."

도스케의 그 말은 매사에 공평한 자신을 과시하려는 것이었다.

"네가 설립한 동아리가 너무 변해버려서 화가 난 그 기분도 알겠어. 근데 지금 현재 열심히 활동 중인 사람들을 생각하면 그걸 정말 무너뜨려도 괜찮을까, 하는 생각이 들더라고. 가에데 너도 나중에 후회하지 않을지 걱정스럽기도 하고."

"……아니, 전혀."

가장 먼저 '네가 뭘 안다고'라는 생각이 밀려왔다. 내 기분의 어떤 것을 안다는 말인가. 후회 따위라면 지금까지 수없이 해왔다. 도스케가 이제 와서 이런 말을 할 줄은 생각도 못했다. 그리고 무엇보다 설마 지금 이 시점에 모아이를 왜곡한 자들의 편을 들어줄 줄은 생각도 못했다.

나는 그 이유를 생각해보았다.

"혹시 너, 텐에게 설득당한 거야?"

"그런 거 아니야. 아, 하지만 어떤 의미에서는 그럴지도 모르겠다. 그 친구하고 아직 가끔씩 함께 어울리는데 진짜 괜찮은 놈이더라고. 하긴 이번 명단 건은 완전히 나쁜 짓이지만."

"그렇지? 무너뜨리는 게 당연하잖아. 우리는 이런 나쁜 짓, 결코 한 적이 없었어."

이상이 가득했고 단둘뿐이던 시절의 우리는 결코 나쁜 짓 따위는 하지 않았다.

만일 내가 지금 텐의 입장이었다고 해도 결코 이런 짓은 허락하지 않았을 것이다.

"도스케, 왜 그쪽 편을 들어주지?"

"아니, 그게 아니라 인사 담당자가 어벙하게 메일을 보내줬잖아. 그걸 보고 나도 좀 생각을 해봤어."

"무슨 생각을?"

"텐이나 그 인사 담당자처럼 나도 어이없는 잘못을 저지를지도 모른다는 생각. 마가 씌었다든가 나쁜 짓인 줄 알지 못했다든가, 그런 경우도 있잖아. 뭔가 따끔하게 혼내줄 또 다른 방법은 없을까? 굳이 모아이를 없애려고 하지 않아도 되잖아. 예전의 가에데처럼 지금 모아이에 의지하는 사람들도 있어. 이건 교류회 행사라든가 다코야키 파티 때의 가와하라 씨를 보고 실감한 거야."

나는 어이가 없었다.

"나쁜 짓인 줄 알지 못했다니, 이것 좀 봐, 이 명단! 그자들이 개인정보를 수집해서 기업 측에 통째로 넘겼어. 후원금이 필요했거나 기업 측과의 관계를 돈독히 하고 싶었거나, 그런 야비한 이득을 위해서! 한마디로 자신들의 목적을 위해 우리 정보를 교섭 도구로 써먹은 거야. 우리를, 모아이 회원들을, 기껏 그런 정도로 이용해먹었다고."

그렇다, 꼭 이번 일이 아니더라도 텐 같은 인간들이, 자신과 타인의 영역을 구별할 줄도 모르고 무례하게 끼어드는 그런 인간들이, 우리를 어떤 식으로 취급하는지 똑똑히 알 수 있다.

"바비큐 파티 때도 너는 그런 거 못 느꼈어?"

남을 경시하는 것을 아무렇지도 않게 생각하는 그자들의 입놀림이 생각났다.

"그놈들은 우리를 경멸한 거야."

"가에데, 그렇지 않아."

곧바로 부정의 말이 돌아온 것에 나는 흠칫했다. 도스케는 지그시 내 눈을 들여다보았다.

"우리도, 실은 그자들을 경멸했어."

"……."

"얼마 전에야 드디어 깨달았어. 우리는 그자들을 날라리 같은 놈들이고 한심한 놈들이라고 딱지를 붙여놓고 경멸했어. 그야 마음에 안 드는 점도 있지, 그런 놈들. 하지만 우리도 그놈들과 하나도 다를 것 없이 잔꾀를 부리고 있잖아."

도스케가 호소하듯이 내게 말들을 던졌다. 하지만 내가 잠깐 침묵했기 때문인지 도스케는 흠칫한 얼굴로 이내 시선을 돌려버렸다.

"미안하다, 너한테 설교를 하려는 건 아냐."

"너, 그놈들의 날라리 짓을 따라하려고 후배에게 손을 댔어?"

내가 한 말이 무슨 뜻인지 곧바로는 도스케에게 전해지지 않은 모양이었다. 말을 한참 곱씹고 나서 도스케는 한순간 미간에 주름을 잡고 조용히 숨을 들이쉬고 내쉬었다.

"그런 거 아냐."

"노리는 거 아니라고 하지 않았던가?"

"그러니까, 응, 그건 거짓말은 아니었어."

"하지만 멀리 떨어진 남자 친구와 잘 풀리지 않아 마음이 약해진 폰짱에게 손을 댄 건 사실이잖아."

도스케는 뺨에 손을 짚고 고개를 푹 숙인 채 아무 말도 하지 않았다. 대꾸할 말이 없었던 것이리라. 도스케는 내 친구다. 하지만 잘못된 것은 잘못되었다고 말하지 않으면 안 된다.

잠시 대답을 기다리고 있자 백기를 든다는 뜻인지 아니면 단순히 이런 분위기를 더 이상 견딜 수 없었는지, 도스케는 고개를 숙인 채 한 차례 피식 웃었다.

"뭐, 그렇게 볼 수도 있겠다. 근데……."

도스케는 두 손으로 얼굴을 가렸다. 부끄러운 짓을 감추듯이.

"근데 가에데, 아까는 그럴 수도 있다고 했잖아."

그 장난스러운 말투에 나는 마음이 놓였다.

"그건 아무 생각 없이 내뱉은 말이야."

도스케가 다시 웃었기 때문에 나도 웃어버렸다. 뭔가, 이 대화는, 이라고 생각했다.

실은 처음 만난 뒤로 지금까지 이런 가벼운 말다툼은 몇 번 했었다. 그때마다 결국 둘 중 하나는 피식 웃어버렸다. 뭐냐, 우리, 괜히 진지해졌네, 라고 서로 웃으면서 관계를 유지해 왔다. 아마 이번에도 그런 종류인 것 같아서 나는 마음이 놓였다.

모아이에 대한 것은 얼렁뚱땅 넘어가는 일 없이 분명하게 짚고 넘어가야겠지만 분명 그것도 도스케는 금세 이해해줄 것이다.

그렇게 생각하고 있는데 도스케는 다시 컴퓨터로 몸을 돌려 책상 위에 아무렇게나 놓여 있던 USB 메모리를 본체에 꽂았다. 뭘 하려는 건가 하고 지켜보는 사이에 그 USB 메모리는 컴퓨터에서 뽑혀져 나와 왜 그런지 내게로 향해졌다.

"가에데, 미안하다."

"응?"

"난 이제 빠져야겠어."

그 얼굴은 아직도 희미하게 웃고 있었다.

"도와주겠다고 해놓고 미안하다. 하지만 지난 몇 달 동안, 나는 모아이가 반드시 나쁘다는 결론은 내리지 못했어. 그래서 나는 일단 이 일에서 손을 떼려고."

도스케는 의자에 앉은 채 머리를 숙였다.

"내가 해치우자고 해놓고, 진짜 미안하다."

나에게 내밀어진 USB, 도스케의 정수리. 분명 이건 한 세트고, 둘 중 하나가 없어지지 않으면 언제까지고 계속 거기 있을 것이다. 나는 머뭇머뭇 USB를 받아들었다.

"하지만 가에데가 분개하는 게 잘못이라는 건 아니야."

"근데 왜……."

"그 방법이 상당히 거슬렸어. 미안하다."

도스케의 웃는 얼굴은 완강했다.

나는 USB를 호주머니에 챙겨 넣고 한 걸음 뒤로 물러섰다. 내 인생 테마, 타인에게 지나치게 다가가지 말 것, 타인의 의견에 가능한 한 반대하지 말 것.

"아참, 폰짱하고는 앞으로도 잘 지내줘. 그애, 가에데와는 또 다른 인종인지도 모르지만 제법 괜찮은 녀석이야. 나름 영악해서 자는 척하는 연기가 진짜 능숙하더라니까."

미리 다 알고 있었던 모양이야, 라고 도스케는 웃었다. 나는 다시 한 걸음 뒤로 물러섰다.

"너도 텐하고 조금만 더 얘기를 나눠보는 게 어때? 모아이의 텐이라면 적으로 생각되겠지만 우리와 같은 학년의 아마노 텐이라고 생각하면 다르게 보일 수도 있어."

다시 한 걸음, 나는 도스케와 거리를 두었다.

"그리고 어쩌면 모아이의 리더 히어로도……, 아, 본명이 뭐랬더라, 교류회 때 이름을 들었는데?"

결별을 각오한 듯한 도스케는 평소와 똑같이 우스꽝스럽게, 하지만 씁쓸한 것을 좀체 삼킬 수 없다는 기색으로 천장을 올려다보았다.

"그래, 맞다, 아키요시였어!"

도스케는 내 눈을 들여다보았다.

누군가 그 이름을 부르는 것을 참으로 오랜만에 들었다.

"그 아키요시도 정식으로 대화해보면 괜찮은 친구인지도

몰라.”

나는 도스케에게 등을 돌렸다. 그렇게 후들거리는 걸음으로 현관으로 나와 구두를 신었다.

“가에데, 또 와라.”

문을 열고 그 집을 나설 때 도스케가 말을 건넸지만 나는 대답도 없이 문을 닫았다.

분명 폰짱이 남기고 간 달달한 향기처럼 그 말도 이윽고 존재하지 않았던 것처럼 사라질 거라고 생각했다.

*

모아이의 단 한 명의 리더 아키요시 히사노에게 히어로라는 별명이 붙은 것은 세 번째 회원 다즈노키 미아 때문이었다.

셋이서 이야기하고 있을 때, 우연히 당시 유행하던 롤플레잉 게임이 화제에 올랐다.

“아키요시는 용사라기보다 히어로인데?”

평소 같으면 다즈노키의 그런 말은 당연히 게임 속에서의 역할이라면, 이라는 얘기로 이해하고 겸연쩍어하면서 겸손하게 웃어넘겼을 것이다. 하지만 아키요시는 그런 범용한 반응을 보이지 않았다.

“아직은 아니야.”

미래를, 희망을, 굳게 믿는 그 말이 무척 마음에 들었는지 다즈노키는 놀려주는 뉘앙스를 담아 아키요시를 히어로라고 부르게 되었다.

그다음은 그냥 어처구니없는 얘기다. 회원이 점점 늘어가던 무렵, 모아이 회원 중 한 사람이 다즈노키의 농담을 어떻게 받아들였는지, 아키요시의 본명이 히어로라고 착각했다.

이 에피소드가 주위에 유난히 잘 먹혀서 아키요시는 서서히 히어로라는 별명으로 통하게 되었다. 그 유래 때문인지 아키요시도 그리 싫지 않은 눈치였다. 하지만 나는 결코 그녀를 그런 이름으로 부르지 않았다.

아키요시에게 묘한 기호를 붙여준 다즈노키도 4학년이 된 지금은 모아이와 갈라서서 자신의 대학 생활을 마음 내키는 대로 구가하고 있었다. 아마 지금쯤 연구 유학생으로 미국에 가있을 터였다. 3학년 중반쯤에 우연히 만났을 때, 다즈노키 본인에게서 그럴 예정이라는 얘기를 들었다. 그러고 보니 그녀가 아키요시에게 인사 전해달라는 부탁을 했었는데 아직까지 전해주지 못했다. 분명 "잘 지내"라는 말이었다.

어딘가에서 다즈노키는 그 말이 전달되지 않을 것을 알고 있었던 게 아닐까. 그녀에게는 그런 구석이 있었다.

그걸 전해줄 수 있을 리 없다. 내가 마지막으로 아키요시와 대화를 나눈 것은 2학년에 올라온 지 얼마 안 되었을 때의 일이다.

변해버린 모아이와 변해버린 아키요시에게 오롯이 내 의

지로 결별을 고했던 날.

그 의지를 어떻게 전할지, 미리 계획 따위를 세워서 고했던 것이 아니다.

우연이었다. 그때 우리는 어쩌다 학교 안에서 덜컥 마주쳤다.

엇 하고 한순간 당황한 소리를 낸 뒤에 아키요시는 의지의 힘으로 부자연스러울 만큼 자연스러운 웃음을 만들면서 내게로 다가왔다.

“안녕?”

“……응, 안녕?”

“만나는 거 진짜 오랜만이지? 뭐하고 지냈어, 대체.”

“학교에 꼬박꼬박 잘 다녔는데?”

내 목소리 톤이 아키요시에게 어떻게 들렸는지는 모르겠지만 그녀는 나에게서 반걸음, 거리를 두고 있었다. 그래도 웃는 얼굴의 연기를 그만둘 생각은 없는 것 같았다.

“가에데, 지금 수업 있어?”

“응.”

“어느 쪽?”

“B동.”

“아, 나도 그쪽이야.”

먼저 걸음을 떼는 아키요시 옆을 나는 조금 전까지의 거리를 유지한 채 나란히 걸었다. 우리는 어떤 식으로 보였을까.

사이좋은 친구도 아니고 혹시라도 연인은 더더욱 아니었을 것이다. 둘 사이에 감정 하나가 여분으로 가로놓여 있었다.

먼저 그 얘기를 꺼낸 건 아키요시였다.

"저기, 가에데."

"응."

"요즘 통 참석을 안 했지, 모아이 모임에?"

그건 사실이었기 때문에 나는 "응"이라고만 대답했다.

"혹시 지금의 모아이가 마음에 안 든다면 조금 바꿔볼까 하는데."

아키요시에게 말한다고 어떻게 되는 것도 아니어서 나는 다시 "뭐, 딱히"라고만 대답했다.

"그렇구나……."

침묵이 쏟아졌다.

아키요시는 나와는 달리 침묵을 싫어하는 인간이다. 그래서 그다음 말은 어떻게든 분위기를 수습하려고 한 것일 뿐, 별다른 의미는 없었을 것이다.

"모두 다 참석해주는 게 재미있는데."

나한테는 그게 결정타였던 것 같다.

"……아, 저기."

고개를 숙이고 걸어가는 아키요시의 옆얼굴을 향해 똑똑히 내 의사를 전했다.

"나, 모아이 그만둘 거야."

그때 아키요시는 오랜만에 내 쪽을 돌아보았다.

이쪽을 향한 아키요시의 얼굴을 나는 아직 기억하고 있다. 놀란 것 같기도 하고 슬픈 것 같기도 하고, 그리고 어딘가에 분노가 섞인 것 같기도 했다.

"왜……."

그 얼굴도 목소리도 아키요시였다. 하지만 나는 알고 있었다. 그곳에 있는 사람은 더 이상 내가 아는 아키요시가 아니었다. 이상을 내던져버린, 별 재미도 없는 평범한 대학생이 그곳에 있었다.

너무 심한 말이라고 생각하는 사람이 있을지도 모른다. 하지만 내 생각이 옳았다는 것은 모아이의 그 뒤의 모습에 의해 증명되었다. 그녀와 그 일행은 점점 더 비대해지고 그야말로 나 잘났다는 얼굴로 캠퍼스 안에서 득세하게 되었다. 그 시절에 아키요시가 추구했던 것 따위는 어디에도 없다. 비밀결사 모아이는, 이미 이 세계 어디에도 없다.

작은 이상은 가벼운 소리를 내며 그야말로 쉽게도 깨져버렸다.

모아이에 실망해서 나는 지켜보기를 관뒀다.

하지만 그래도 마음속 어디선가 믿고 있었다. 아키요시가 다시금 언젠가의 이상과 그 모습을 되찾을 것이라고. 다른 어느 누구의 평가도, 어떤 책임도 없었던 그 시절의 모아이로 되돌아갈 것이라고.

하지만 벌써 졸업을 앞두고 있는데도 그렇게는 되지 않았다.

나는 내 역할을 다하지 않으면 안 된다.

이상을 바라보던 참된 모아이의 의지는 내가 이어나가지 않으면 안 된다.

왜곡되어버린 모아이가 상처 입힌 모든 것을 위해, 그 시절의 나와 아키요시를 위해, 지금의 모아이를 이대로 허용해 둘 수는 없다. 변해버린 아키요시를 이대로 놔둘 수는 없다.

그건 옳지 않은 일이다.

*

도스케를 나의 유일한 친구라고 믿었다. 그런데 갑자기 손바닥 뒤집듯 돌변해버렸다. 그에 대한 실망감이 도스케의 집을 나온 뒤에도 계속 내 머릿속을 무겁게 짓눌렀다.

자기가 먼저 해치우자고 말했으면서. 자기가 먼저 모아이가 싫다고 말했으면서.

혼자 집으로 돌아와 손도 씻지 않고 몸을 내던지듯이 책상 앞에 앉았다. 즉각 노트북을 켜고 도스케의 USB를 끼웠다.

그 안에는 '기업 공유용 명단(레지스턴스용)' 외에도 도스케가 미처 지우지 못한 파일 몇 개가 있었다. 열어보니 아마도 스터디그룹 발표를 위해 준비한 듯한 개요서였다. 전문 지식이 있는 것도 아닌 나로서는 잘 알 수 없는 내용이다. 거치적

거리기만 해서 명단 이외의 파일은 모두 삭제했다. 이렇게 방치해둔 걸 보면 어차피 필요 없는 자료일 것이다.

명단을 열어보고 그곳에 실린 인원이 너무 많은 것에 새삼 놀랐다. 그런 바비큐 파티 같은 걸 으쌰으쌰 개최해서 쓸어 모은 것인가. 아예 교류회 행사 참가자들을 죄다 넣어버리는 게 훨씬 더 효율적일 텐데, 라고 생각했다.

공유 파일을 여는 비밀번호가 모아이 결성일이었다. 즉 아키요시가 설정했다는 얘기다. 그 날짜는 모아이가 대학 측으로부터 정식 승인을 받은 날이 아니다. 나와 아키요시, 단둘이 모아이라는 이름을 붙인 날이다. 그렇다면 당연히 아키요시도 이 명단의 존재를 알고 있었다는 얘기다. 문제는 아키요시가 어디까지 지시했느냐는 것이다. 일이 커졌을 때 주위에서 리더의 지시에 따랐다는 증언이 나온다면 모아이의 위상은 한층 더 위태로워질 것이다.

명문 사립대 취업 활동 단체의 대표가 여기저기서 수집한 개인정보를 무단으로 기업 쪽에 넘겼다. 이 정도라면 젊은이와 엘리트를 혐오하는 자들이 들불처럼 일어나줄 것이다.

그러고 보니 누가 주도했건, 모아이는 대체 어떤 교환 조건으로 이 명단을 기업에 넘겼을까. 활동자금? 하지만 정당한 후원자들이 있다고 들었다. 그렇다면 역시 기업과의 관계 유지를 위한 것일까. 아니면 모아이 회원을 면접에서 우대해준다는 식의 채용 결탁인가.

뭐, 어떤 것이든 상관없다, 그런 쪽에 관해서는 적당히 물음표를 붙여주면 된다. 답은 주위에서 악의를 품고 댓글로 덧붙여줄 것이다. 인터넷상의 입소문과 악플 쇄도라는 건 대부분 그렇게 만들어져간다.

이제 나 혼자다. 끙끙 고민해봤자 별 볼 일 없다. 나는 즉시 그 명단과 인사 담당자의 메일을 이미지 파일로 만들고 퍼나르기 쉽게 하나로 모아 가공했다. 그리 어려운 작업도 아니다. 강의 때 배웠던 것 정도면 금세 할 수 있다.

일단 폭탄은 완성되었다. 이걸 인터넷에 올리고 폭발이 일어나기를 빌어보자.

한숨을 내쉬면서 도스케가 한 말을 떠올렸다.

솔직히 말하면 나 역시 죄책감이 전혀 없는 건 아니었다. 하지만 그건 아키요시나 텐 등 모아이를 운영하는 자들에 대한 것이 아니라 모아이에 직간접으로 휘말리게 될 사람들에 대한 죄책감이었다. 지금의 모아이는 분명 잘못되었다고 생각한다. 하지만 도스케가 말한 것처럼 그곳을 의지하는 사람, 자신을 받아주는 유일한 곳으로 선택한 사람들도 있을 것이다. 이를테면 가와하라 씨.

그녀의 경우를 생각하면 모아이를 파괴하거나 약화시키는 것만 꾀해서는 안 된다. 반드시 그다음이 필요하다. 그다음, 즉 현재의 모아이의 존재방식을 철저히 부정하고 원래의 모아이, 오로지 이상만을 추구하는 장소가 필요하다.

그런 장소가 만들어진다면 그곳은 분명 가와하라 씨 같은 사람들이 머물 곳이 될 것이다.

그리고 나 또한 머물 수 있는 곳이 될지도 모른다.

그곳에 지금 같은 모아이는 필요 없다.

나는 이미지 파일을 도스케의 USB로 옮기고 노트북에서 빼내 호주머니에 챙겨 넣었다. 신중을 기하기 위해 폭탄 투하는 다른 곳에서 하기로 했다.

아키요시가 거짓으로 쌓아올린 것을 무너뜨리고 내가 다시 참된 장소를 만들 것이다.

다 타버리기는커녕 나 혼자가 되면서 한층 더 강하게 불타오르는 몸속의 열기.

삐뚤빼뚤 늘어선 도미노의 맨 처음 한 개를 밀어버리듯이 나는 단호히 문을 열고 밖으로 나왔다.

아르바이트하는 드러그스토어의 뒷문을 열고 작은 소리로 "안녕하십니까"라고 대충 인사하고 안으로 들어갔다. 가와하라 씨가 라커룸에 비치된 둥근 의자에 앉아 무릎에 팔꿈치를 짚고 스마트폰을 들여다보고 있었다. 빠지직 소리라도 날 것처럼 미간에 주름을 잡고 눈을 부릅뜨고 있었다. 그런 표정은 처음 봤지만 그 의미는 알 것 같았다. 분노가 폭발한 것이다.

그녀의 분노 구역에 깜빡 들어서지 않도록 최대한 라커룸의 한쪽 가장자리를 지나가려는데 "안녕하십니까?"라는 인사가 들려왔다. 결국 포기하고 "안녕하세요?"라고 응했다. 내 쪽을 돌아보는 그녀의 눈빛은 역시 분노로 가득했다.

무슨 일 있었느냐는 질문은 너무 뻔한 것이라 말하지 않았다. 아마 지금 가와하라 씨가 분노하는 일에 대해 만일 우리 대학에서 알지 못하는 사람이 있다면 그건 속세를 버린 사람이거나 고매한 인격자뿐일 것이다. 나는 그중 어느 쪽도 아니었기 때문에 그중 어느 쪽도 아닌 단어를 골랐다.

"큰일이 터진 모양이던데요?"

"네, 이건 뭐……. 어휴, 진짜."

자신의 감정을 제대로 말로 옮기지 못하겠다는 기색으로 가와하라 씨가 요란하게 혀를 찼다. 오랜만에 조폭 여학생다운 면모가 나오는구나, 라고 생각했는데 그녀는 스마트폰을 호주머니에 넣고 내 쪽으로 꾸벅 머리를 숙였다.

"죄송합니다."

"아뇨, 나는 아직 자세한 건 모르지만, 뭔가 상당히 큰일인 모양이죠?"

"큰일이라고 할까, 진짜 화나는 일이죠."

시간이 넉넉했다면 거기서 가와하라 씨는 이 세상에 존재하는 부조리에 대해 뜨겁게 토로했을 텐데 안타깝게도 근무시간이 시작되었다.

그래도 시간은 흘러간다. 한참 일하다 보니 다시 그 남아도는 시간이 왔다. 오늘은 내가 계산대를 담당하면서 실내 홍보 POP를 착실히 만들고 있는 참에 가와하라 씨가 대걸레를 들고 다가왔다.

"잠깐 얘기 좀 들어줄래요?"

직구였다.

"뭐, 뭔데요?"

가와하라 씨는 후우 하고 코로 숨을 토해냈다. 마치 분노로 빵빵하게 부푼 자신의 머리에서 공기를 빼내는 것 같았다.

"왜 이 세상에는 별 관계도 없는 남의 불행을 찧고 까부는 쓰레기들이 이렇게 많을까요?"

"글쎄, 그건 나도 잘 모르겠는데……."

"네, 나도 진짜 모르겠어요."

그걸로 대화는 끝났다. 다만 그 짧은 대화로도 가와하라 씨가 어떤 얘기를 하려는지 짐작했고, 실제로 그녀가 그런 자들에게 분노하게 된 경위까지 나는 잘 알고 있다. 하지만 애써 무슨 얘기인지 모르겠다는 표정으로 일관했다. 그녀가 내 얼굴을 쳐다보지 않더라도 상관없다. 이런 표정은 미리 버릇을 들여놓지 않으면 여차할 때 들통이 나버린다.

평소 같으면 가와하라 씨와 나눌 대화는 이제 돌아가는 길의 인사만 남겨둔 상태였다. 하지만 한 가지 꼭 물어볼 것이 있었다.

근무시간이 끝나고 집에 가는 참에 나는 평소에 하던 대로 가와하라 씨보다 조금 늦게 라커룸을 나와 그녀가 올라탄 스쿠터 옆으로 다가갔다.

"가와하라 씨, 잠깐만."

그녀가 작별인사를 하기 전에 선수를 쳤다. 이런 일은 처음이었기 때문이리라, 가와하라 씨는 열려던 입을 꾹 다물고 놀란 표정을 보였다.

갑작스럽게 본론으로 들어가는 것도 좋지 않을 것 같아 우선 한 호흡을 띄웠다.

"너무 심각하게 생각하지 말아요, 몸에 안 좋을 거 같은데."

무난하게 상대를 염려해주는 말을 고른 게 정답이었던 모양이다. 가와하라 씨는 입가를 풀면서 "고맙습니다"라고 머리를 숙였다.

"근데 아직 괜찮아요."

"나는 국외자라서 이런 말은 어떨지 모르겠지만, 모아이는 어떻게 되는 건지……."

"그래도 신경을 써주시네요. 별로 관심이 없는 줄 알았는데."

"아니, 가와하라 씨에게 맨 처음 모아이를 알려준 게 나였잖아요."

그 대답과 약간의 농담 같은 뉘앙스는 미리 준비해둔 것이었다. 다행히 가와하라 씨가 웃어주었다.

"글쎄요, 지금 간부급에서 다급하게 사죄도 하고 여기저기 해명도 하면서 뛰어다니는 모양이에요. 책임소재라든가, 이것저것 정확히 파악하지 않고서는 아직 어떻다고 말할 수는 없지만 뭔가 징계는 받을 것 같다고 선배들이 얘기하더라고요."

"그럼 아직은 지켜봐야겠군요."

"이제 곧 리더가 회원들에게 직접 보고하는 모임을 갖는다는데, 일단 사람 수가 많으니까 장소를 잡기도 어려워서 좀 더 기다려야 할 것 같아요."

"아닌 게 아니라 캠퍼스 안에서는 대강당 정도밖에 없겠네요."

"네, 그렇죠."

더 이상 깊이 캐고 들면 수상하게 생각할 것이다. 나는 일단 그녀에게 조심스럽게 말했다.

"가와하라 씨가 마음이 편해지는 방향으로 일이 풀렸으면 좋겠어요."

이건 본심에서 나온 말이었다.

"고맙습니다. 뭐, 어떻게든 되겠죠."

"아, 바쁠 텐데 얘기가 길어졌네요. 미안해요."

"아뇨, 쓰레기가 아닌 분이 걱정해주시니까 한결 속이 풀리는데요? 자, 그럼 내일 또."

그렇게 가와하라 씨는 웃는 얼굴로 시원스레 멀어져갔다. 오늘의 작별인사는 '수고하셨습니다'가 아니라 '그럼 내일 또'였다. 그런 작은 변화는 어찌됐든, 나는 무의식중에 선량한 스파이 역할을 해준 가와하라 씨에게 감사했다. 그녀 덕분에 외부에서는 알기 어려운 모아이의 활동 일정이나 분위기 등을 희미하게나마 알 수 있었다.

현재 모아이의 향후 조치에 대해 말단 회원에게까지 전해줄 만한 결론이 나온 건 아닌 모양이지만, 회원에게 보고회를 할 예정이라는 건 알아냈다. 모아이 간부들이 이번 건에 대해 침묵으로 뭉개버리는 게 아니라 정면으로 책임질 의지를 보여준 것이라면 아주 바람직한 흐름이다. 가와하라 씨는 크게 분노했지만, 머지않아 이번 일이 좋은 방향으로 발전하는 계기였다고 이해해줄 것이다. 그렇게 되기 위한 전 단계로서 제법 괜찮은 흐름이다.

이번 일이란 물론 모아이가 외부 기업에 무단으로 재학생의 개인정보를 건넸다는 의혹에 대한 것이다.

현재까지는 내가 편 작전에 확실한 반응이 돌아왔고, 동시에 이미 내 영역을 떠나 마구잡이로 사태가 확산되어서 일종의 공포심까지 느끼고 있었다.

그때로부터 겨우 3주일밖에 지나지 않았다.

내가 곳곳에 뿌려둔 폭탄은 뜻밖일 만큼 빠른 속도로, 무서울 만큼 지나치게, 수많은 사람들의 주목을 받고 이제는 무차별적으로 상처를 입히고 있었다.

몇 개의 SNS와 인터넷 게시판에 투고한 바로 그 이미지 파일.

처음에는 아무에게도 주목받지 못해서 이대로 인터넷의

바다에 침몰할 모양이라고 걱정했는데 그 걱정은 금세 풀려 버렸다.

처음에 지극히 단순하게 불이 붙은 곳은 SNS 쪽이었다. 우연히 그것을 목도한 누군가가 자세한 사정도 모른 채 다른 누군가에게 알렸다. 그리고 그 누군가가 또 다른 누군가에게 알리면서 어느새 그 정보는 인터넷상에서 수많은 사람들의 주목을 받는 과격한 사이트에까지 연결되었다. 거기서 첫 번째 대폭발이 일어났다. 그것을 계기로 인터넷 게시판 쪽에서도 움직임이 있었다. 몇 개의 인기 댓글이 웹미디어 기사로 정리되었다. 이미지는 한없이 확산해서 SNS에도 인터넷 게시판에도 모아이 때문에 피해를 입었다는 자들이 나타나기 시작했다. 모두 거짓인지 사실인지 확인이 불가능한 글이었다. 하지만 그것을 빌미로 이번 일이 우연히 일어난 게 아니라 모아이는 애초부터 그런 경향이었다는 한 줄기 회오리바람이 휘몰아쳤다.

당연한 흐름으로 이윽고 모아이와 대학 측에, 나아가 나한테 메일을 보냈던 기업에 직접 이번 건에 대한 해명을 요구하는 자들이 나타났다. 이것도 거짓인지 사실인지 확인할 수 없는 얘기지만, 전화와 메일을 통해 실제로 문의해봤다는 자들도 있었다. 하지만 거기서 딱히 의미 있는 회답이 오지는 않았는지, 그즈음에는 가와하라 씨도 "뭔가 문제가 생긴 것 같다"라는 정도의 인식을 품었을 뿐이었다.

혹시 여기서 끝인가, 하던 참에 두 번째 폭발이 일어났다. 소재거리가 없었는지 어느 주간지가 인터넷상의 소동을 눈치채고 작은 기사지만 모아이에 대한 내용을 다룬 것이다. 그 기사를 읽어보면 주간지 측은 모아이가 그런 짓을 했다는 것보다 기업이 대학생에게서 죄의식도 없이 연락처 정보를 받았다는 것을 문제로 삼고 있었다. 어디서 어떻게 조사를 했는지 익명의 관계자의 말을 빌려 기업 면접에서 모아이 회원을 우대했다는 내용까지 실려 있었다. 이 기사를 통해 의혹에 대해 알게 된 사람들이 모아이와 기업을 악으로 규정하고 인터넷상에서 거센 비난을 퍼부었다. 그 이유는 오히려 후자가 주요 원인이었던 게 아닌가 싶다. 인간이란 이상할 만큼 다른 누군가가 자신보다 이득을 보는 건 용서하지 못하는 생물이다. 모아이는 가와하라 씨가 말했던 대로 아무 관계도 없는 타인의 불행을 찧고 까부는 쓰레기들의 먹잇감이 되었다.

새삼스럽지만 모든 것이 이미 내 상상의 영역을 뛰어넘었다.

설마 주간지가 보도할 줄은 생각도 못했다. 기성세대가 이토록 쉽게 움직여주다니, 역시 조금 나이가 많은 것뿐인 그들의 관심과 행동은 우리와 별반 차이가 없는 모양이다.

가와하라 씨가 떠난 뒤의 조용한 주차장에서 나 혼자 자전거를 타고 집으로 향했다. 그때 이후로 도스케와는 만나지 않았다. 물론 폰짱과도. 이번 일을 어떻게 생각하는지 묻고 싶었지만, 물어본들 뭐가 달라지는 것도 아니라는 생각도 있었다. 이제는 정말 달라질 것도 없다.

딱히 별일도 없이 슈퍼에서 반값 세일 도시락을 사들고 무사히 집에 돌아와 손 씻고 양치하고 곧장 노트북을 켰다. 도시락은 데우면 눅눅해지니까 그대로 먹기로 했다.

SNS를 열고 원래 사용하던 무해한 계정으로 모아이를 검색하기 시작했다. 나날이 무섭게 증가하는 모아이의 안티. 인터넷상에 뱉어내는 혐오와 비웃음. 그것을 지켜보는 것만으로도 나는 일종의 최면상태에 떨어진 듯한 감각을 맛보았다. 뇌가 빙글빙글 흔들리고 심장 박동 수가 올라가고 약간의 구토감이 일었다.

그중에는 옹호의 목소리도 있었다. 그런 건 요즘에는 어떤 대학이든 기업이든 다 하고 있다는, 아마도 객관적일 터인 의견도 스크롤 한 번에 악성 댓글에 밀려나버렸다.

모아이는 대학의 흔해빠진 취업 활동 단체라는 것에서 이제는 일종의 엔터테인먼트로 변해버렸다.

나도 세상을 향해 짐짓 질문을 던지는 댓글로 이 축제에 참가했다. 오늘 아침에도 또 하나의 먹잇감을 던져놓았다. 그 효과도 벌써 곳곳에서 보이는 것 같았다.

이렇게 사태가 커지고 내 손이 전혀 닿지 않는 곳으로 흘러가버리는 것은 내가 바라던 모양새가 아니어서 나도 나름대로 이 놀이를 내 손안에 붙잡아두고 싶었던 것이다.

하지만 특별하고 새로운 뭔가를 했던 것은 아니다. 지난번에 이미지 파일로 가공했던 것과는 별도로 기업에서 보내준 메일을 스크린샷으로 보존해 새롭게 인터넷 카페에 올렸다.

이번에는 이미지 한 개뿐이라서 별 재미가 없을 것 같아 그 안에 문장도 끼워 넣었다.

'이상이란 무엇인가. 올바른 것에 대해 질문을 던진다.'

그것만으로 끝낼까 했지만 뭔가 좀 더 강한 감정이 내 손가락을 움직였다.

'타인에게 지나치게 다가가 자기 마음대로 긍정하거나 부정해온 자들의 이상이란 과연 무엇인가.'

결국 그것을 마지막 문장으로 써 넣었다. 도스케와 폰짱에 대한 비아냥거림도 담아본 것이었다. 이 새 이미지는 또 다시 정의의 투사라도 된 것처럼 날뛰는 자들의 손에 의해 널리 확산될 터였다.

그리고 언젠가는 아키요시의 눈에 띌 것이다. 그렇게 해서 그녀가 깨우치는 데 일조할 수 있다면 성공이다. 후회할 이유가 되어준다면 그걸로 성공인 것이다.

아키요시는 언제쯤 반성과 후회를 표명할까. 나는 그녀의 SNS 몇 개를 살펴보았다. 하지만 최근 며칠째 전혀 갱신한 흔적이 없었다. 줄줄이 올라온 것은 별 재미도 없는 교류회 얘기와 일상적인 풍경뿐이었다.

시간과 악플이 아직도 더 필요한 건가. 혼자 궁리하며 SNS

에서 '모아이'를 검색해 스크롤을 해가며 한참 들여다보았다.

그리고 그때 그것이 눈에 들어왔다.

한 차례 무심코 지나쳤던 그것을 나는 잘못 본 것이라고 생각했다. 하지만 스크롤바를 다시 위로 올리고서야 내 동체시력이 의외로 괜찮은 편이라는, 별 쓸모도 없는 것을 알았다.

깜짝 놀라 한참을 골똘히 들여다보고 말았다.

내 손이 가닿지 않는 인터넷의 바다, 그곳에 한 장의 사진이 올라와 있었다.

하긴 이런 걸 못 보고 놓칠 리가 없다.

그것은 아키요시와 텐이 나란히 찍은 사진이었다.

뭔가의 뒤풀이 모임 때일 것이다. 얼굴에 웃음이 가득한 두 사람이 이쪽을 향해 술잔을 치켜들고 있었다. 마치 마음 편한 친구 사이처럼.

아마도 최근에 올린 것 같았다. 내가 가진 사진 속의 아키요시보다 머리가 약간 짧고 화장도 했고 단정한 옷차림이어서 교류회 행사 날에 본 그녀 쪽에 가까웠다.

이번 사태를 알지 못한 어떤 태평한 모아이 회원이 사진을 올린 모양이라고 생각했는데 그런 게 아니었다. 그 계정은 자주 쓰지 않는 여벌 계정인지 사진 외에 달랑 두 가지 정보만 올라와 있을 뿐이었다.

그 두 가지 다 전화번호였다. 그중 한 개가 눈에 익은 느낌이 들었다. 급히 내 스마트폰을 확인해보았다.

아니나 다를까, 한 개는 거의 사용한 적도 없이 내 스마트폰에 여태까지 남아 있는 아키요시의 전화번호였다. 그렇다면 또 다른 한 개는 텐의 전화번호인가.

진즉에 바뀌었을 거라고 생각했던 아키요시의 전화번호. 원한다면 지금 당장이라도 그녀와 통화가 가능하다는 것에 당황하면서 나는 사태가 내가 상상조차 못한 방향으로 점점 치닫는다는 것을 실감했다.

설마 이렇게까지 가차 없이 몰아붙이는 자가 있으리라고는 생각도 못했다.

어쩌면 나는 이제 사태를 확대시키는 행위에서 슬슬 손을 떼야 할지도 모른다고 퍼뜩 생각했다. 하지만 확인해보니 사진은 이미 퍼질 대로 퍼져서 나 혼자만의 힘으로는 도저히 막을 수 없는 지경이었다.

다시 한번 두 사람의 사진을 들여다보았다.

환하게 웃는 이 얼굴은 부정한 짓을 하고 남에게 상처를 입히고 이상을 내팽개친 자리 위에서 만들어진 것이다.

나 자신의 의지였는지, 아니면 다수의 의견에 따른 것인지, 나도 한 차례 그 사진과 정보의 확산을 거들었다.

일이 이 지경에 이른 것은 내 탓이 아니다.

이런 비판을 받을 만큼 모아이가 큰 잘못을 저지른 것이다.

그렇게 받아들이자 클릭하는 손가락이 지극히 가볍게 움직여졌다.

대학 측에서 모아이에 대한 징계 처분을 정식으로 발표한 것은 그다음 주의 일이었다. 문득 깨닫고 보니 벌써 여름방학이었다. 가능한 한 혼란을 막고 싶었던 대학 측으로서는 그나마 방학이 유일한 구원이었을 것이다.

나도 수업이 모두 끝나서 이제는 아르바이트와 집을 왕복하는 하루하루를 보내고 있었다.

오늘도 평소에 하던 대로 저녁 근무시간에 드러그스토어에 갔더니 거의 동시에 주차장에 도착한 가와하라 씨가 나를 보고 웃음을 건넸다.

"안녕하십니까? 아, 오늘은 괜찮아요."

"뭐가요?"

"화난 거 아니라고요."

아무래도 요즘 근무시간 때마다 잔뜩 화난 표정의 가와하라 씨에게 내가 겁을 먹은 것을 눈치챘던 모양이다. 그렇다쳐도 저 웃음은 뭘까.

"그, 그래요? 네, 한결 마음이 놓이네."

함께 라커룸에 들어가면서 말했더니 가와하라 씨는 후우 하고 숨을 내쉬었다.

"아뇨, 징계도 결정되었고, 이제는 받아들이려고요."

"받아들여요?"

"나도 일단 모아이였잖아요. 나쁜 짓이었던 건 분명하고,

나도 책임이 없는 건 아니니까요."

"아뇨, 가와하라 씨가 책임질 일은 없다고 생각하는데요."

이건 진심에서 나온 말이었지만 그녀는 고개를 가로저었다.

"전혀 없는 건 아니죠. 직접 관여하지는 않았지만 그래도 전혀, 라고 하면 나 스스로를 배반하는 일이에요."

"아, 예에……."

그 맞장구는 가와하라 씨의 의견을 받아들였기 때문이 아니었다.

아, 그렇구나.

가와하라 씨도 역시 스스로에게 도취하는 인간이 되려고 하는 것이다.

일종의 쓸쓸함을 느꼈지만 그래도 애써 웃는 얼굴로 나는 말했다.

"훌륭한 사고방식이네."

"뭐, 그렇지도 않아요. 실은 잘 모르겠어요. 모아이 내부에서도 이번 일을 비판하는 회원들이 꽤 많거든요. 이번 토요일에 보고회를 연다니까 거기서 나오는 얘기에 따라서는 다시 분노가 폭발할지도 모르겠어요."

"드디어 모이는 모양이죠? 별일 없으면 좋을 텐데."

"그러게 말이에요. 아참, 혹시 분노 폭발일 경우에는 같이 술 한잔하러 갈까요?"

설마 가와하라 씨가 이런 제안을 하다니. 어떻게 대답해야 할지 잠깐 멈칫한 것을 어떻게 생각했는지, 가와하라 씨는 크게 당황한 기색이었다.

"아, 아뇨, 혹시 괜찮다면 그러자는 얘기예요."

한 차례 꾸벅 의문의 인사를 건네고 그녀는 매장 쪽으로 자취를 감췄다.

가와하라 씨도 참 사회생활이 힘겨운 사람이다.

후배를 위한 나 혼자만의 위로도 대충 끝내고, 방금 입수한 모아이 간부들의 보고회에 대해 생각했다.

나도 어떻게든 그 보고회에 참석할 수는 없을까. 분명 이번 사태에 대한 아키요시의 생각이나 이번 일의 전말을 얘기하는 자리일 것이다. 남에게 전해 듣는 것도 괜찮지만 기왕이면 지난 몇 달 동안의 나 자신의 투쟁이 어떤 결말을 맞이하는지 직접 확인하고 싶었다.

좀 더 말하자면 내 안에는 악한 마음도 은밀히 존재했다.

패배한 아키요시의 얼굴을 내 눈으로 보고 싶었다.

하지만 그건 반쯤은 농담이고 실제로는 거기서 아키요시가 다시 한번 원점으로 되돌아가는 모습을 기대하고 있기도 했다.

그 비밀번호. 어쩌면 아키요시가 그 시절의 이상을 다시 떠올려줄지도 모른다는 한 조각의 희망이 있었다.

그렇기 때문에 더더욱, 가능하면 그 보고회 자리에 나도 함께하고 싶었다.

어떻게 좀 안 될까. 고민하는 사이에 가와하라 씨가 다시 돌아와 아르바이트 근무가 시작되었다.

최근 며칠 동안 내내 그랬던 것처럼 아르바이트 일도 식사도 대화도, 모아이에 관한 것 이외에는 모조리 안개가 낀 것처럼 흐릿하기만 했다.

*

“가에데, 다음 일요일에 시간 있어?”

모아이가 우리 둘뿐이던 시절.

“아직 예정은 없는데, 왜?”

그냥 평범한 어느 날, 수업이 끝난 뒤였다. 나는 아키요시 쪽을 돌아보지 않고 중정을 걸어가며 되물었다.

그 무렵 우리는 아무 거리낌도 없고 괜한 방해꾼도 없는, 단둘만의 친구였다.

“NPO 활동을 하는 대학원생이 따돌림에 대한 심포지엄을 하는가봐. 그래서 보러 가려고 하는데 가에데도 시간 있으면 같이 갈래? 아참, 아르바이트 시작했다고 했지? 일요일에도 근무해야 돼?”

잠시 망설였지만 거짓말을 해봤자 별 볼일도 없어서 솔직히 대답했다.

“일요일 근무는 안 넣었어. 아키요시가 그런 모임에 같이 가자고 할 것 같아서."

한순간 어리둥절한 표정이더니 아키요시의 입가가 금세 쭈우욱 올라갔다.

"투덜투덜하면서도 가에데는 역시 모아이를 최우선으로 생각해준다니까."

꼭 모아이 활동만을 위해 일요일을 비워둔 건 아니었지만 이렇게 기뻐해주는 친구에게 찬물을 끼얹을 이유도 없었기 때문에 그냥 그런 걸로 해두었다.

"하지만 모처럼의 일요일인데 굳이 따돌림에 대해 생각할 필요가 있나?"

"그 사람, 평일에 일하면서 대학원 다니는 사람이라 만날 기회가 거의 없어. 게다가 월요일에 그런 걸 생각하는 것보다는 낫잖아?"

"……그런가?"

싫은 날에 싫은 것을 생각하고 싶지는 않다, 라고 생각했다.

"따돌리는 쪽의 케어에 대해서도 다루는 모양이니까 아마 교육계열 전공자들이 참석할 것 같아."

"우리, 교육 전공이 아니잖아."

"그래도 주위에서 따돌림이 일어났을 때, 우리도 뭔가 할 수 있으면 좋겠다 싶어서."

그녀의 투명한 눈빛에 나는 여전히 약했다.

"시간도 있고, 그럼 가볼까? 혹시 아키요시가 따돌림을 당하면 일단 도와줄 용의도 있으니까."

"일단이 아니라 반드시 구해줘야 하는 거 아니야? 아무튼……."

일부러 쿨한 표정을 지으려고 했지만 전혀 그녀의 뜻대로 되지 않았던 것을 나는 기억하고 있다.

"가에데의 도움, 기대할게."

익숙하지 않은 표정을 만드는 것에 그녀는 유난히 서툴렀다.

*

이따금 대학 4년 동안이란 무엇이었는지를 생각하곤 한다.

삶에 대한 실감도 책임감도 갖지 못한 시절, 소년다운 정의감이나 염세를 미처 버리지 못한, 짜증날 만큼 자유로운 그런 시절.

자유를 등에 업고 마치 내 세상이라는 듯한 얼굴을 하는 것이 대학생의 특권이라고 한다면 나는 아마 대학생이 아니었는지도 모른다.

나는 그 자유를 어떤 것에도 활용하지 않았다. 어떤 것도 내 손에 쥐지 못했다. 단지 그때그때 분위기에 몸을 맡기고 시간이 흘러가는 대로 지나쳐왔다. 취업 활동도 모두가 옳다고 하는 대로 따라갔고 그럭저럭 그 관문을 통과했다.

뭔가 참된 의미에서 했던 일이 있었을까.

만일 있다고 한다면 지난 몇 달 동안뿐이었다.

비뚤어진 나름대로 앞을 바라보며 달려온 몇 달 동안.

그래서 지난 몇 달 동안이 무의미하지 않았다는 것을 확인하고 싶었다.

회원을 위한 모아이 간부의 보고회 날. 아키요시와 텐에게 얼굴이 알려진 내가 은밀히 잠입할 방법은 결국 생각나지 않았다. 그렇다면 최소한 목소리라도 들을 수 없을까, 하고 새어나오는 소리를 노리기로 했다. 수많은 사람을 상대로 하는 이상 마이크를 쓰지 않을 리 없다. 내친 김에 일찌감치 어딘가에 잠복해서 아키요시 일행의 모습도 먼발치에서 볼 수 있을 거라는 생각에 오늘은 자명종을 보고회 개최 네 시간 전으로 맞춰두었다.

장소는 지난번의 그 강당이다. 그쪽에 출동하는 것은 그날 이후 처음이다.

뭔가 반가워하는 꿈을 꾸다가 잠에서 깨어났다. 약간 속이 울렁거리는 것도 무시하고 즉각 몸과 뇌를 두드려 깨우기 위해 '괴물'이라는 이름의 약간 위험해 보이는 맛의 음료와 함께 편의점에서 미리 사온 삼각김밥 두 개를 입에 몰아넣었다.

칼로리와 카페인으로 온몸에 불이 지펴진 듯한 느낌이 들었다. 눈을 뜬 순간부터 강하게 들썽거리던 심장의 두근거림이 좀 더 확실하게 감지되었다. 구토감은 여전했지만 이건 뭐 어쩔 수 없다.

변장은 하지 않기로 했다. 변장을 하면 괜히 더 눈에 띌 뿐이다. 대학 캠퍼스 안에서는 은밀히 움직여야겠지만, 나는 내 나름의 차림새로 모든 일의 결과를 확인하는 자리에 나갈 것이다. 변모해버린 모아이를 향해 내가 보내는 메시지, 라는 생각도 있었다.

집에 죽치고 있어봤자 들썽거리는 마음은 가라앉지 않는다. 에너지 음료의 마지막 한 모금을 마시고 나는 즉각 나가기로 했다.

운동화를 신고 밖으로 나서자 아직 아침인데도 벌써 땡볕이 콘크리트며 아스팔트를 슬금슬금 달구고 있었다. 문 열쇠를 단단히 잠가 퇴로를 끊었다.

이 넓은 세상 어느 누구도 지금 내가 싸우러 간다는 것을 알지 못한다. 이웃사람은 물론이고 도스케도 폰짱도 가와하라 씨도 알지 못한다. 하지만 그게 당연하고 그걸로 좋다고 생각했다. 나의 4년 동안은 거의 대부분 나 혼자만의 시간이었다. 아무도 내 마음 옆에 있어주지 않았다. 유일하게 그 친구 외에는. 하지만 그것도 이미 과거의 일이다. 이제는 말 그대로 나 혼자가 되었다.

혼자가 되었더니, 혼자인 것을 각오하고 받아들였더니, 상당히 가뿐했다. 마치 온몸이 얇고 질긴 껍데기에 감싸여 바깥바람에 한층 강해진 것 같은 느낌이었다.

깨달은 것도 있었다. 1학년 때의 나는 내가 혼자라는 것을 인정하지 못했다. 가짜로 고독한 척했을 뿐이다.

그런 나에 비해 분명 그 친구는 그 무렵에 정말로 혼자였다.

처음 봤을 때부터 그 친구는 스스로 자기 자신을 믿는 게 가능했다. 그래서 진실은 어찌됐든 강하게 존재할 수 있었다. 마음 옆에 있어줄 사람 따위 필요하지 않았다. 나는 바보처럼 그런 그 친구를 나와 똑같은 부류라고 착각했다. 사실은 겉모습 그대로 전혀 다른 생물이었다. 그 친구는 나에 대한 것 따위는 깨끗이 잊어버리고 떠났다.

내가 못 본 그 친구의 2년 반은 어떤 것이었을까. 주위에서 떠받들어주는 대로 소중한 것을 놓치고 대충 타협하며 넘어가고, 물론 그것만은 아니었겠지만 근본적인 지점에서 왜곡되어버린 그 친구는 지금 무슨 생각을 하고 있을까. 알고 싶지만 알고 싶지 않다. 이미 나는 실망하는 것에 지쳐버렸다.

계단을 내려가다가 원룸의 다른 주민과 마주쳤다. 서로 고개만 잠깐 숙이는 인사를 주고받았다. 분명 서로 간에 상대를 깊이 들여다보거나 하는 일은 전혀 없다.

내 머릿속에는 그 친구가 있었다.

변해버린 그 친구. 교류회 행사 날에 봤던 위엄 있는 표정도, 매일매일 갱신되는 아무 재미도 없는 SNS도, 어디선가 유출된 사진 속의 웃는 모습도, 그 시절의 그 친구에게는 없던 것들이었다. 그게 너무 슬퍼서, 그렇게 되어버린 그 친구에게 어딘가에서 부조리하다는 걸 알면서도 분노를 느꼈다.

사실은 며칠 전, 만일 운과 인연이 있다면 대화를 해볼까 하고 마음먹은 적이 있었다. 그 친구에게 전화를 걸어본 것이다. 하지만 운은 어찌됐든 인연은 이미 진즉에 끊겨버린 모양인지 그 전화번호는 이미 사용되지 않는 것이었다.

하지만 연결되었다 해도 어떤 이야기를 할 수 있었을까. 너는 틀렸다고 말할 수 있었을까, 이런 내가?

만일 연결이 되었다면 그 친구답게 분명 아무 일도 없었던 것처럼 "웬일이야, 가에데?"라고 스스럼없이 말해주었을 것이다. 그리고 자신의 그 연기를 전혀 들키지 않았다고 생각할 것이다.

아니, 뻔히 다 보였다. 마지막으로 우리가 나눈 대화에서 그 친구는 나를 아주 잠깐 붙잡으려고 했다. 하지만 실제로는 활동에 소극적인 회원에게 매달리고 있을 여유 따위는 없다는 게 뻔히 보였다. 그 증거로, 그 친구는 내 옷소매를 살짝 잡는 정도의 아쉬움을 내보이고는 금세 나의 탈퇴를 인정했다. 나라는 존재는 기껏 그 정도였던 것이다.

전혀 슬프지 않았다고 하면 거짓말이 되겠지만, 어딘가에서 어쩔 수 없는 일인지 모른다는 것도 잘 알고 있었다. 그 친구는 특별한 인간이다. 나는 그 특별한 인간의 시야에 잠시 들어갔다가 밀려난 것뿐이다.

그래서 나를 생각해줬으면 하는 따위의 바람을 가졌던 게 아니다. 다만 원래의 특별한 인간으로 되돌아가주었으면 했다. 취업 활동을 위한 인맥 쌓기, 라는 시시한 일로 동분서주하는 대학생이 아니었으면 했다. 그런 인간이 아니라는 것을 나는 알고 있었기 때문이다.

역까지 정신을 바짝 차리고 땀을 뻘뻘 흘리며 걸어갔다. 그러잖아도 달아오른 머리가 완전히 나가버려서는 안 될 것 같아 역 앞에서 음료수를 샀다.

토요일 아침 이른 시간인데도 수많은 와이셔츠 차림의 어른들이 플랫폼에 서 있었다. 지하철이 들어오면 마치 공장에서 출하되는 것처럼 모두가 똑같은 움직임으로 올라탄다.

따분한 아재라느니 꽉 막힌 꼰대라고는 생각하지 않는다. 우리와 나이 외에는 별다를 것도 없는 사람들이다. 나도 머지않아 그 대열에 합류해야 한다. 분명 그때 다시금 생각할 것이다, 따분한 아재, 꽉 막힌 꼰대라고. 그러니 그런 감정은 아직은 쓰지 않고 나중을 위해 챙겨둘 것이다.

기껏해야 10여 분, 우리 대학의 평소에 드나들지 않는 영역과 가까운 역에 도착해 지하철에서 내렸다. 토요일에 캠퍼스에 나오는 건 취업 활동 중인 재학생이거나 대학원생, 아니면 어지간히 특이한 취향을 가진 자들뿐이다. 그것도 아침 일찍부터 나오는 경우는 드물다. 거의 아무도 없는 플랫폼을 나 혼자 발소리도 내지 않고 걸었다.

지상은 역시 더웠다. 모자쯤은 쓰고 왔어도 좋았을지 모른다. 어서 빨리 햇볕 없는 그늘로 들어가려고 출구에서 곧장 교문으로 급한 걸음을 옮겼다. 이제는 들어야 할 수업도 없다. 대학이라는 안전지대에 드나들 기회도 이제 몇 번밖에 남지 않았다. 그래봤자 아무런 감개무량함도 없지만.

캠퍼스에 사람은 거의 보이지 않았다. 학생들의 모습에 섞여 근처에서 사는 주민이 혼자서 달리기를 하고 있었다. 나는 별 의미도 없이 수고가 많으시네, 라고 생각했다.

강당으로 가는 길목의 나무그늘 벤치에 우선 자리를 잡았다. 스마트폰을 확인해보니 보고회가 열리기까지 아직 세 시간쯤 남아 있었다. 사전준비를 해야 한다고 해도 간부들이 나오는 건 잘해야 한 시간 전쯤일 것이다. 만일의 경우를 대비했던 것이지만 지나치게 일찍 뛰쳐나온 것을 반성했다.

사들고 온 음료를 들이켰다. 주위에서는 매미가 적당히 울어대고, 마치 건강을 위해 산책을 나온 사람 같은 나 자신에 피식 웃음이 터졌다.

남은 시간을 어떻게 보낼까. 어딘가 시원한 커피숍에 가 있을까. 시간을 죽이는 건 내 특기다. 나의 대학 생활은 아무튼 시간을 죽이는 데 골몰하는 것이었다.

90분짜리 수업에는 결국 익숙해지지 못했고, 아무것도 없는 텅 빈 시간에 캠퍼스를 어슬렁거리다 덜컥 마주칠 만큼 아는 사람이 많은 것도 아니다. 오로지 나 혼자, 가끔은 도스케와 함께, 남아도는 시간을 별 의미도 없이 죽여나갔다. 나 스스로도 쓸모없는 대학 생활이라고는 생각하지만, 애초에 쓸모 있는 대학 생활이라는 게 있을까. 더구나 이 세상에는 대학에서 배운 것을 이용해 범죄를 저지르는 자도 있고, 대학 자체가 원인이 되어 목숨을 잃는 사람, 게다가 원래 갖고 있던 광채마저 잃어버리는 자도 있다. 그에 비하면 나는 마이너스가 되지는 않았다. 쌤쌤 정도다.

생각해보니 이번에 했던 일도 말하자면 흘러간 시간을 원래로 되돌리려고 하는 행위였다. 모아이가 변하지 않았더라면 하지 않았어도 될 일이었다. 시간을 죽이는 것과 아무런 차이도 없다.

물론 흘러가는 시간에 희망을 품은 적이 단 한 순간도 없었다고 한다면 그건 거짓말일 것이다. 그것 또한 아마도 다른 대학생들과 전혀 다를 게 없다.

처음 입학해서 그 친구를 만났고 그 무렵 나는 분명 미래에 희망을 품었다. 이상적인 나 자신. 그런 걸 만날 수 있는 날이 올 거라고 생각했는지도 모른다.

그 시간이 쓸모없었다고는 생각하지 않는다. 우리 두 사람은 적어도 그때 뭔가를 이루려고 했고 뭔가가 되려고 했던 게 아닐까. 뭔가를 뒤엎으려고 했던 게 아닐까. 설령 그 방향이 자기 본위였고 이해받지 못하는 것이었다고 해도 그것은 빛을 품고 있었다.

나 혼자만 아직도 이상을 등에 업고 거짓을 뒤엎으려 하고 있다. 옆길로 새기는 했지만 나 자신을 나 자신인 채로, 이상을 추구할 수 있는 나 자신인 채로, 지금 이곳에 존재할 수 있었다.

처음으로 나 자신을 아주 조금쯤 긍정할 수 있을 듯한 마음이 들었다.

나 자신의 의지로, 온전히 나 자신으로, 긍정할 수 있을지도 모른다.

내가 지난 3년과 최근 몇 달 동안에 해온 모든 것을 긍정해 줄 수 있다.

나의 테마, 그 이미지의 메시지.

혹시 들키면 어떻게 할까 하는 걱정과 동시에 반절쯤은 들켜야 비로소 의미가 있을 것이라는 예감도 있었다.

기껏해야 몇 년이다.

기껏 몇 년의 그 기간에 의미 따위 없다. 우리와 고등학생들 사이에 별다른 차이가 없는 것처럼. 우리와 사회인 사이에 별다른 차이가 없는 것처럼.

그렇다면 그건 제로로 되돌릴 수 있다는 얘기다.

되돌리자.

그 무렵으로 되돌아가는 것이다.

거기서부터 다시 한번 시작하면 된다.

내 안에서 뜨거운 마음이 끓어오르는 것과 함께 기온도 점점 올라가는 것 같았다. 역시나 어딘가로 자리를 옮겨야 한다. 이대로 가다가는 누군가 오기도 전에 더위를 먹을 것이다. 보고회 시작까지 앞으로 세 시간을 기다려야 한다. 한 시간쯤은 어딘가에서 쉬고 와도 충분할 것이다.

그렇게 생각하고 나는 자리에서 일어섰다.

그리고 막 내딛으려던 작고 작은 한 걸음.

"아, 저기."

멈춰서는 일 없이 나는 조금 앞의 미래를 내디뎠다.

뒤를 돌아보기까지 그 1초 동안, 수많은 생각이 머릿속을 오고갔다.

이런 시간에 학교에 와 있는 자에 대해서. 나 같은 사람에게 말을 건네는 자에 대해서.

1학년 때의 이상, 2학년 때의 실망, 3학년 때의 체념, 그리고 4학년이 된 뒤에 시작한 투쟁.

한순간에 스쳐간 압축된 시간 속에서 그 모든 것이 한꺼번에 머릿속에 떠오른 것 같았지만 사실인지 어떤지는 모른다. 무엇이 사실인지 따위, 알지 못한다.

알지 못하면서도 인간은 그중 몇 개쯤은 자신에 대한 진실로서 어쩔 수 없이 선택하지 않으면 안 되는 것이다.

뒤를 돌아보고, 그다음 일을 나는 받아들여야만 한다.

아키요시 히사노가 거기에, 있었다.

*

이제 더 이상 회상은 필요 없다.

*

눈앞에 진실이 있었다. 거기에, 있었다.

아키요시……. 아키요시다.

그곳에 틀림도 없이 아키요시 히사노가 있었다.

약간 말랐고 눈 밑에 다크서클이 생겼지만 그 옷차림은 지난번 교류회 행사 날에 본 그녀였고 그 화장은 텐과 함께 찍은 사진 속의 그녀였다. 하지만 4차원의 엉뚱한 것에 정신이 팔린 아키요시도, 웃는 얼굴의 아키요시도 그곳에는 없었다. 그저 당황한 듯한 눈빛으로 내 쪽을 바라보는 현실의 아키요시가 있을 뿐이었다.

2년 반 만이다. 이렇게 얼굴을 마주하는 것은.

어째서 이런 곳에, 라고 묻는 것은 너무 속이 뻔히 보이는 질문이었다. 그 이유를 나는 분명 정확하게 알고 있었다. 아마도 책임자로서 누구보다 빨리 행사장에 나와 살펴보고 싶었던 것이리라. 그렇다고 해도 이렇게 빨리 나올 줄은 생각도 못했다. 좀 더 주의 깊게 자리를 지켰어야 했다.

아키요시가 어중간하게 이쪽으로 내민 손에서는 내 뒷모습을 보고 말을 건넬까 말까 고민하던 참에 내가 불쑥 자리에서 일어서자 급하게 불러 세운 속마음이 읽혀졌다.

예상치 못한 일에 내가 멀거니 서 있자 아키요시는 한 차례 시선을 피했다가 다시 이쪽을 보았다.

"저기……."

신중하게 말을 고르고 있다는 것을 알았다.

"오랜만이야, 다바타."

나를 부르는 호칭이 '가에데'가 아니라 '다바타'였다.

"……응."

그것은 맞장구를 치는 것이기도 하고, 이질감에서 새어나온 것뿐인 한마디이기도 했다.

'가에데'가 아니라 '다바타'.

어느 쪽이든 나인 것은 틀림없다.

"미안해, 놀라게 해서."

"아니, 별로."

우리는 마치 몇 년씩 만나지 않은 친구 사이처럼 보였을 것이고 실제로도 그랬다.

무슨 말을 해야 할지 생각하고 있을 때, 묻지도 않은 것을 아키요시가 설명하기 시작했다.

"다바타를 부른 건 그게, 잠깐……."

"……."

"괜찮다면 잠깐 할 얘기가 있어서."

내 눈을 보고, 내가 앉은 벤치를 보고, 그러면서 아키요시는 말하고 있었다.

나한테 할 얘기라면 짐작되는 게 너무도 많았다.

"다바타, 내가 며칠 전에 전화했었는데 번호, 바뀐 모양이지? 메일 주소도 그렇고."

"……2년 반이나 지났으니까."

2년 반이나 무시한 주제에 이제 새삼 나를 불러 세운 것에 대한 앙갚음처럼 들렸는지도 모른다. 아키요시는 당황한 듯 애매하게 웃더니 벤치 쪽으로 시선을 돌리며 말했다.

"하긴 그렇다."

뭔가 망설이고 있다는 것이 생생하게 느껴졌다.

무엇에 대한 망설임인지, 몇 가지 상상할 수 있었다. 말을 건넨 게 잘한 일인지, 어떤 식으로 얘기를 꺼내야 할지, 어떤 얘기를 해야 할지. 아니, 세 번째는 스스로 할 얘기가 있다고 했으니까 아마 아닐 것이다. 그렇다면 지금 여기서 말해도 괜찮을까, 라는 것인지도 모른다.

아키요시가 내게 할 얘기라는 것에 대해 기대감과 함께 두려움이 생기려는 참에 그녀는 내게 들키지 않게 아주 작은 심호흡을 했다. 그러고는 정확히 내 쪽으로 시선의 초점을 맞줬다.

"잘 지냈어?"

"……뭐, 그냥."

"그렇구나……. 저기, 할 애기가 있어."

다시 한번 선언. 분명 이쯤에서 말하기로 마음먹은 것이겠지만, 나는 맞장구는 치지 않았다. 맞장구를 쳐주면 아키요시의 애기를 받아들인다는 전제가 되어버릴 것 같았기 때문이다.

정면으로 바라보는 아키요시의 눈빛에 예전의 투명함은 없었다. 2년 반을 들여 새겨 넣은 회의감이 그녀의 세계를 더럽히고 있었다.

"그거, 알고 있지?"

이런 빙빙 돌리는 말투도 예전에는 쓰지 않았다. 나는 고개를 갸우뚱하는 것으로 대답을 대신했다.

"실은 모아이가 지금 상당히 힘들어. 문제가 생겨서 오늘 회원들에게 보고회를 할 건데……."

"……그래?"

아키요시의 정돈된 눈썹이 꿈틀 움직였다.

"……응. 모아이가 지금 몹시 힘들어."

"그렇구나."

사실을 사실로서 받아들인다, 라는 마음으로 고개를 끄덕였을 뿐인데 아키요시의 원래부터 큰 눈이 좀 더 커졌다.

"다바타, 넌 아무렇지도 않아?"

그녀의 감정의 동요를 이해했다. 다 이해한 상태에서 나는 아무 의미도 없는 대답을 준비했다.

"……나는 잘 모르니까."

"모아이가 힘든데?"

"나는 관계도 없고."

"하지만 나하고…… 다바타가 만든 모아이야."

"이제 달라졌잖아."

아키요시의 말투에 살짝 짜증이 나서 비판적인 말을 내뱉은 것을 나는 금세 후회했고 실제로도 좋지 않았다.

아키요시가 숨을 크게 들이쉬는 소리가 들렸다.

"달라진 거 없어."

"……같은 건 아니지."

아키요시의 눈초리가 변했다.

"그래, 하는 일은 다를지도 모르겠다."

"다르지."

"하지만 모아이는 모아이야."

마치 밀어붙이는 듯한 목소리로 아키요시는 선언했다.

"다바타, 대체 뭐가 달라졌다는 거야?"

이번에는 마치 문제를 내주는 듯한 질문이었다.

"……글쎄."

그 정도는 스스로도 알 거라고 생각했지만 아키요시는 다른 식으로 받아들인 모양이었다.

"글쎄, 라니?"

실망한 것처럼, 아니면 화가 난 것처럼 느껴졌다.

"잘 알지도 못하면서……."

"그러니까 나는 잘 모른다고 했잖아."

"잘 알지도 못하면서!"

부자연스럽게 거칠어진 말투와 함께 아키요시는 몹시 억울하다는 표정을 보였다. 한 차례 입술을 깨물고 미간에는 깊은 주름이 잡혔다.

무엇을 억울해하는지 나도 분명 알고 있었다. 하지만 그렇기 때문에 더더욱 억울한 것은 내 쪽이라고 생각했다. 내가 잘 알지 못하는 모아이로 바뀌버린 것이다.

아키요시의 표정을 보고 그녀가 이미 모든 것을 알고 있고 그에 대한 비난을 감정이 흐르는 대로 내게 쏘아붙일 거라고 짐작했다. 하지만 역시 대규모 단체의 대표라고 해야 할까, 감정을 얼굴에 드러내면서도 필사적으로 억누르듯이 아키요시는 깊은 숨을 토해냈다.

"아니, 다바타와 말다툼이 아니라 얘기를 하고 싶었어."

"그래, 아까도 말했잖아."

"……그냥 단도직입적으로 말할게."

그 전제에 겁이 나지 않았다고 한다면 거짓말이 될 것이다.

일어나지도 않은 일에 겁을 내다니, 바보 같은 짓이다. 하지만 인생을 되돌아보면 예측한 나쁜 미래는 반반 정도의 확률로 실제로 덮쳐든다. 그래서 인간은 언제까지고 겁을 내게 된다. 원래 그런 법이다.

이번 역시 그랬다.

"여기 와 있는 거, 우연이 아니지?"

"……."

"그거, 너였지?"

태연히 고개를 갸우뚱하는 연습을 나는 내내 마음속 어딘가에서 해왔다.

"그거, 라니?"

이미지는 예상 밖으로 정확히 구체화되었다. 나의 표정, 그리고 아키요시의 표정도.

"모아이가……."

그녀는 더 이상 망설이지 않기로 마음먹은 모양이다.

"기업 측에 개인정보를 넘겼다고 인터넷에 올린 거."

"……그걸 내가 했다고?"

"그래, 다바타 네가."

아키요시의 끄덕임에는 확신이 있었다. 의심하는 것과도, 일방적으로 단정하는 것과도 달랐다. 분명하게 안다는 얼굴이었다.

물론 아키요시의 그 생각은 정확하다. 하지만 문제는 어떻게 그런 결론에 이르렀는가, 그리고 그것에 대해 어떤 생각을 갖고 있는가, 라는 것이다.

미리 정해둔 대로 계속 어리둥절한 표정을 지으면서 나는 아키요시에게 되묻지 않으면 안 되었다.

“무슨 소린지 모르겠네, 그런 걸 내가 왜?”

“나도 모르지.”

진심으로 이해가 안 된다는 듯이 아키요시는 잘게 고개를 저었다. 쓸데없는 먼지를 떨어내려는 것처럼 보였다.

“하지만 다바타라는 건 알아.”

심장이 피를 한층 더 많이 흘려보내는 소리가 몸속에서 울렸다.

“무슨 얘기야?”

더운 날씨 탓도 있겠지만 피가 몹시 끈끈해진 듯한 느낌이었다.

“인터넷 이미지 사진을 봤어.”

“이미지 사진?”

“사진에 적힌 문장을 보자마자 너인 줄 알았어.”

“……무슨 문장?”

“너의 인생 테마.”

단언하는 아키요시의 얼굴에는 땀이 맺혀 있었다.

“…….”

대답을 안 한 것은 입을 열면 마음의 동요가 목소리에 드러날 것 같았기 때문이다.

한 차례 침을 삼키려고 했지만 잘 되지 않았다.
눈치를 챘구나.
눈치를 채줬구나.
나의 침묵을 아키요시는 긍정이라고 받아들인 모양이었다.
"왜 그런 짓을 했어?"
뜻밖이었던 것은 아키요시의 목소리에 나무라는 기색이 없다는 것이었다.
"말해봐."
부탁이 아니었다. 그 목소리는, 이를테면 나를 타이르려는 것처럼 들렸다. 나쁜 짓을 저지른 초등학생을 부모님이나 선생님이 조용히 꾸짖을 때 같은 목소리로 들렸다.
그게 마음에 들지 않았다.
"만일 그렇다면, 이를테면 그렇다는 얘긴데, 나였다고 치고, 그래서 뭐?"
꾸짖는 듯한, 타이르는 듯한, 너를 용서해주겠다는 듯한, 마치 위에서 내려다보는 투의 목소리가 돌변했다.
"뭐야?"
그녀의 목소리에는 그야말로 쉽게도 분노 같은 게 섞였다.
역시 그렇다.
알고 있다. 상대를 봐준다는 듯한 그 목소리, 아키요시가 사용한 목소리는 인간이 상대를 동등하다고 생각하지 않을 때 쓰는 것이다.

예전의 아키요시는 이런 식으로 말하지 않았다.

"나는 그걸 정식으로 얘기하고 싶어서, 그래서 너를 부른 거야!"

"얘기고 뭐고, 너희가 나쁜 짓을 한 건 사실이잖아? 나야 자세한 것까지는 모르지만, 아무튼 기업에 개인정보를 넘겼다면서? 요즘 같은 세상에 그런 초보적인 잘못을 저지르다니, 어이가 없다."

"그래, 그건 네 말이 맞아."

놀라울 만큼 간단하게 아키요시는 자신의 죄를 인정했다.

"그래서 분명하게 인정하고 책임을 질 생각이야."

"……책임지는 게 무슨 훌륭한 일인 것처럼 얘기하네?"

내가 생각한 것을 머릿속에서 세밀하게 심사하고 감정을 얹은 말로써 내뱉었을 뿐이다.

"아니, 그게 아니라……."

아키요시는 겉으로 보기에도 멈칫 풀이 죽었다. 마음속 심지를 찔렀다는 감촉이 느껴져서 그녀의 마음속의 답답함이 더 커지기 전에 나는 내가 하고 싶은 말을 해버리기로 했다.

"나야 잘 모르지만……."

시간을 끌어봤자 별 의미도 없다.

"그런 걸 폭로한 사람의 기분도 생각해보는 게 좋지 않겠냐?"

그건 이미 모든 것을 인정한다는 전제였는지도 모른다.

"전에는 어딘가에 있었던, 오로지 이상만을 추구하던 비밀 결사가……."

원래는 아키요시를 마주하고 이런 위험성이 높은 말을 해서는 안 되었다.

하지만 2년 반의 세월이, 나를 바라보는 아키요시의 변해버린 표정, 변해버린 목소리, 변해버린 나에 대한 호칭이, 쥐어뜯듯이 내 등을 떠밀었다.

이럴 때 쥐어뜯기는 것은 으레 가슴 쪽이라고만 생각했었다.

"순수한 이상만을 추구하고 누군가를 방해하는 일 없이 존재했던 그 무렵에는 아무도 모아이를 나쁘게 생각하지 않았어. 그랬던 모아이가 천박하게 몸집을 키우고 온 대학에 퍼져나가고 회원들은 나 잘났다는 얼굴로 남에게 피해를 끼치기 시작했어. 그걸 싫어한 건 한 사람만이 아니야. 수많은 사람들이 모아이를 지겨워했지. 그중에 이번처럼 행동에 나선 자가 있었다, 그냥 그것뿐이잖아?"

쥐어뜯기는 등짝에 점점 더 깊은 생채기가 나는 것 같았다. 멈출 수 없었던 것은 아키요시의 표정이 점점 더 마음에 들지 않았기 때문이다.

나는 계속 지껄였다. 지금까지의 모든 것을 토해내듯이.

"모아이 때문에 주위가 달라져버린 사람이 있어. 대학 생활이 달라져버린 사람도, 인생이 달라져버린 사람도 있었는지 모르지. 그것도 모두 자신이 원하지 않는 방향으로. 모아이는 내가 원하는 나 자신을 만든다는 테마를 내세웠으면서 주위 사람들을 마구 휘저어놓았어. 희생자가 있었단 말이야."

내가 명백히 나무라고 있는데도 아키요시는 어떤 말도 끼워 넣지 않았다.

입을 굳게 다물고 마치 보통 사람이 뭔가를 꾹 견디는 것처럼 이쪽을 쳐다보고 있었다. 자신이 모아이의 대표라는 것 따위, 깨끗이 잊어버린 듯한 얼굴이었다.

거기에 한순간, 완전히 새로운 아키요시가 있었다.

"모아이는 분명코 가해자의 측면이 있어. 그런데도 그 잘못을 해결하지 않고 여기까지 왔기 때문에 이런 일이 일어난 거야. 당연히 일어날 일이 일어난 것뿐이라고."

문득.

말을 내뱉으면서 나는 문득 아키요시의 표정에서 한 가지 가능성을 발견했다.

이건 단순히 나의 희망사항인 것인가. 아니, 그렇지 않다.

아키요시가 드디어 깨달아줄지도 모른다는 느낌이 들었다.

자신이 해왔던 일이 틀려먹었고 잘못되었다는 것을.

하지만 그렇다고 쳐도 이제야 새삼, 이라고는 생각하지 않았다.

왜냐하면 나는 사실, 보통 사람으로 변해버린 아키요시 역시 모아이의 피해자인지 모른다고 내내 생각했었기 때문이다.

스스로 깨닫지 못했을 뿐 그녀는 대중에게 세뇌당해 특별한 능력을 빼앗겨버린 용사인지도 모른다.

그것을 지금 내 말을 듣고 깨달으려 하고 있는지도 모른다.

자신의 과오를 되짚어보고 그 수치스러움을 견디고 있는지도 모른다.

변화가 바로 지금, 일어나고 있는지도 모른다. 그런 느낌이 들었다.

"이상해졌잖아, 모아이가."

나는 내 말이 가닿을 곳을 희망 있는 종착점으로 잡으려고 했다.

아키요시가 자신의 생각을 새롭게 되돌리는 미래가 그곳에 있을지도 모른다고 생각했다.

"이번 일은 어쩌면 좋은 기회일 수도 있어."

아키요시도 현재의 모아이는 이상하다고 느끼고 있었는지도 모른다. 하지만 그걸 막을 수가 없었다. 대표로서의 책임과 너무도 거세게 흘러가는 상황 때문에. 어쩌면 그래서 혼자 힘으로는 뒤엎을 수 없었는지도 모른다.

그렇다면 아직 늦지 않았다.

"다시 새롭게 시작할 수 있잖아?"

아키요시는 여전히 꾸욱 견디는 것처럼 내 말을 듣고 있었다. 시원한 바람이 한 차례 불어왔다. 그림자가 흔들렸다.

"새로 만들면 돼."

지난 몇 달 동안의 바람을 아키요시에게 전했다.

"제대로 된 모아이를."

마침내 그 말을 해낸 나 자신을 조금쯤 자랑스럽게 생각할 수 있었다.

말하기 쉽도록 코에 초점을 맞추고 있었던 시선을 옮겨 아키요시의 눈을 정면으로 바라보았다. 서로를 정면으로 마주하면 변할 대로 변해버린 모아이에 휘둘렸던 우리 둘은 아직 아무것도 변하지 않았다는 것을 발견할지도 모른다.

"필요하다면 나도 도와줄 테니까……."

격려의 말을 내밀자 아키요시는 시선을 떨구고 고개를 숙였다.

무슨 생각을 하는지, 어떤 고민을 하는지, 알 수는 없었지만 상상은 해보았다.

뭔가 예전을 떠올리고 있는 거라면 좋겠다, 라고 생각했다.

하지만 실제로 기대감은 나쁜 예감과는 다르게 80퍼센트쯤은 반드시 어긋난다는 것을 똑똑히 알고 있었어야 했다.

모든 것을 깨부수듯이 아키요시의 입이 움직였다.

"웃기지 마!"

한순간, 무슨 뜻인지 알아듣지 못하고 있자 아키요시는 다시 한번 내 눈을 들여다보았다. 번쩍이는 눈, 온몸의 힘을 담은 듯한 눈빛으로 나를 보았다.

기묘하게도 그것은 불구대천의 원수를 노려보는 듯한 눈빛이었다.

"웃기지 마, 웃기지 말라고!"

꾸욱 견뎌온 뭔가가 분출한 듯한 그 험악함에 이번에는 내가 멈칫해버렸다.

"아키요시……."

"뭐라고? 대체 뭐가 이상해졌는데? 뭐가 좋은 기회인데? 뭘 새롭게 만들라는 거야? 그리고 뭐야, 제대로 된 모아이라고?"

그 모든 것이 물론 질문은 아닐 것이다.

"모아이에 대해 아무것도 모르는 주제에! 너는 지난 2년 반 동안 어떤 일이 있었는지 아무것도 모르잖아! 그런데도 모아이를 무너뜨리려 하고, 남 탓이나 하고, 지금 대체 뭔 소리를 하는 거야? 웃기지도 않다, 진짜!"

말을 하느라 숨 쉬는 것도 잊었는지 이윽고 아키요시는 어깻숨을 몰아쉬었다. 나는 그녀가 사용한 말의 의미를 곱씹었다.

몇 번 곱씹어보고 그 이상함을 깨달았다.

나는 애써 모아이를 올바른 방향으로 이끌려고 했고 그래서 화해를 위해 손을 내밀었다. 그것을 갑작스럽게 부정하고 웃기지 말라는 욕을 하고 있었다.

뼛속에 스밀 만큼 이해하고서야 비로소 머리로 피가 솟구쳤다.

"내가 모른다고? 아니, 나도 알아, 안다고! 모아이가 이상해졌다는 거, 똑똑히 알고 있어!"

"아까부터 이상하다, 이상하다고 하는데, 대체 뭐가? 뭐가 이상해졌다는 거야? 대충 넘겨짚고 함부로 말하지 마!"

내 눈치를 살펴보던 조금 전까지의 표정은 더 이상 없었다.

"이상해졌지! 사람들에게 민폐나 끼치고 이런 나쁜 짓까지 했잖아. 애초에 아까 말했던 대로 우리가 처음 만들었을 때의 모아이와는 전혀 다른 짓을 하고 있잖아."

아키요시는 이 틈새로 소리를 내며 숨을 들이쉬었다.

"그래, 이번 일은 우리가 잘못했어. 그리고 때로는 민폐를 끼쳤을 수도 있어. 하지만 그 무렵과 달라졌다는 거, 그게 왜 나쁜 거야?"

"그건……."

내 생각을 말로 내뱉기도 전에 아키요시는 한순간의 빈틈도 못 기다리겠다는 듯이 맹렬히 추격해왔다.

"전혀 이상해진 거 없어. 시간이 지나면 변하는 건 당연해. 변하지 않는 것이 훌륭하고 변하는 것은 나쁘다니, 그게 말이 돼?"

그 꾸짖는 듯한 태도가 다시 내 비위를 거슬렀다.

"네가 잘난 척 남에게 설교하는 일도 없었어. 아키요시, 많이 변했구나, 나쁜 쪽으로."

"그건 내가 할 말이야!"

아키요시의 표정이 변했다. 그녀의 내면에서 슬픔이 분노를 아주 조금 앞지른 것을 알았다.
"다바타, 왜 이런 사람이 됐어?"
"그건 내가 할 말이지. 이상도 내버리고, 너는 왜 이런 사람이 됐어?"
"아니, 내버리지 않았어!"
아키요시가 지금까지보다 훨씬 더 큰 목소리를 냈다.
"이상을 내버린 적 없다고! 가능한 한 많은 사람을 행복하게 해주고 싶어. 모두가 후회하지 않는 인생을 살았으면 좋겠어. 행복을 손에 넣은 모두가 좋은 일을 할 수 있기를 빌고 있어. 그리고 가능하다면 전쟁도 빈곤도 차별도 없어지기를 원하고 있어. 지금도 그 생각에는 변함이 없어."
"그렇다면 취업 활동 동아리 놀이 따위를 해서는 안 되지."
"원하기만 해서는 아무 일도 안 돼!"
아키요시가 다시 부르짖었다.
과장스러운 바람으로 가득 채워진 듯한 목소리.
하지만 아키요시가 지금 이야기하고 있는 것은 말하자면…….
"원하는 것에 가기 위해서는 수단과 노력과 방법이 필요해. 나는 그걸 항상 고민하면서 행동해왔어. 이상해진 게 아니야, 그걸 어떻게든 손에 넣으려고 했던 거야. 그런 것쯤은 이제 알고 있어야 하는 거 아냐?"
"……원하는 힘을 믿지 않는다면 그건 이상이 아니야."

아키요시가 그런 말을 늘어놓다니, 나는 더욱더 실망스러웠다.

"그런 식으로……."

신음하는 듯한 소리와 함께 묵직해 보이는 비즈니스백이 아키요시의 손을 벗어나 바닥에 떨어졌다.

나는 그녀에게 물었다.

"그런 잔재주로 지난 4년 동안 대체 뭘 해냈지? 적당히 취업 활동이나 도와주는 걸로 세계의 뭔가가 달라졌어? 바보 같은 자를 끌어들여 결국은 모아이의 격을 떨어뜨리고, 그래서 어떤 좋은 방향으로 가게 됐는데?"

내 질문에 이제는 한낱 여자애로 떨어져버린 아키요시가 필사적으로 눈물을 참는 것처럼 보였다. 겨우 그런 정도의 사람이 되어버린 것이다.

"아키요시, 대답해봐!"

그것은 나의 4년 동안의 의미에 대한 질문이기도 했다.

나는 그녀에게서 나올 대답을 기다렸다.

뭔가 의미 있는 말이 나오기를 간절히 바랐다.

이윽고 아키요시는 내 눈을 쳐다보면서 파르르 떨었다.

"……잘못이었어."

아키요시가 들려줄 진실을 기대했는데 그녀가 파르르 떨리는 목소리로 토해낸 것은 대화라고는 할 수 없는 말이었다.

다만 그 말을 들은 나는 어딘가에서 마음이 턱 놓였다. 맞물리는 얘기는 아니어도 드디어 아키요시가 자신의 잘못을 깨달은 것이라고 생각했다. 기쁘기까지 했다.

참회라고 생각했다.

나는 그것을 그녀의 입을 통해 똑똑히 듣고 싶었다.

"잘못이라니, 뭐가?"

아키요시는 이번에는 또렷하게 입을 열었다.

"지난 2년 반 동안, 나는 항상 네가 모아이에 함께 있어주기를 바랐어. 근데 그거, 내가 잘못 생각한 거였어!"

그녀가 쏘아붙인 말은 나로서는 상상도 못한 고백이었다.

나는 당황했다. 갑자기 무슨 말인가, 하고 머릿속에 물음표가 가득 찼다. 마음 깊은 곳에서 기쁨과 슬픔이 교차했지만 지금 그런 걸 들여다볼 상황이 아니었다.

"나를 예전의 모아이와 함께 밀쳐냈으면서!"

"너를 밀쳐냈다고? 무슨 소리야?"

"가치관을 바꿔버리고, 나를 밀쳐냈잖아."

"제멋대로 나갔으면서!"

"넌 붙잡지 않았어!"

"약속했었지, 싫어지면 언제든 그만둬도 좋다고? 그래서 붙잡지 못했어. 게다가 내가 몇 번이나 물어봤잖아, 이런 식으로 운영해도 괜찮으냐고. 그때는 아무 대답도 안 했으면서 이제 와서 앙갚음 같은 짓을 하다니, 넌 인간성이 틀려먹었어."

갑작스러운 인격 부정에 나는 아연했다.

"너 같은 인간에게 나의 지난 4년 동안의 노력을 부정당하고 싶지 않아!"

날카로운 소리를 올린 아키요시는 힘껏 고개를 가로저었다. 그때와는 다른 머리스타일, 흔들리는 머리칼 한 올 한 올까지 나는 마음에 들지 않았다. 하지만 그런 걸 지적해줄 필요는 없었다.

생김새 따위를 부정해서 내 인격을 부정한 상대와 똑같은 수준까지 떨어질 이유는 없다.

"진짜 이해를 못하겠다! 왜 그런 짓을 했어? 뭔가 마음에 안 들었다면 주위의 누군가와 상의쯤은 할 수 있었잖아. 주위 사람들에게 얘기하기가 어렵다면 나한테는 말할 수 있었잖아. 왜, 어째서, 진짜 이해를 못하겠다!"

"이해를 못한다기보다 이해하고 싶지 않겠지. 아키요시는 결국 너와는 다른 나에 대해서는 생각조차 안 했기 때문에 이해를 못한 거야."

"생각했어! 했다고! 그래서 이번에도, 2년 반 전에도, 사실은 너한테서 분명한 얘기를 듣고 싶었어."

"하지만 결국 그렇게 하지 못한 것을 지금 내 탓으로 돌리는 거야?"

정곡을 찔렸다고 생각했는지 아키요시의 얼굴이 일그러졌다. 이를 악무는 소리까지 들려올 것 같았다.

"얘기하려고 해도 그때 아키요시 주위에는 항상 누군가가 있었어. 다즈노키도 있었고 와키사카 씨도……. 충성스러운 아부꾼들에게 둘러싸여 있었다고. 그러니 내가 얘기할 틈이 있었을 리가 없지."

새삼 그 당시를 떠올리자 조금 전 아키요시의 말조차 도저히 믿을 수 없었다.

"내가 함께 있어주기를 바랐다고? 아니, 그건 거짓말이지. 그때 아키요시에게는 나 따위는 없어도 함께할 사람이 너무 많았어. 게다가 여태까지 모아이 일에만 몰두했던 것처럼 말하는데 실제로는 남자 친구에게 헤롱헤롱 정신이 나갔었잖아?"

비웃음을 담아 나는 그렇게 말했다.

"……뭐?"

딱 한 마디를 흘린 아키요시의 반응은 오늘의 그 어느 것과도 다른 것이었다. 굳어 있던 얼굴에서 공기가 스르륵 빠져나간 듯한 표정을 하고 아키요시는 말했다.

"아니, 아니, 잠깐만."

가방을 떨구고 비어 있던 손으로 자신의 머리칼을 움켜쥐었다. 그 행동의 의미가 분노가 포함되지 않은 완전한 당혹감이라는 것을 알았다.

나도 내심 당혹스러웠다. 내 발언의 무엇이 그녀를 그렇게까지 당혹스럽게 했는지 알 수 없었기 때문이다. 불신감에 그녀를 자극하는 말투를 목소리에 섞었지만 그건 상대를 화나게 하려는 의도에서 나온 것이다. 난처하게 하려고 했던 것이 아니다.

동그랗게 뜬 커다란 눈으로 나를 바라보는 아키요시가 무엇 때문에 당혹스러워하는지, 나는 전혀 알 수 없었다. 그녀가 내 상상과는 다른 반응을 보인 것이 몹시 마음에 걸렸다.

그래서 그녀가 즉시 그다음 말을 이어간 것은 내가 바라던 바였다.

"너, 설마……?"

아키요시의 뺨이 가볍게 경련하는 것처럼 보였다.

"혹시 나를…… 좋아했어?"

무슨 뜻인지 알 수 없었다.

"……뭐?"

조금 전의 아키요시와 완전히 똑같은 종류의 소리가 내 입에서 튀어나왔다.

대체 무슨 말인가, 하고 다시금 물음표가 머릿속을 가득 채웠다.

"그래서 그런 짓을 했어? 질투 때문에 앙심을 품고?"

지금 무슨 소리를 하는 건가.

좋아했느냐고?

"뭐라고?"

좋아했느냐니.

그야 물론 당시에는 아키요시를 친구로서 신뢰했다. 인정했다. 단적으로 말한다면 좋아했었는지도 모른다.

하지만 지금 아키요시가 말하는 것이 그런 의미가 아니라는 건 분명했다. 친구 사이였을 경우에는 좋아했었느냐고 묻지 않는다. 아키요시는 지금, 내가 그녀를 그렇고 그런 시선으로 봤었느냐고 묻는 것이다.

"그럴 리가……."

입을 연 내 눈 속을 아키요시는 쳐다보고 있었다.

아키요시는 지금까지 내게 그런 얼굴을 보인 적이 분명 한 번도 없었다.

익숙하지 않은 표정이었다.

"……소름끼쳐."

아키요시의 모습이 한순간 까맣게 칠해진 것처럼 보였다.

하지만 그곳에는 분명 경멸하는 눈빛으로 나를 바라보는 아키요시가 있었다.

내 머릿속에 하얗게 빈 공간이 생기고 그곳에 아키요시의 목소리가 왕왕 울리는 듯한 느낌이었다.

메아리치는 소리에 필사적으로 귀를 기울여봐도 그 말의 의미는 조금 전에 귀에 들어왔을 때와 똑같았다.

좋아했느냐고? 소름이 끼친다고?

무슨 뜻인지 알 수 없었다.

무슨 근거로, 아키요시는 무슨 근거로, 그런 말을 하는 건가. 아키요시에 대해 품고 있었던 내 감정을 자기 멋대로 단

정해버리다니.

아니면 내가 미처 깨닫지 못했을 뿐이었다는 건가. 어딘가에서 나는 아키요시를 그런 시선으로 보고 있었는가. 그래서 그녀가 말하듯이 질투 때문에 앙심을 품고 모아이를 무너뜨려 그녀에게 보복하려고 했던 것인가.

그럴 리 없다.

"내가, 그런 것 때문에, 그런 식으로……."

분노가 솟구쳤다. 지금까지와는 또 다른, 몸의 깊은 안쪽에서부터 부르르 떨리는 듯한 분노였다. 나를 본 척 만 척했던 것도, 그녀 자신이 변해버린 것도, 매도를 당한 것도 전혀 상관없을 만큼 강력한 이유가 나를 부르르 떨게 했다.

사람을 잘못 봤다. 자기 멋대로 넘겨짚은 생각으로.

아키요시가 사람을 한참 잘못 본 것이다.

단지 그것뿐이다. 남들로서는 이해하기 어려운 이유라고 생각할지도 모른다.

하지만 단지 그것만으로 충분했다.

검은 독기가 가득 차서 금세 터질 것 같던 내 안의 주머니가 마침내 터져버렸다.

그 독기는 양이 엄청나서 문득 깨달았을 때는 입 밖으로 쏟아지고 있었다.

"사람을 뭘로 보고!"

나 자신도 흠칫할 만큼 크게 터져 나온 소리에 아키요시는 놀란 듯 어깨를 파르르 떨었다. 하지만 곧바로 태세를 정비한 것처럼 나를 노려보았다.

"그건 내가 할 말이야! 그런 걸로, 그런 시시한 감정으로, 우리를 괴롭히다니, 진짜 믿을 수가 없다."

단언하는 그 얼굴의 어디에도 그 무렵의 아키요시는 없었다.

나는 깨달았다. 이제야 겨우 깨달았다.

아키요시의 말이 맞다.

잘못이었다.

잘못했던 것이다, 내가.

이상하게 왜곡된 모아이를 어떻게든 되살리자든가, 더구나 아키요시를 올바른 방향으로 이끌어주자든가, 모두 다 잘못된 생각이었다.

오래 전에 이미 때늦은 일이었다.

언제쯤이었다면 늦지 않았을까.

분명 언제였어도 불가능했을 것이다.

처음 만났을 때부터 이미 때늦은 일이었다.

"잘못이었어."

"……응, 그래!"

"그냥 관종일 뿐인 너 따위, 그때 받아주지 말았어야 했어."

그랬다면 나의 4년 동안은 이렇게 비참하지 않았을 것이다.

아키요시는 당황한 얼굴을 보였다.

이제 새삼 뭘 놀라고 말고 할 게 있는가.

"자기현시욕 덩어리인 너는 그때 누가 됐든 상관없었어. 너의 상처를 응급처치하려고 그냥 만만한 나를 선택한 것뿐이었어. 내가 어쩌다 우연히 너 같은 사람 옆에 앉아 있었던 탓에."

"아니……."

뭔가 말하려던 아키요시는 한숨과 함께 그 말을 삼켜버렸다. 그녀의 얼굴빛이 차츰 변해가는 것을 알았다. 나의 독기에 상처받은 것을 나는 알았다.

뭘 이제 새삼 네 멋대로 그런 얼굴을 하고 있어? 내 입에서 다시 독기가 쏟아졌다.

"이상을 위해서라고? 모든 사람들을 위해서라고? 아니지. 너는 항상 너만을 위해서 살았어. 그런 주제에 나를 그런 일에 끌어들였어!"

언젠가는 꼭 해주고 싶었던 말, 이라고 진심으로 생각했다.

아키요시뿐만이 아니다.

이자도 저자도 모두 하나같이 이상을 말한다. 다른 누군가를 위해서라고 선량한 척 떠들어댄다. 하지만 얄팍한 껍데기 한 장만 벗겨내면 그곳에는 각자의 욕망이 있고 더러운 이해타산이 있다.

아키요시도 도스케도 텐도 폰짱도 가와하라 씨도 다를 게 없다.

결국 모든 게 자기 자신을 위한 짓이고, 거기에 무엇이 있건 상관없다. 거기에 있는 것이 누가 됐든 상관없다. 자기현시욕과 부와 성욕을 위해 언제라도 남을 이용해먹는다.

정의감을 확인할 장소로 모아이를 이용하는 것도.

외로워서 선배를 연인 대신 이용하는 것도.

회원으로 모집한 친구들을 취업 활동의 도구로 이용하는 것도.

옆에 있는 후배를 성욕의 배출구로 이용하는 것도.

그리고 아마도…….

"너는 나를 임시 땜빵으로 이용한 것뿐이야. 누구든 상관없었겠지. 누군가 너를 봐줄 사람, 그 대용품으로 나를 이용했어."

아니, 하지만 아키요시라면, 이라고 이런 상황에서조차 여전히 기대하는 마음이 있었다.

"……그래, 그럴지도 모르겠다."

아키요시는 나의 독기를 모조리 삼켜버린 듯한 씁쓸한 얼굴로 고개를 끄덕였다.

그 얼굴이 유독 뇌리에 낙인처럼 찍혀서…….

나는 아무 소리도 들리지 않았다.

아키요시의 입이 움직인다는 것은 알았지만, 그것뿐이었다.

누군가 내 귀를 잘라낸 것 같았다. 그리고 가슴도 배도. 그 빈 공간에 바람이 숭숭 들이치면서 심한 한기가 들었다.

위기감이 덮쳐들었다.

내게 들이닥친 위기를 감지했다.

발까지 뜯겨나가기 전에 이 자리를 떠나지 않으면 안 된다.

하지만 뭔가 마지막으로 남겨야 할 말이 있는 것 같아서…….

"네가 없었다면 나는 훨씬 더 행복했을 거야. 아마 다들 그럴걸?"

내 목소리도 들리지 않았지만, 아직 남겨진 입으로 그런 말을 내뱉을 수 있었다.

머리도 반쯤 뜯겨 나갔는지, 내가 하고 싶은 말을 제대로 했는지 어떤지도 알 수 없었다.

아직 남은 눈으로 아키요시를 쏘아본 뒤에 나는 등을 돌렸다.

그 얼굴을 보고 싶었던 거라고, 아주 먼 옛날에 생각했던 것 같기도 했지만 이제 그런 건 아무려나 상관없었다.

……그렇게 나와 아키요시는 헤어졌다.

다음 날, 뜯겨나간 귀는 되돌아왔다. 하지만 가슴과 배에 뚫린 구멍에는 계속 묵직한 바람이 들이쳤다. 뭔가를 먹으면 그 구멍으로 죄다 튀어나올 것 같아 그로부터 스물네 시간 넘게 물 한 모금도 마시지 못했다.

달라붙은 방바닥에서 일어나고 싶지도 않았지만 정해진 근무시간을 무단으로 어길 만큼 반사회적 인물이 아닌 나는 시원찮은 몸으로 아르바이트를 하러 가기로 했다.

하룻밤 지나서, 라지만 전혀 잠을 못 자서 어제 일이 어딘가 꿈속 같은 느낌이었다. 하지만 잠을 못 잤기 때문에 꿈이었을 리는 없다.

어제, 본래 목적이었던 보고회 염탐이 실패로 끝나는 바람에 이제 내가 해야 할 일은 드러그스토어 근무시간 동안에 가와하라 씨에게서 정보를 캐내는 것뿐이었다. 하지만 해야 할 일과 하고 싶은 일이 일치했던 기억 따위, 과연 있기나 할까. 나는 더 이상 이 일에 어떤 흥미도 없었다.

분노도 초조함도 어젯밤 사이에 나를 피하듯이 빈 구멍으로 모조리 달아났다.

공백을 껴안자 다시금 공백이 퍼져갔다.

모아이에 대해 내가 해온 일도, 모아이 자체의 일도, 서로가 서로를 비난한 것도, 내가 나의 테마에 반하는 짓을 해버린 것도, 모든 것이 허탈하기만 했다.

아키요시에게 나는 실제로 임시 땜빵의 존재였을 뿐이니까 결국 모아이와 거기에 부수되는 모든 일은 환상 같은 것이다. 내 감정 따위는 없어도 무방한 것이다.

시간이나 추억이 송두리째 무의미해지자 나 자신의 존재조차 쓸모없는 것처럼 생각되었다. 아니, 나 자신의 존재가 쓸모없다는 건 언제부턴가 줄곧 그랬던 것 같다. 내가 마음대로 쓸모없지 않다고 착각했을 뿐이다. 원래대로 돌아갔을 뿐. 단 한 번 그렇지 않다고 착각했던 것이 역시 재앙이었다.

쓸모없음을 더욱 똑똑히 알아버렸다.

나는 쓸모없으니까 이제 어떻게 되건 상관없다.

딱히 경제적으로 아쉬운 것도 아니고 아르바이트 일에서 보람을 찾는 것도 아니다. 누군가 만나고 싶은 사람이 있는 것도 아니다. 그저 습관적으로 시간에 맞춰 나는 밖으로 나와 드러그스토어를 향해 자전거를 달렸다.

한낮 땡볕의 잔재가 바깥공기를 지글지글 태웠지만 이상하게도 더위는 전혀 느껴지지 않았다.

어떻게 거기까지 갔는지도 알지 못하는 사이에 드러그스토어 주차장에 와 있었다. 중간에 몇 번 발이 페달에서 미끄러진 것은 기억났지만 어떤 사람과 마주쳤는지, 몇 번을 신호에서 멈춰 섰는지는 기억나지 않았다.

평소의 자리에 자전거를 세우고 뒷문으로 라커룸에 들어갔다.

들어서자마자 가와하라 씨와 시선이 마주쳤다. 평소 같으면 모아이 보고회에 다녀온 가와하라 씨의 기분이 어떤지 꽤 신경이 쓰였을 것이다. 하지만 이제 어떻게 되건 상관없는 일이었기 때문에 정면으로 시선을 맞추고 가볍게 인사를 건넸다.

"안녕하세요?"

"……안녕하십니까."

가와하라 씨의 무뚝뚝함이 평소와 달리 약간 부자연스러운 것도 딱히 신경 쓰이지 않았다. 어차피 앞으로 몇 달뿐이다. 아르바이트를 그만두면 그녀도 나를 잊어버릴 것이다. 기껏해야 함께 근무하며 속편하게 대화하는 정도의 선배였던 나는 얼마 후에 그녀 안에 없는 존재가 될 것이다. 그런 정도의 타인에 대한 감정은 서로 간에 있으나마나한 것일 뿐이다.

근무 중에 체력이 유지될지, 불안하기는 했다. 하지만 전혀 졸리지도 않았고 그 대신 계속해서 낙하하는 듯한 감각이 있었다. 그것도 익숙해지자 낙하하는 상태로 서 있는 것도 가능했다.

아르바이트 근무는 별 탈 없이 흘러가고 또다시 그 남아도는 시간이 왔다. 나는 바닥에 빨려들 듯이 낙하하고 내장이 울렁거리는 느낌과 함께 상품을 진열하고 바닥을 닦았다.

이대로 아무 일 없이 근무시간이 끝나면 집에 돌아갈 거라고 생각하니 뭔가 이상했다. 텅 빈 껍데기 같은 내가 텅 빈 집에 돌아가다니, 이건 뭔가 코미디 같다.

"저기……."

쪼그리고 앉아 칼로리 메이트•를 선반에 채워 넣는 참에 뒤에서 부르는 소리가 들렸다. 흠칫하다가 떨어뜨린 칼로리 메이트를 집어 다시 상자에 넣었다. 거의 불가능한 것 같은 빠르기로 쿵쾅거리는 심장을 누르며 돌아보았다. 상품을 문의하려는 손님인 줄 알았는데 그곳에 서 있는 것은 가와하라

• 일본 오쓰카 제약의 영양 및 열량 공급 식품. 비스킷 형태의 블록형, 젤리형 등이 있으며 주로 식사 대용으로 쓰인다.

씨였다.

나도 모르게 멍하니 바라보다가 천천히 일어섰다. 내 시선이 자신의 아래쪽에서 위쪽으로 바뀌는 동안 가와하라 씨는 빤히 눈을 맞추고 있었다.

"……왜요? 아, 계산대는?"

"지금 손님이 없어서 계산대 쪽은 괜찮습니다."

무슨 일일까.

가와하라 씨는 미간에 살짝 주름을 잡고 있었다. 뭔가에 화가 난 것일까.

"무슨 일 있었어요?"

"아뇨, 다바타 씨 괜찮은가 싶어서요."

"나요?"

"처음 올 때부터 어딘가 멍한 얼굴이라고 할까……."

아, 방금 그게 나를 걱정해주는 표정이었는가.

멍한 얼굴이라니, 가와하라 씨는 사람 보는 눈이 있구나, 라고 생각했다.

"괜찮아요. 아니, 그보다 지금까지도 늘 멍하게 살아왔으니까."

농담처럼 들리게 사실대로 말했다. 가와하라 씨는 웃지 않았다.

"멍하다는 건 얼이 빠졌다는 뜻이죠. 내가 원래 텅 빈 껍데기예요. 그러니까 평소하고 똑같아요."

웃음을 살까 아니면 걱정을 살까. 어쩌면 그런 말을 하면 안 된다고 화를 낼 수도 있다. 어느 쪽이건 상관없었지만, 가와하라 씨는 그중 어느 것도 아닌 반응을 보였다.

"……죄송합니다, 뭐라고 대답해야 할지 모르겠네요."

아무래도 단순히 난감하게 만들어버린 모양이다.

"아뇨, 내가 미안하죠. 괜히 시답잖은 말을 했네."

"어제도 똑같은 생각을 했었는데……."

"어제도?"

의아해하는 나를 보고 가와하라 씨가 흠칫 놀란 표정으로 급히 입을 가렸다.

"아, 죄송해요. 다바타 씨와는 관계없는 일인데, 미안합니다, 잠깐 딴생각을 했어요. 아니, 그게, 똑같은 말을 한 사람이 있었거든요. 자기는 텅 빈 껍데기라고. 그 말을 들었을 때도 내가 어떻게 대답해야 할지 몰라서……."

가와하라 씨도 이상한 놈에게 걸려들기 쉬운 성격이구나, 라고 멍하니 남의 일처럼 생각했다.

"굳이 대답하지 않아도 될 것 같은데? 정말로 텅 빈 거예요, 그 사람도 나도."

"그건 아니죠!"

즉각 튀어나온 부정의 말은 가와하라 씨도 의도했던 것이 아니었는지 다시 "죄송합니다"라고 머리를 숙였다.

"근데요, 진짜 그건 아니에요."

이제야 새삼스러운 얘기지만, 뒤에 덧붙인 그 말을 듣고 가와하라 씨는 정말로 괜찮은 인간이라고 생각했다. 나 같은 사람과는 다르게 정말로 착한 사람. 이따금 누군가의 험담도 하고 불평도 하지만 타인을 진심으로 배려해줄 줄 아는 착한 사람.

그런 가와하라 씨는 앞으로는 텅 비지 않은 사람을 만났으면 좋겠다, 라고 나는 텅 빈 나름대로 마음속으로 빌었다.

가와하라 씨의 말을 그대로 받아들인 건 아니지만 형식적이나마 감사인사를 하자고 생각했다. 하지만 그 참에 누군가 가게에 들어오는 소리가 났다. 둘이 똑같이 "어서 오십시오" 라고 적당한 음량으로 인사를 했다. 이건 고객이 아니라 경영자가 원하는 인사법이다.

가와하라 씨는 이제 계산대로 돌아가야 한다. 입 끝으로만 가까스로 웃음을 지으며 "자, 그럼"이라고 얘기를 끝내려고 하자 그녀도 고개를 끄덕이고 등을 돌렸다.

나도 칼로리 메이트나 반듯하게 진열해야겠다고 생각했는데 진열대 앞에 쪼그려 앉기 전에 다시 한번 "저기요"라고 뒤에서 말을 건네왔다. 고개를 돌려 올려다보자 가와하라 씨는 손님에게 들리지 않도록 하려는지 바짝 옆으로 다가와 작은 소리로 말했다.

"별 필요 없는 정보인 것 같긴 한데……."

그렇게 전제를 하고 가와하라 씨는 말을 이어갔다.

"텅 빈 껍데기라고 말했던 또 한 사람, 실은 모아이의 히어로 선배였어요."

가와하라 씨는 그 말만 전하고 이번에는 미련 없이 계산대 쪽으로 가버렸다.

……무슨 의도로 그런 말을?

나는 의아하기만 했다. 전혀 의미를 짐작할 수 없었다. 그녀가 나와 아키요시의 관계를 알 리가 없는데도 혹시 일부러 들으라고 얘기한 건가, 라는 생각까지 했다. 하지만 그럴 리가 없다.

별 필요 없는 정보. 그건 맞는 말이다. 하지만 가와하라 씨가 전해준 그 얘기는 내 몸을 뚫고 나가지 못하고 아직 뜯겨 나가지 않은 목덜미쯤에 걸려서 호흡을 방해했다.

쪼그리고 앉은 것은 칼로리 메이트를 반듯하게 진열하려는 것 때문이 아니었다. 공간 전체가 뒤흔들리는 느낌이 덮쳐서 더 이상 서 있을 수가 없었다.

무릎을 꿇었다. 숨쉬기가 힘들고 구멍 뚫린 가슴이며 배가 견딜 수 없이 차갑고 손이 떨렸다.

'나를…… 좋아했어?'

왜 그런지 드디어 알았다. 어제부터 뜯겨 나간 것이며 목 구멍을 도려내는 듯한 감각이 대체 무엇인지.

나는 상처를 입었다.

어느새 시야는 흔들리지 않고 그 대신 부옇게 흐려졌지만 누군가에게 들키기 전에 서둘러 감춰버렸다.

"아, 가와하라 씨!"

아르바이트 일이 끝나고 항상 하던 대로 먼저 라커룸을 나서는 가와하라 씨를 나는 처음으로 불러 세웠다.

놀란 기색으로 눈이 둥그레져서 돌아보는 가와하라 씨에게 나는 용기를 내서 불러 세운 이유를 말하지 않으면 안 되었다.

"미안하지만 잠깐 기다려줄 수 있어요?"

생각해보면 이상한 부탁이었다. 그러잖아도 가와하라 씨는 항상 주차장에서 내가 나올 때까지 기다렸다가 인사를 하고 돌아간다.

그런데도 가와하라 씨는 착실히 "네, 그러죠, 꼭"이라고 몇 번이나 고개를 끄덕였다.

"밖에서 기다릴게요."

가와하라 씨가 먼저 뒷문을 열고 나갔다.

에이프런과 근무용 셔츠를 벗고 검은 면바지와 티셔츠 차림으로 뒷문을 나섰다. 가와하라 씨는 평소와 달리 스쿠터의 시동을 켜지 않고 기다려주었다.

"미안해요, 기다리게 해서. 아니, 그보다 갑자기 불러 세워서."

"아뇨, 딱히 다른 볼일도 없었으니까 괜찮습니다."

"잠깐 물어볼 게 있어서."

어떻게 말을 꺼내야 할까. 갑작스럽게 이런 질문을 하면 이상하지 않을까. 상대는 지금까지의 내 상황을 아는 것도 아닌데, 라고 망설이는 사이에 가와하라 씨가 손에 든 헬멧을 만지작거리며 먼저 입을 열었다.

"혹시…… 히어로 선배에 대한 거예요?"

"아……."

"아까 어중간하게 얘기가 끊겨서 혹시 그건가 하고요. 그 얘기가 아니었다면 죄송합니다."

하지만 틀린 얘기가 아니었기 때문에 나는 조심스럽게 "그 거예요"라고 고개를 끄덕였다.

"텅 비었다고 말한 또 한 사람이 그 모아이의 리더라는 거, 왜 나한테 알려줬는지 궁금해서."

혹시 나와의 관계가 사람들 사이에 알려진 건가, 하고 겁이 났다.

"흠……."

헬멧을 빙글빙글 돌리면서 가와하라 씨는 밤하늘을 올려다보았다. 덩달아 나도 올려다봤지만 드러그스토어 조명 때문에 별은 하나도 보이지 않았다.

"뭐랄까, 좀 실례되는 말인지도 모르지만……."

"아뇨, 괜찮아요."

이미 상처 입은 자리에 다시 새로운 폭력이 날아들지도 모른다는 공포를 떠안은 채 나는 고개를 끄덕였다.

"그게 말이죠."

꽤 친근한 말투여서 나는 약간 마음이 놓였다.

"다바타 씨와 히어로 선배는……, 아, 다바타 씨는 히어로 선배를 잘 모르시죠? 일단 대규모 단체의 리더라고 생각해 주시면 돼요. 아무튼 둘이 전혀 다른 스타일이에요. 아마 하는 일도 평소 생활도 전혀 다를 거예요."

그건 그럴 것이다.

"하지만 두 선배가 똑같이 뭔가에 우울해하고 텅 빈 껍데기라는 식으로 자기부정을 했어요. 그게 뭐랄까, 둘 다 똑같고, 그리고 둘 다 지나치게 자부심이 강한 게 아닌가, 그런 생각이 들더라고요."

"자부심?"

생각지도 못한 단어가 튀어나오는 바람에 나는 바보처럼 되풀이해버렸다.

"네, 지나치게 자기 자신을 반듯한 인물로 생각한다고 할까……."

"그건 아닌 것 같은데? 적어도 나는 전혀."

나는 나 자신을 반듯한 인물이라고 생각할 수 있었던 적이 한 번도 없다. 가와하라 씨는 뭔가 엄청나게 잘못 짚은 얘기를 하고 있었다.

"아뇨, 꼭 반듯한 인물이라고 생각한다기보다 뭔가 제대로 해내야 한다, 제대로 해내는 게 당연하다, 라고 생각하는 거 같아요. 근데 사실 인간이란 게 다들 별거 없잖아요?"

다들 별거 없다…….

분명 나는 아무 의미도 없는 행동을 하고 시답잖은 감정을 품고, 그런 삶을 살아왔다.

"다바타 씨도 히어로 선배도 각자 위치는 다르지만, 뭔가 제대로 못할 때도 있는 게 당연하지 않은가 싶더라고요, 내 생각에는. 아까 그게 퍼뜩 생각나서 히어로 선배 얘기를 잠깐 꺼냈었지만, 아무튼 지금 무슨 말을 하려는 거냐면, 이 얘기를 어제 히어로 선배에게도 해줬더라면 좋았을 텐데, 실은 다들 텅 빈 껍데기예요. 나도 텅텅 비었고. 다바타 씨 자신이 말한 다바타 씨처럼."

"아니, 그렇지는 않은 것 같은데요."

순간적으로 상대의 의견을 부정해버렸다. 어제부터 나의 인생 테마가 번번이 어긋나고 있다. 하지만 본심이기는 했다. 지금 이 상황에서 가와하라 씨를 나와 똑같은 부류의 인간으로 묶는다는 것은 너무도 미안한 일이다.

의견을 부정했는데도 가와하라 씨는 왜 그런지 씨익 웃고 있었다.

"괜찮아요, 제대로 못한 부분은 다른 사람에게 채워달라고 하면 되니까요."

"그런 걸까요?"

"네, 술에 취해 필름이 끊기고 땡땡이를 칠 때도 별 말 없이 도와주는 선배님들도 있잖아요?"

선뜻 받아들이기 힘든 얘기였지만 가와하라 씨가 나를 격려해주려는 게 느껴졌기 때문에 나는 억지로 웃는 얼굴을 지었다.

“고마워요, 격려해줘서.”

“아뇨, 아뇨, 오히려 부족한 걸 채워주셔서 좋은데요? 실은 나도 좀 우울했던 참이라서.”

“무슨 일 있었어요?”

또 다시 내 인생 테마에서 벗어나 깊은 질문을 해버렸다. 아차 했지만, 가와하라 씨는 미묘한 웃음을 지으며 말했다.

“그럼 내 얘기 좀 해도 될까요?”

고개를 끄덕이자 그녀는 별일 아니라는 듯 헬멧을 손 안에서 한 바퀴 돌렸다.

“실은 모아이가 없어졌어요.”

그 말은 한 차례 내 안을 뚫고 나갔다가 금세 되돌아왔다.

“예?”

“정확히 말하면 아직 없어진 건 아니고, 이제 곧 해산할 거래요. 어제 보고회에서 히어로 선배가 얘기했어요. 참내, 거기 회원 가입하고 진짜 재밌었는데, 나한테는 너무 충격적이에요.”

“혹시 대학 측의 징계로?”

“아뇨, 그건 아니고요. 대학 측의 징계는 따로 받을 거고, 모아이 해산은 히어로 선배가 결정한 거예요.”

"……아, 예."

책임을 지겠다, 라는 것일까.

왠지 다시 숨이 답답해져왔다.

"해산까지 하는군요."

"네, 좀 그렇죠? 어제 히어로 선배가 단상에서 마이크를 잡았는데 모아이 해산은 간부급과 상의한 것도 아니고 그냥 그 자리에서 갑작스럽게 발표한 모양이에요. 텐 씨도 그렇고 지도교수님도 엄청 당황하셨어요. 그걸 보면 상의는 안 했던 거죠."

"그건……."

어떻게 된 것인가.

"리더로서 책임이니 뭐니, 아마 우리가 상상도 못할 만큼 부담이 컸으리라는 건 나도 예상했었지만, 그래도 어제 보고회에서 히어로 선배가 슬퍼하는 걸 보니까 진짜 힘들었구나, 하고 그제야 실감했다고나 할까요. 뭐, 이미 때늦은 얘기지만……."

"모아이는 그럼 리더의 뜻에 따라 해산을?"

그걸 알아봤자 이제 어떻게 할 수도 없다. 하지만 나는 이런 상황에서도 짐짓 걱정하는 투로 묻고 말았다.

"최소한 히어로 선배는 더 이상 모임에 관여하지 않을 거래요. 내년에 새로 대표를 맡기로 한 3학년 선배는 모아이가 없어지면 다른 형태의 조직을 운영해야 할 것 같다고 했어요. 근데 회원들이 아직 불안해하니까 당분간 그건 어려울 거예요."

"……갑자기 동아리가 없어진다고 하니까 그럴 만도 하겠네."

그럴싸한 맞장구를 치자 가와하라 씨는 끄응 하고 다시 하늘을 우러러보았다.

"물론 그것도 있지만, 히어로 선배 없이 정말 괜찮을지 아무래도 불안해요."

쓴웃음을 짓는 가와하라 씨의 입가에는 정말로 짙은 불안감이 내비쳤다.

"모아이가 원래 졸업생 선배들의 후원으로 운영되는데 그런 관계를 하나하나 만들어간 사람이 주로 히어로 선배였어요. 그것도 그렇고, 실은 그런 운영 문제보다 더 큰 것은 히어로 선배를 대신할 만한 사람이 없다는 거예요."

마치 소중한 사람을 부르듯이 가와하라 씨는 말했다.

"히어로 선배는 모아이 회원들의 이름을 죄다 외우고 있거든요. 어제 보고회 끝난 뒤에 출구에서 한 사람 한 사람에게 작별인사를 했어요. 히어로 선배를 싫어한 사람도 물론 있겠죠. 근데요, 어제 나한테도 말을 걸어줬는데 꽤 오래 전에 내가 발표했던 목표에 대한 얘기를 아직도 기억하고 있다가 진심으로 응원한다고 격려해줬어요. 규모가 큰 단체니까 힘든 일도 많았을 텐데 히어로 선배는 어느 누구든 절대로 소홀히 하지 않는다는 거, 다시 한번 실감했어요."

가와하라 씨는 마치 고인에게 존경심을 표하는 것처럼 다시 한번 하늘을 우러러보았다.

그 모습을 보고, 이렇게 아껴주는 회원들이 있어서 리더는 진심으로 만족스럽겠다고 나는 생각했다. 모아이는 없어지지만 어떤 의미에서는 그 친구가 원하는 대로 되었는지도 모른다.

그녀는 회원들의 사랑을 받으며 불상사에 대한 책임을 지고 사퇴한 1대 리더로서 모두의 가슴속에 아로새겨질 것이다.

어떻게 되건 이제 내가 알 바 아니지만.

이토록 텅 빈 껍데기가 되고 이토록 가슴이 아려가면서 더 이상 그쪽에 관여할 마음은 없다.

"네, 모아이를 그런 사람이 운영했었군요."

어느 누구든 절대로 소홀히 하지 않는다, 라고 가와하라 씨는 말했다.

하지만 누구나 특별하다는 것은 어느 누구도 특별하지 않다는 뜻이라고 생각되었다.

이미 오래 전에 그 친구에게 나 같은 임시 땜빵의 존재는 필요가 없어졌다. 그 대신 나보다 훨씬 더 그녀를 긍정해주는 수많은 임시 땜빵의 존재들이 생겨났다. 그런 얘기일 뿐이다.

그걸 가와하라 씨에게 설명해줄 만큼의 친절 따위, 이미 나에게는 없었다.

"죄송해요, 관계없는 얘기까지 늘어놔서."

"아니, 나야말로 대답하기 어려운 질문을 해서 미안하죠."

나는 남에게서 사과를 받으면 매번 똑같이 사과해버린다.

멋쩍은 분위기에 웃음을 주고받는 일도 없이 우리는 서로를 신경 써주며 각자 드러그스토어 주차장을 떠났다.

자전거로 집에 도착할 때까지 나는 최대한 아무것도 생각하지 않으려 했다.

현관문을 열고 상자 같은 방 안에 들어서자 조금쯤 마음이 놓였다. 이곳에서는 나 혼자인 것이 당연하기 때문이다. 텅 빈 껍데기인 나를 어느 누구에게도 들키지 않는다. 나 자신만을 빼고는.

전등을 켜고 가방을 내려놓고 손을 씻고 양치를 하고 노트북 책상 앞 의자에 앉았다. 이런 일련의 동작에 의지는 없었다. 그저 날마다 하는 일이라서 했을 뿐이고 이런 흐름을 거스른다면 그것이 오히려 뭔가 의지를 가진 행동이 된다.

책상 위에는 마시려다가 깜빡 잊고 간 캔커피가 있었다. 뚜껑을 따고 한 모금 입에 머금었다. 감미료의 단맛이 났다. 문득 오랜만에 섭취한 수분이라는 게 생각났다.

실제로는 몸에 뻥 뚫린 구멍으로 액체가 새어나오는 일도 없이 나는 캔커피를 마시고 자리에서 일어섰다. 냉장고를 열고 마시다 말고 넣어둔 우롱차도 꺼내 다 마셔버렸다.

콜라 병을 들고 다시 책상 앞에 앉아 노트북 전원을 켰다. 딱히 켜야 할 필요는 없었지만 이것도 항상 하던 동작을 반복한 것뿐이다.

무심코 메일을 체크했다. 취업 활동 사이트에서 보내준 자기계발 교육용 메일 외에는 아무것도 들어온 게 없었다. 취업 활동이나 모아이 토벌을 위해 만들었던 여벌 계정의 메일은 한동안 열어보지도 않았고 앞으로도 영원히 열어볼 생각이 없었다. 그야말로 인터넷의 바다에 버려진 존재가 될 것이다. 거기서 시간은 끝이 나버렸다.

그렇게 어느 지점에선가 시간이 끝난다는 게 부럽게 느껴졌다.

이를테면 내 인생이 소설 스토리 같은 것이어서 지금 이 시점에서 끝나버린다면 뻥 뚫린 구멍도 이런 아픔도 그다지 큰일이 아니게 된다. 큰일은커녕 뻥 뚫린 구멍이나 아픔을 어떤 교훈 같은 것으로 누군가 억지로 끼워 맞춰줄지도 모른다. 아름답게 포장해줄지도 모른다.

하지만 현실의 내 인생은 여전히 계속된다. 자살이라는 얼토당토않은 짓을 할 수 있을 리 없는 내 인생은 그대로 계속되고 나 스스로 떠안은 뻥 뚫린 구멍과 아픔은 언제까지고 나를 따라올 것이다.

아름답게 포장되는 일도 없이, 오로지 텅 비고 썰렁하고 아픈 것으로 수없이 나를 짓누를 것이다.

어딘가에서 끝이 나고 아름답게 포장될 수 있다면 얼마나 마음 편할까.

인간관계도 그렇다.

2년 반 전에 내 안에서 아키요시와의 시간을 끝냈어야 했다.

그렇게 해서 그녀의 존재를 아름답게 포장하고 내 안에만 담아두었다면 얼마나 마음 편했을까.

이렇게 상처 입지 않을 수 있었을 텐데.

다시 만나는 바람에 그저 상처를 입었을 뿐이다.

그저 상처만 입은 채 나는 평범하게 대학을 졸업하고 직장에 다니고 나이를 먹을 것이다. 언젠가는 결혼도 할지 모른다. 하지만 그 어떤 시간의 나에게도 원래는 필요 없었던 상처가 끝끝내 따라올 것이다.

그에 비해 아키요시의 시간도 앞으로 계속된다. 직장에 다니고 어른이 되고 행복하게 살지도 모른다. 하지만 그때 분명 모아이에 대해서도, 나에 대해서도 그녀는 깨끗이 잊어버릴 것이다.

이따금, 몇 년에 한 번쯤, 문득문득 생각날 때마다 분명 내 상처는 점점 더 아프게 입을 벌리리라.

인생은 얼마나 길고 긴 것인가, 라고 실감했다.

메트로놈처럼 일정한 간격으로 마우스를 달칵달칵 클릭하는 사이에 수많은 사이트가 노트북 화면에 나타났다가 사라지고 또 다시 나타났다. 그중에 SNS로 이어진 것도 있었다.

멍하니 들여다보니 모아이의 동향을 검색하고 악플을 부추기는 댓글을 올리기 위해 만든 계정이 로그인 상태로 남아 있었다.

이 계정의 시간도 끝내버리자. 내 손으로 끝내주지 않으면 너무 딱하다.

그런 생각으로 얼른 지워버리려고 했다. 하지만 나는 손끝의 움직임을 멈칫 망설였다.

내 눈에 불쑥 뛰어든 것이 있었다.

누군가 나에게 메시지를 보냈다.

열어보니 낯선 계정에서 온 것이었다. 본문에는 '널리 퍼트려주세요'라는 글과 URL 하나가 첨부되어 있었다.

경계심이 풀어진 나는 그 URL을 별 생각 없이 클릭했다. 이끌려간 곳은 음성 파일 하나만 올라온 페이지였다.

다시 한번 별 생각 없이 그 파일의 재생 버튼을 클릭했다.

바스락바스락 뭔가 맞비벼지는 듯한 소리가 나고 몇 초 동안의 무음(無音).

이건 또 무슨 장난인가 싶어서 꺼버리려고 했지만…….

목소리가 들려왔다.

'안녕하세요, 다시 한번 자기소개를 하겠습니다. 대표를 맡고 있는 아키요시 히사노입니다.'

나도 모르게 흠칫 몸을 젖히는 바람에 의자가 뒤쪽의 낮은 테이블에 부딪히는 소리를 냈다.

'이번 일은…….'

당황해서 마우스를 움켜쥐고 일단 파일의 멈춤 버튼을 눌렀다.

뭐지?

이건 대체 뭔가.

아키요시의 목소리다. 두 번 다시 들을 일이 없을 거라고 생각했는데 이토록 빠른 재회라니.

대표로서의 인사말인가?

널리 퍼뜨려주세요?

계속 들어야 할까. 내가 들어도 되는 건가.

한참을 망설이다가 나는 최소한 이 음성의 정체를 알아보려고 다시 재생 버튼을 클릭했다.

'바쁘신 가운데 이렇게 참석해주셔서 감사합니다. 여러분도 이미 아시겠지만, 며칠 전 모아이가 일부 기업에 개인정보를 넘겼다는 주간지 보도가 있었습니다. 그와 관련해 현재까지 파악한 사실을 확인하고 앞으로 모아이를 어떻게 할 것인지에 대해 오늘 보고회를 갖게 되었습니다…….'

아, 이건 어제 있었던 보고회에서 아키요시가 연설한 음성 파일이다.

즉각 어떤 상황인지 짐작할 수 있었다.

어제 보고회에 참가한 회원 중에 이번 일을 몹시 비판적으로 본 자가 있었다. 그가 보고회 내용을 녹음한 뒤에 모아이를 무너뜨리려는 나 같은 계정에 퍼뜨려서 또 다시 새로운 비판거리를 만들어내려고 한 것이다.

하지만 의문이 들었다, 모아이를 무너뜨리려는 사람의 관점에서.

보고회에서의 사실 확인이나 앞으로의 방침을 폭로하는 것이 이제 새삼 모아이에 무슨 위협이 될 수 있을까.

게다가 모아이 대표가 발표하는 정보라면 아마도 자신들에게 유리하게 취사선택한 것이다. 그런 연설에 이미 인터넷상에 퍼져 있는 것 외에 또 다른 비판거리가 과연 있기나 할까.

아니면 그 취사선택 자체를 비판거리로 삼으려는 것인가.

이런저런 생각을 하는 사이에 아키요시의 연설은 줄줄 이어졌다.

'무엇보다 이번 일은 전적으로 관리를 소홀히 한 저한테 그 책임이 있습니다. 여러분께 큰 폐를 끼치게 된 점, 참으로 죄송합니다……. 미안합니다.'

중간까지는 미리 준비한 말, 그리고 마지막 한마디는 본심인가. 너무도 뻔한 단어의 나열에 나도 모르게 말꼬투리를 잡고 싶어졌다. 하지만 이제는 말꼬투리를 잡을 필요도, 비판을 할 의미도 없다는 것을 깨달았다. 이미 모아이는 해산하기로 결정했으니까.

나는 귀를 기울였다. 하지만 역시 사실 확인 이상의 것을 아키요시는 말하지 않았다. 이미 인터넷상에서 숙덕거리던 얘기들, 주간지에 실렸던 기사 내용이 전부였다. 거기에 어떤 각색도 하는 일 없이 아키요시는 사죄했고, 모아이 회원 각자에게 대학 측의 직접적인 징계나 법적 조치가 취해지는 일은 없다고 보고했다.

그쯤에서 평소에 노트북으로 음성을 재생할 때 이어폰을 사용했던 것이 생각났다. 호주머니에 넣어둔 채였던 이어폰을 꺼내 노트북에 꽂았다.

그리고 금세 후회했다. 귓속으로 직접 음성이 흘러들자 마치 내가 그 보고회에 참석한 것처럼 생생하게 느껴졌다. 배에 차가운 바람이 들이치고 속이 울렁거렸다.

하지만 이제야 이어폰을 귀에서 빼낼 수는 없었다.

아키요시의 보고는 모아이의 앞날에 대한 얘기로 옮겨갔다.

'지금까지 말씀드린 일들로 인해 모아이는 일단 활동을 제한하기로 했습니다. 기간은 아직 정해지지 않았고, 구체적인 내용은 앞으로 대학 측과 협의할 예정입니다. 회원 여러분의 자체적인 모임을 금지하는 것은 아니고 어디까지나 모아이로서의 활동을 제한하는 것입니다. 3학년의 졸업생 선배 방문 건에 관해서는 4학년 회원이 개인적으로 소개할 예정이오니 널리 양해 부탁드립니다.'

막힘없는 말투인 것을 보면 미리 써온 원고를 읽는 모양이어서 아키요시의 속마음은 전혀 파악되지 않았다.

'그리고 그다음 건에 관해서는…….'

아키요시의 말이 거기서 갑작스럽게 멈췄다.

마이크를 통해 크게 숨을 토해내는 소리가 들려왔다.

'아……. 죄송합니다. 이번 일을 여러분께 어떻게 말씀드려야 할지, 어떻게 책임져야 할지 고민해봤지만 어떤 말로도 여러분의 실망감은 돌이킬 수 없습니다. 정말 죄송합니다.'

명백히 지금까지와는 다른 목소리와 말의 형태였다.

뭔가가 아키요시의 내면에서 꿈틀거린 것이리라.

속마음이 파악되지 않았던 조금 전과는 달리 고개 숙인 아키요시의 모습이 눈에 선히 떠오르면서 마치 내게 직접 말을 건네는 듯한 착각이 들었다.

아니, 착각이 아니라 나는 지금 그 강당에 가 있는지도 모른다.

귀에서 이어폰을 빼낼 수가 없었다.

'앞으로 모아이를 어떻게 할 것인지도 고민하고 또 고민했지만…….'

가늘게 떨리는 목소리가 가슴의 거센 두근거림을 보여주는 것 같았다.

'모아이라는 이 동아리는…….'

이쯤에서 드디어 해산을 선언하는 건가. 가와하라 씨가 말했던 그 장면인가. 나는 오래된 추억의 끝을 지켜보는 듯한 기분이었다.

많은 일들이 있었다. 하지만 그 모든 것은 출발점에서부터 임시 땜빵이었을 뿐 아무 의미도 없었다.

그 모든 것이 드디어 끝이 난다, 라고 생각했다.

어서 빨리 끝내라고 답답해하는 마음까지 들었다. 그런데…….

'처음에는 단 두 명뿐이었습니다…….'

아키요시는 이야기를 끝내지 않았다.

뻥 뚫린 구멍이었던 가슴이 오랜만에 온몸에 피를 내보내는 소리를 냈다.

'무심코 주고받은 약속 같은, 좋아하는 친구와 함께 어울릴 핑계거리 같은, 그런 동아리였습니다…….'

나는 노트북 쪽으로 몸을 숙였다.

눈앞에 마이크를 잡은 아키요시가 있었다.

'그때로부터 바로 오늘까지 나는 진심으로 모아이를 사랑했고 항상 즐거웠습니다. 잘 풀리지 않는 일이 있어도…… 그래도 항상 희망을 품고 대학 생활을 보낼 수 있었습니다.'

나의 심호흡과 아키요시의 심호흡이 겹쳐졌다.

'하지만 그 한편에서…….'

몇 초의 침묵이 이어졌다.

'나는…….'

이윽고 들려온 목소리는 자신의 감정을 하나도 놓치지 않고 길어 올리려는 것 같았다.

'나 자신을 위해 많은 분들의 도움을 받았고 그들을 희생시켰고……, 그리고 배반해온 것이라고 생각합니다.'

한 마디 한 마디를 곱씹으며 말하고 있었다.

'아무것도 아닌 텅 빈 껍데기 같은 나를 도와준 그 많은 분들께 최선을 다해 감사한 마음으로 일하자고 생각했는데 내가 그걸 저버린 부분이…… 있었습니다. 이 자리에도 그런 감정을 가진 분들이 있을 것입니다. 그리고 이 자리가 아닌 다른 곳에도, 그런 사람이, 있습니다…….'

나는.

'나라는 사람이 없었다면, 행복했을 사람이, 있습니다.'

숨 쉬는 것을 잊었다.

'물론 모아이를 자신이 기댈 곳이라고 생각해주신 회원이 있다는 것도, 함께 즐거운 마음으로 모아이를 운영해준 사람이 있다는 것도, 잘 알고 있습니다. 아무리 감사해도 부족한 마음입니다. 다만 나는, 나로서는, 죄송합니다, 내가 상처 입힌 사람들을, 못 본 척할 수는 없습니다.'

…….

'모두 다 함께 행복해지기를, 바랐습니다. 모두가 자신이 원하는 사람이 되고, 모아이가 잘 운영되기만 한다면, 멀어져간 사람들도 언젠가는 이해해줄 거라고 믿었습니다. 이상을, 굳게 믿었습니다. 하지만 누군가를 희생시킨 자리에 서 있을 뿐이라는 것을 알았고, 단지 나를 위해 모아이를 이용

했다는 것을 알았고…….'

목이 잠긴 목소리가, 귓가에서, 낮게 울렸다.

'정말 미안합니다. 무책임하다고 생각하시는 분도 있겠지요. 하지만 나는, 이렇게 하는 것으로밖에는, 이상의 토대 위에 세워졌어야 할 모아이와, 관여해준 모든 분들을, 이렇게 하는 것으로밖에는, 지켜낼 수 없다고 생각합니다. 죄송합니다. 모아이는, 해산하도록 하겠습니다. 정말, 죄송합니다. 나는 이제 더 이상, 아, 미안합니다…….'

주위에서 들려오는 술렁거림, 곳곳에서 새어나오는 당황한 목소리들.

나는 한참 만에야 숨을 쉬어야 한다는 것이 생각나 공기를 들이쉬었다.

그 즉시 지금까지 없었던 극심한 구토감이 몰려와 가상의 강당을 뛰쳐나와 화장실로 달려갔다.

구역질이 나는데도 토해내지지 않고 위액이 입 안에 고일 뿐이었다.

이윽고 이곳이 내 집 화장실이고 귀에 대롱거리는 이어폰 선은 어디에도 연결되지 않았다는 것을 깨달았다.

현실로 되돌아와 나는 화장실을 나섰다. 거실로 걸어와 더 이상 견딜 수 없어서 바닥에 주저앉았다.

온몸이 떨리는 것을 알았다. 마음속에 들이치는 바람의 차가움이 조금 전까지와는 비교가 되지 않았다. 견딜 수 없이 한기가 드는데도 한편으로는 온몸이 뜨거웠다. 이대로 활활 타올라 사라져버리고 싶은 것 같기도 했다.

알았다.

후회, 그리고 부끄러움, 이었다.

등줄기를 타고 땀이 주르륵 흘렀다.

갑자기 머릿속이 가려운 것 같아 쥐어뜯듯이 긁어댔다.

어떻게 이토록 늦게야.

이렇게 중요한 일을 어떻게 여태까지 깨닫지 못했을까.

이제야 겨우 깨닫다니.

나는 아키요시가 상처받는 것 따위, 사실은 보고 싶지 않았다는 것을.

왜 이제야 새삼스럽게, 라는 건 내가 가장 궁금했다.

여태까지의 분노며 분개가 거짓이 아니었을 텐데도 마치 거짓처럼 허무하게, 후회와 부끄러움으로 그 모습이 뒤바뀌었다.

나는 오로지 내가 받은 상처만 생각했다.

내가 상처받았으니까 무시해도 된다. 내가 상처받았으니까 무너뜨려도 된다. 내가 상처받았으니까 비난해도 된다…….

상대를 상처 입히게 되는 것에 대해서는 전혀 생각하지 않았다.

그러기는커녕 아마도 나는 아키요시라면 틀림없이 뭐든

다 받아줄 거라고 생각했다.

뭐든 다 받아주고, 척척 받아들이고, 상큼하게 웃어줄 거라고 착각했다.

어째서 그렇게 생각했을까.

어째서 나 때문에 상처받을 아키요시는 한 번도 상상하지 못했을까. 그게 가능했다면 나도 조금 더 망설이며 행동을 조심했을 텐데.

아니, 망설였을까.

내가 그런 사람이었다면 애초에 상처 입힐 생각은 하지 않았을지도 모른다.

나는 아키요시의 인격을 무시하고 내 멋대로 생각하고 내 멋대로 행동을 결정했다.

그녀를 한 인간으로 바라보지 않았다.

기억 속에 있는, 형태가 미리 정해진 존재를 설정해놓고, 단지 그것뿐이라고만 생각했다. 상처받을 리 없다는, 오로지 그 기억만 보고 있었다.

아키요시와의 관계를 끝내버리고 아름답게 포장했더라면 마음 편했을 것이다, 라고 조금 전에 생각했었다.

하지만 사실은 진즉에 끝내버리고 아름답게 포장해놓고 있었다.

현실의 아키요시를 바라보는 것을, 나는 어느새 내 마음대로 끝내버리고 묘한 모양새로 포장했다.

그리고 내 멋대로 실망했다. 우리는 서로 친한 사이였는데 왜, 라는 명분을 내세우면서.

변함없이 나를 친구라고 생각해준 사람을 상처 입히려 했고 결국 큰 상처를 입히고 말았다. 아무런 망설임도 없이 나와 똑같은 상처를 받기를 갈망했다.

어째서 나는 그런 생각을 품었을까.

상처를 입었기 때문이었다. 상처를 받았기 때문이었다.

상처를 받았기 때문에 상처를 입혀도 된다니, 그건 말이 안 되는데도.

막상 저질러놓고 보니 후회와 부끄러움만 남았을 뿐이다.

애초에 왜 나는 상처를 입었을까. 어딘가에서 어렴풋이 감지했었기 때문이다. 내가 임시 땜빵으로 이용되고 버려진 게 아닌가 하고.

단호히 부정해주었으면 했는데 아키요시가 그걸 긍정했기 때문에 다시금 상처를 입었다.

하지만 이제야 생각났다. 아키요시가 "아니야"라고 말하려다가 입을 다물어버렸던 것이.

그걸 분명하게 부정할 수 있는 사람이라고는 이 세상에 없다는 것을 그녀는 알고 있었다.

인간은 다른 사람을 임시 땜빵으로 이용한다.

누구나 다른 누군가를 자신에게 필요한 뭔가로, 임시 땜빵으로, 이용한다.

친구나 연인이나 가족이나 후배나 선배나 상사나 부하, 그런 뭔가로 주위 사람들을 임시 땜빵으로 활용한다.

외톨이가 똑같이 외톨이인 사람을 친구로 삼는 것도 그렇다. 이해해주는 사람이 없는 사람이 이해해줄 사람을 원하는 것도 그렇다. 이를테면 병들어 쓰러진 사람이 곁에서 간호해주는 사람을 바라는 것도 마찬가지다.

나도 어딘가에서 항상 해왔던 일들이다.

아키요시에게, 도스케에게, 가와하라 씨에게 해왔던 일들이다.

임시 땜빵으로 이용당했다는 것이 상대를 상처 입혀도 괜찮다는 이유가 될 수는 없다.

애초에 상처 입을 만한 일이 아닌지도 모르는 것이다.

나를 필요로 해줬지 않은가.

나도 분명 내게 말을 건네줘서 반가웠을 터였다.

그때의 그 마음이면 충분했을 터였다.

임시 땜빵이란 결국은 마음의 틈새를 메워준다는 것이다.

마음의 틈새에, 나를 필요로 해줬다는 것이다.

뻥 뚫린 구멍을 메워줄 수 있는 사람이었다는 것이다.

지금 내 마음에 생겨난 뻥 뚫린 구멍을 누군가 메워준다면 얼마나 큰 구원이 될까.

그것을 해줬는데도 나는 그 친구를 상처 입혔다.

이게 무슨 일인가.

어제부터 내 안에서 메아리치던 아키요시의 목소리와 자리를 바꿔 이번에는 내가 아키요시에게 내뱉었던 수많은 독설들이 거듭거듭 되살아났다.

나는.

대체 무슨 짓을 한 것인가.

인격이니 뭐니 하는 문제가 아니다, 나는 아키요시의 존재 자체를 부정해버렸다.

이제야 비로소 내가 하려고 했던 짓의 의미를, 타인을 상처 입히는 짓의 의미를, 알았다.

사과하고 싶다, 라고 진심으로 생각했다.

지금 여기에 이르러서야, 처음으로.

그렇건만 아무리 기다려도 아키요시가 내 눈앞에 나타나는 일은 없었다.

*

"가에데는 고등학생 때 어떤 느낌이었어?"

만난 지 몇 달쯤 되었을 때, 아키요시가 그런 질문을 했다. 나는 별로 생각해볼 것도 없이 "뭐, 그저 그랬어"라고 대답했다.

"지금하고 똑같았어."

거짓말이 아니었다. 다만 고등학생 때는 좀 더 주위 사람들을 믿었던 것 같은데 그런 어리고 아리고 여리기만 했던 시절의 내 모습 따위는 얼른 잊어버리고 싶었다.

"아키요시는 고등학생 때부터 지금 같은 느낌이었지?"

내가 던진 질문이 약간 비꼬는 투로 들렸는지도 모른다.

주목받으려고 하는 아키요시, 자신의 이상을 믿어 의심치 않는 아키요시, 자기 마음대로 나를 친구라고 하는 아키요시, 아마도 그녀의 특성은 타고난 것이어서 앞으로도 낫지 않을 거라고 반쯤 포기했었다.

하지만 매일 같이 들락거리던 그 학생식당에서 아키요시는 고개를 가로저었다.

"지금 같은 느낌, 이라는 게 뭔지 모르겠네? 근데 고등학생 때와 지금은 많이 달라진 것 같아."

"그럼 대학 입학하면서 데뷔한 거야?"

"데뷔라니, 뭔 데뷔?"

아키요시는 재미있다는 듯이 웃었다.

"고등학생 때는 내가 하고 싶은 말도 못했어. 비판받는 것을 이상할 만큼 두려워해서. 그래서 오히려 친구들과 자주 다투기도 했고."

"진짜?"

"진짜, 진짜."

진심으로 놀랐다. 그녀는 태어나면서부터 남의 시선 따위는 아랑곳하지 않는 성격이라고만 생각했었기 때문이다. 그리고 고등학생 때 그대로였다면 내가 괜히 고생할 일도 없었을 텐데, 라고 짓궂은 생각을 하기도 했다.

"근데 어떻게 그런 회로를 싹아 바꿨어?"

"회로라니?"

"어떤 일을 계기로 비판을 두려워할 필요가 없다고 생각하게 됐느냐는 거야."

내 질문에 아키요시는 쑥스러운 듯 양쪽 눈썹 끝이 아래로 처졌다.

"지금도 두려운데?"

내가 어리둥절하고 있자 아키요시는 "아, 그렇구나"라고 뒤를 이었다.

"가에데가 무슨 말을 하는지 알겠어. 근데 나도 두려워. 비판받을까봐 엄청 걱정도 하고. 근데 고등학생 때는 거기서 멈춰버렸어. 그러니까 회로를 바꿨다기보다 조금쯤 성장한 거라고 해야겠지."

성장, 이라는 말이 그때의 나에게는 선뜻 다가오지 않았다.

"두렵다면 그런 두려운 상황에 제 발로 뛰어들지 않으면 되잖아."

무심코 내 생각을 그대로 입 밖에 냈다. 그 시절의 나는 마음속의 말을 아키요시 앞에서만은 곧잘 꺼내놓곤 했다.

아키요시는 잠시 생각해보더니 다시 고개를 저었다.

"성장이란 약한 자신을 외면하는 게 아닌 것 같아. 분명 약해빠진 나 자신이 있지. 하지만 인간이란 본바탕이 그리 쉽게 바뀌지는 않아. 약해빠진 나 자신을 분명하게 인정했을 때 비로소 성장도 할 수 있겠지. 그걸 인정하고 그 자리에서 만족스럽다면 괜찮겠지만 나는 아니었어. 그래서 아주 조금씩이나마 두려움 너머로 가보고 싶었어."

뭐가 아주 조금씩이야, 완전히 달라졌으면서? 게다가 또 등이 오글거리는 얘기를 태연히 늘어놓는구나, 라고 나는 어이없어했었다.

*

아무것도, 아무것도, 전혀 이해하지 못했었다.

내장에 느껴지는 도려내는 듯한 쓰라림과 이상한 속도로 마구 내달리는 피의 불쾌한 순환에 허리를 꺾은 채 나는 충동적으로 집을 나섰다.

원룸 계단을 내려가다가 조급한 발이 계단을 헛디뎌 발목을 접질렸지만 아랑곳하지 않았다. 관절의 통증은 몸속의 통증에 져버렸다.

주차장에서 자전거에 올라탔다. 거기서도 페달이 제대로 발에 밟히지 않아 한 차례 넘어지는 바람에 다른 자전거들을 도미노처럼 넘어뜨리면서 가까스로 출발했다.

무릎이 부들부들 떨리는 채로 페달을 밟았다. 최대한 속도를 내보려고 무진 애를 썼다.

자전거가 향하는 곳은 아키요시가 살고 있는 기숙사였다. 장소는 아직 또렷하게 기억하고 있다.

어서 빨리 아키요시를 만나 이야기하고 싶다. 그 마음 하나로 온힘을 다해 자전거를 밟았다.

진심을 담아 사과하고 싶었다.

끔찍한 짓을 저질렀다고, 큰 상처를 입혀버렸다고.

바람을 가르며 달리다가 도중에 지나가던 사람의 가방에 부딪혔다. 등 뒤로 욕설이 날아왔다. 평소 같으면 물론 사과했을 것이다. 하지만 지금은 아키요시 이외의 일은 아무려나 상관없었다.

아니, 아니다, 아니다.

사실은, 사실은, 아니었다.

언제라도 아키요시 이외에는 아무려나 상관없었던 것이다.

그래서, 그래서, 그런 짓을 저질렀다.

사실을 깨닫고 나자 또 한번 내장에 통증이 덮쳐들고 구토감이 몰려왔다.

필사적으로 페달을 밟아 마침내 예전에 자주 놀러갔던 학생 기숙사가 저만치 눈에 들어왔다. 아키요시가 이용하던 버스정류장을 지나 기숙사 입구 앞에서 구르다시피 안장에서 내려오자마자 자전거를 그 자리에 내팽개쳤다.

오토록의 기숙사, 급하게 호실 번호를 입력하고 벨을 눌렀다. 긴장 따위는 없었다. 오로지 죄책감이, 분명 예전에는 서로 간에 있었을 우정이, 나를 짓눌렀을 뿐이다.

벨을 누르고 한참이 지나도 답이 없었다. 다시 한번 눌러보았다. 하지만 답은 없었다. 혹시나 해서 급하게 기숙사 뒤편으로 달려가 층층이 베란다를 손끝으로 헤아려가며 확인했다. 불이 꺼져 있었다.

아키요시는 아직 집에 돌아오지 않았다.

여기서 기다릴까, 하고 한순간 생각했지만 멀거니 기다리는 동안 내 마음이 버텨줄 것 같지 않았다. 나는 입구 앞으로 돌아와 쓰러진 자전거를 일으켜 다시 올라탔다.

이번에는 우리의 본거지였던 대학 캠퍼스로 자전거를 달렸다. 스마트폰이고 뭐고 챙겨들 새도 없이 뛰쳐나왔기 때문에 누구에게 연락을 취할 수도 없었다. 시간도 알 수 없었다. 하지만 생각하는 것보다 우선 몸을 움직이는 수밖에 없다.

다시 한번 전속력으로 페달을 밟았다.

학교에는 금세 도착했다. 달빛 말고는 활용할 만한 광원이 거의 없어서 사방이 컴컴했지만 교문은 열려 있었다. 자전거를 탄 채 그 안으로 들어갔다.

어디에 있을까, 아키요시는, 대체 어디에.

우연한 만남이든 뭐든 좋다. 내게 주어진 모든 기회에 기대를 걸었다.

그렇게 주위를 휙휙 살펴보며 내달리는 참에 자전거 앞바

퀴의 거친 굉음이 귀에 들어왔다. 그리고 다음 순간, 나는 아스팔트에 내동댕이쳐져 있었다.

"아이쿠……."

바닥을 그대로 내리친 팔꿈치와 무릎, 게다가 인도의 낮은 턱에 머리까지 찧었다. 역시나 아픔이 느껴져서 천천히 일어나 자전거부터 찾아보았다. 저 앞까지 밀려간 자전거는 안전봉에 부딪혔는지 앞부분이 움푹 우그러들었다.

자전거가 부서진 것 자체는 아무렇지도 않았다. 다만 가장 손쉬운 이동수단을 잃은 것이 아쉬울 뿐이었다.

한시바삐 아키요시를 만나야 하는데.

또 한번 내장이 출렁거리면서 위액이 올라왔다.

마침 입 안이 흙먼지로 꺼끌꺼끌한 참이어서 함께 땅바닥에 뱉어냈다.

맨몸으로 뛰어보려고 했지만 아픈 무릎이 방해를 했다. 달리지 못하자 배가 더욱더 아파왔다. 마치 달궈진 쇠막대로 휘젓는 것 같다.

연구실에 있을까. 아니면 모아이 동아리방에 갔을까. 혹시 캠퍼스 안에는 없는 건가.

흐릿해진 머리로 생각한 끝에 우선 내가 가야 할 곳이 그중 한 군데뿐이라는 것을 깨달았다. 연구실로 가자.

최대한 빠른 걸음으로 연구동으로 이어진 길을 걸었다.

빨리, 빨리.

아키요시가 어딘가로 가버리기 전에, 어서 빨리.

돌이킬 수 없게 되기 전에, 어서 빨리.

어서 빨리.

…….

나는 거기서 갑작스럽게 걸음을 멈췄다.

뭔가 계기가 있었던 것이 아니다.

누군가 옆을 지나간 것도 아니고 강한 바람이 불어온 것도 아니고 통증으로 더 이상 걸을 수 없는 것도 아니었다.

하지만 어쩌면 그런 모든 것이었는지도 모른다.

나는 갑작스럽게 꿈에서 깨어났다.

무엇을 위해서?

오른쪽 눈에 땀이 들어갔는지 앞이 잘 보이지 않았다. 하지만 남은 왼쪽 눈에 들어온 경치도 공기도 조금 전보다 훨씬 더 깨끗하고 시원했다.

부상을 입고 조금쯤 냉정해진 덕분일까. 아니, 처음부터 이때쯤이 그렇게 될 타이밍이었을까.

몽상에서 풀려났다.

아키요시가 이런 상황에서도 나를 받아줄 것이라는 몽상에서.

방금 전까지 내가 그토록 필사적이었던 것이 이상하기까지 했다.

아키요시를 만나 대체 어떻게 하겠다는 것인가. 뭘 할 수 있다고 생각한 것인가.

상처 입힌 것을 사과하고 싶다, 진심으로 내가 잘못했다는 뜻을 전하고 싶다.

하지만 그런 마음을 전한다고 뭐가 어떻게 달라지는 것인가.

사과 따위, 그저 나 자신을 위한 일일 뿐이다.

용서받고 싶다, 다시 한번 친구로 대해달라, 나쁘게 생각하지 말아달라.

그건 상대에게는 아무 도움도 이득도 없는 일이다.

애초에 나는 용서받을 수 있다는 생각까지 했는지도 모른다.

그런 짓을 해놓고, 그런 짓을 저질러놓고.

돌이킬 수 있다면, 그건 언제였다면, 가능했을까.

평상시와 전혀 다른 내 숨소리와 심장 소리가 유난히 귓속에 울렸다.

팔꿈치와 무릎이 욱신거렸다.

그만 돌아가자고 생각했다.

이번에도 또 다시 나는 아키요시의 마음은 생각조차 하지 않았다.

나 같은 사람, 그녀가 다시 만나고 싶어할 리가 없다.

그런 지독한 말을 쏘아붙이고 지난 4년 동안의 노력을 일시에 무너뜨린 자에게 예전의 친구였다느니 뭐니 하는 건 이미 의미가 없다.

그런 자에게 지독한 혐오감 말고 또 무엇이 남아 있을까.

나를 만나고 싶은 마음 따위, 있을 리가 없다.

끔찍하게 싫은 상대를 만나야 할 이유가 뭐가 있는가.

다시 또 싫은 소리를 들어야 할 이유가 뭐가 있는가.

만일 그럴 수 있는 상황이 있다면.

있다고 한다면.

나는 지끈거리는 머리로 곰곰이 생각해보았다.

그리고 한 가지 생각을 떠올리고 그 결론을 내려야 할지 말지 한참을 망설였다.

고민했다. 그야말로 한껏 고민하고 고민한 끝에 멈춰 있던 발걸음을 연구실 쪽으로 다시 내디뎠다. 한 걸음 한 걸음 똑바로 앞을 바라보며 착실히 거리를 줄여가기 위해 발을 움직였다.

팔이 아프고 다리가 아프고 내장까지 모두 다 아팠지만 그런 게 문제가 아니었다.

평소보다 몇 배나 시간을 들인 뒤에야 마침내 목적지 건물 앞에 도착했다.

진즉에 강의가 끝나고 컴컴해져버린 다른 건물들과는 달리 연구동은 군데군데 불이 켜져 있었다. 마치 그곳에만 유충이 살고 있는 벌집처럼.

내가 점찍은 연구실은 불이 켜져 있는 것 같았다.

그곳에 있는지는 알지 못한다. 있다고 쳐도 내가 어떤 말을 전할 수 있을지는 모르겠다.

그래도 나는 만나지 않으면 안 된다고 생각했다.

수동 문을 열고 건물 안으로 들어갔다. 실내는 바깥보다 시원해서 살갗이 스르륵 얇아지는 듯한 느낌이 들었다.

다행히 엘리베이터는 운행 중이었다. 4층으로 올라가 컴컴한 복도를 따라갔다. 또 한번 다행인 것은 그 층의 높직한 창문에서 불빛이 새어나오는 방은 한 곳뿐이었다. 덕분에 틀림없이 찾아갈 수 있었다.

문 앞에서 망설임 따위는 잊어버리고 곧바로 노크를 하자 답이 돌아왔다.

"네."

만나고 싶은 사람이 문 너머에 있다.

나는 손잡이를 안으로 밀었다.

"……안녕하세요."

"엇!"

목소리를 높인 것은 내가 찾던 사람이 아니라 그 옆에 있는 여자였다. 그녀는 나를 살펴보며 당황한 소리를 냈다.

"어머, 어떡해, 다쳤잖아! 대체 무슨 일이야?"

오랜만에 만난 환한 빛에 눈앞이 잠시 캄캄해졌다. 내가 대답하려고 했지만 또 한 사람, 팔짱을 끼고 파이프 의자에 앉아 있던 그가 먼저 입을 열었다.

"나 만나러 온 거야?"

"……네, 그렇습니다."

"다친 데는 아프지 않아?"

"아파요."

하지만 지금은 그것보다, 라고 말하려는 참에 연구실 멤버일 터인 여자가 "우선 비상약품 좀 가져올게!"라면서 우리 둘만 남기고 문을 열어둔 채 연구실을 나갔다.

"아, 미안. 저 친구가 워낙 오지랖이 넓은 성격이라서."

내가 멍해져 있자 그가 말했다. 나는 아뇨, 라고 고개를 가로저었다. 그리고 모든 것을 달관한 듯한 얼굴의 그에게 정식으로 머리를 숙였다.

"오랜만입니다, 와키사카 씨."

"지난번에 얼굴만 얼핏 봤으니까 직접 얘기하는 건 오랜만이네. 웬일이야, 이렇게 피투성이가 되어서 뛰어들고?"

피투성이, 라는 말을 듣고서야 내 팔을 봤더니 예상보다 훨씬 더 참혹해서 나는 통증의 이미지가 뇌에 전달되기 전에 얼른 시선을 돌려버렸다.

"물어볼 게 있어서 왔습니다."

"예전의 다바타를 생각하면 이건 좀 특이한 일인데? 다바타가 나한테 물어볼 게 있다니. 솔직히 말하면 나를 만나러 왔다는 것도 놀라워."

그는 내가 곳곳에 부상을 입은 것에 놀라지 않았다. 테이블에 놓인 잔을 들고 물을 마시더니 별일 아닌 것처럼 태연히 말했다.

"다바타가 나를 싫어한다고 생각했었으니까."

그 솔직한 말에 어떻게 대답해야 할지, 나는 망설였다.

망설인 끝에 고개를 숙였다.

"죄송합니다."

지금까지 그를 싫어했던 것을, 그리고 싫어했으면서 이렇게 터덜터덜 만나러 온 것을, 나는 사과했다.

그런 말은 대충 흘려 넘길 수도 있었다. 하지만 그렇게 했다가는 지금부터 할 말도 모두 거짓이 되고 말 것 같아서 나는 정식으로 고개 숙여 사과했다.

"나도 다 알고 있었으니까 괜찮아. 고개 들어."

싫어했다는 것을 긍정했는데도 와키사카는 쿨하게 말했다. 그 말에 기대어 고개를 들자 변함없이 그는 모든 것을 달관한 듯한 얼굴을 하고 있었다.

"다바타는 언제라도 정직했어. 전부터 그런 점에 호감이 갔지. 누구든 당연히 좋은 사람 싫은 사람이 있게 마련이야. 이유가 좀 궁금하긴 했지만."

"이유는……."

무엇일까. 생각해보았다.

어떤 말로 내 마음을 표현하는 게 가장 적합할까.

골똘히 생각하고 또 생각한 끝에 실은 골똘히 생각할 필요도 없다는 것을 알았다.

그건 처음부터 한 가지로 정해져 있었다. 아키요시의 보고회 연설을 듣고 후회와 수치감으로 녹초가 되었을 때, 나는 이미 그것을 알았다. 분명하게 자각했다.

하지만 막상 입 밖에 내려고 하자 말이 목구멍에 달라붙어 나오지 않았다. 온몸에서 땀이 쏟아졌다. 내장도 다시 아파왔다.

와키사카는 기다려주었다. 나는 넉넉히 숨을 들이쉰 뒤에 목소리가 갈라지는 것도 아랑곳하지 않고 내 뜻을 전했다.

"아키요시가……."

할 수 있다.

"나만 바라봐주지 않게 되었다, 라고 생각했기 때문입니다."

밑바닥에서 퍼 올린 진흙탕 같은 본심이었다.

어떻게도 속일 수 없이, 내가 모아이를 싫어했던 것도 그 옆의 누구를 싫어했던 것도, 모두 다 실제 이유는 분명 그것 때문이었다. 그것 때문이었다, 라고 조금 전에 인정할 수밖에 없었다.

아키요시가 내게 질문했던 대로 그녀를 연애 상대로서 좋아했느냐고 한다면 선뜻 고개를 끄덕이기 어렵다. 하지만 소중한 친구, 단 하나의 소중한 존재였던 그녀가 나 아닌 다른 사람을 바라보기 시작한 것에 나는 비위가 상했다.

그런 시답잖은 이유로 저지른 나의 섣부른 행동이 그녀에게 한없이 깊은 상처를 입혔다.

그 사실을 나는 정면으로 마주하지 않으면 안 된다. 마주하기 위해, 이곳에 찾아왔다.

말해버렸더니 주위의 공기가 일시에 희박해지는 것 같았다. 숨쉬기가 힘들고 심장 박동은 극한까지 빨라졌다.

나 자신의 감정을 받아들인다는 것이 이토록 괴로운 일이었다.

와키사카는 입가를 풀면서 웃고 있었다.

“그랬어? 뭐, 이건 지극히 평범한 얘기지만, 오직 한 사람만 바라볼 수 있는 사람은 원래 없는 거야. 게다가 그녀는 다바타를 분명하게 바라보고 있었어.”

“……네.”

그렇다, 알고 있다. 조금만 생각해보면 알 수 있는 일이었는데.

“그래서, 나한테 물어보겠다는 건 아키요시에 대한 거?”

“네. 모아이가 해산하기로 한 것은 아시지요?”

“응, 알고 있어.”

“그거……, 내가 한 짓이에요.”

분명하게 밝히기는 했지만 실상 아직도 내 안에는 스스로의 죄를 폭로하는 것에 대한 두려움이 남아 있어서 위가 오그라드는 느낌이었다.

와키사카는 어떻게 생각할까. 의심할까 아니면 화를 낼까. 내 예상은 그 둘 중 어느 쪽도 아니었다. 실제로 그는 내 예상대로 단순히 “그래?”라고만 말했다. 그게 더, 아팠다.

"어떻게 된 거였어?"

와키사카의 지극히 당연한 질문에 나는 어떻게 대답해야 할까. 내 안의 약한 부분이 나 자신에게 불리한 점은 어떻게든 줄여서 말하려고 발버둥치고 있었다.

하지만 나는 모두 말했다. 모두, 라는 건 내가 모아이를 무너뜨리려고 했던 것이며 아키요시를 깊이 상처 입히고 만 것까지, 라는 뜻이다.

약한 부분을 억누를 만한 강함이 나한테 있었기 때문이 아니다. 약한 부분은 약한 그대로였지만 나는 이보다 더 비참해지는 것을 두려워했을 뿐이라고 생각한다.

얘기가 끝나자 와키사카는 별반 주저하는 기색도 없이 입을 열었다.

"최악이었네."

전혀 아무런 배려도 없이 그렇게 말했다.

"네……."

"아키요시는 최소한 네가 모아이를 그만두기 전까지는 네 얘기를 자주 했었어."

와키사카가 나를 지그시 쳐다보며 말했다.

"가끔 미운 소리도 했지만 그건 물론 너에 대한 신뢰와 깊은 우정의 반증이었지. 이번 일은 그녀 쪽에서 잘못한 것도 있지만, 무엇보다 너는 아키요시가 갖고 있던 신뢰를 배반했어."

"……네, 틀림없습니다."

이번 일에 대해 남에게서 꾸지람을 듣는 것은 아키요시를 빼고는 이번이 처음이다. 그는 매우 정확한 각도에서 나를 찔렀다.

"좋아, 일이 그렇게 됐다 치고, 나한테 물어볼 것은 뭐지?"

선량함인지 아니면 무관심인지 알 수 없었지만, 어느 쪽이든 와키사카의 공정함이 고마웠다.

이곳에 온 이유를 말할 기회를 내게 주었기 때문이다.

"모아이를 위해서……."

분명 와키사카를 싫어했으면서도 그에게서 미움 받을 각오를 하기까지 1초의 시간만큼 여분의 호흡이 필요했다.

"내가 뭘 할 수 있을까요?"

뻔뻔스러운 얘기라는 건 나도 잘 알고 있었다. 그래서 와키사카를 싫어했다고 말할 때보다 더 큰 용기가 필요했다. 자기가 무너뜨렸으면서, 아키요시에게 상처를 입혔으면서, 라고 혐오에 찬 비난 세례와 손가락질을 받으리라는 것을 알면서도 나는 그 말을 하지 않으면 안 되었다.

예상이 맞았다고나 할까, 와키사카는 나의 각오를 쿡 찌르듯이 진한 한숨을 내쉬었다.

"뭘 할 수 있다고 생각하는데?"

이제 와서 새삼스럽게, 라고 말하지는 않았지만 분명 그렇게 들렸다.

휘청거리는 몸과 마음을 버티며 당장 도망치고 싶은 발바닥에 힘을 꾸욱 넣었다.

"……죄송합니다. 모르겠어요. 정말 모르겠습니다. 하지만 뭔가 할 수 있을지도 모른다, 그냥 그 생각만 했습니다."

"왜 그걸 나한테?"

"……국외자니까요."

실례라고 생각할 만한 말이었지만 와키사카는 좋은 얼굴도 싫은 얼굴도 하지 않았다.

"모아이에게 나는 이미 국외자예요. 그래서 예전에 국외자 입장에서 모아이에 도움을 줬던 와키사카 씨의 의견을 듣고 싶어서……."

왔습니다, 라는 말이 왠지 입 밖으로 나오지 않았다.

그는 팔짱을 끼고 연구실 벽을 보고 있었다. 저절로 그 시선을 따라갔지만 그곳에는 조그맣게 뚫린 구멍이 있을 뿐이었다.

"이건 단순한 의문인데……."

이윽고 와키사카가 말했다.

"다바타는 모아이를 어떻게 생각하고 있지? 무너뜨려놓고 다시 되돌리겠다니, 대체 뭘 위해서?"

"그건……."

아키요시를 위해서, 라고 말하려다가 아슬아슬하게 입을 다물었다. 그게 아니다, 그런 게 아닐 것이다. 남을 위해서라고 또 다시 남의 탓으로 돌릴 뻔했다.

질문의 의미를 필사적으로 생각해보았다. 그가 어떤 대답을 듣고 싶어하는지 생각해본 것이 아니라 정말로 나 자신에게 물어보았다.

아무 꾸밈도 없는 진실한 말을 찾아보았다.

그리고 마침내 찾아냈다.

그건 생각난 것이 아니었다. 항상 내 머릿속 한 귀퉁이에 있었던 것이다.

"나는."

그런데도 보고도 못 본 척했다. 아무에게도 들키지 않게 감춰왔다.

하지만 그보다 더 확실한 진심 같은 건 어디에도 없었다.

"나는 항상…… 그곳에 있고 싶었습니다."

그렇다. 그것뿐이다. 그것뿐이었다.

단지 그것뿐.

그것뿐인 일을 나는 아키요시에게 말하지 못했다.

말할 수 있었다면. 그랬다면 때를 놓치는 일은 없었을 텐데.

그렇게 헤어졌던 그때가 아니었어도 괜찮다. 2년 전, 1년 전, 한 달 전이었어도 좋았다. 전혀 늦지 않은 일이었다, 그때였다면.

용기를 내서 아키요시에게 전화하고 만날 약속을 하고, 그리고 모아이와 함께하고 싶다고, 그 말만 했으면 되는 일이었다.

그런데도 말하지 못했다. 그런 간단한 일을, 매번 내가 나의 걸림돌이 되어서.

전혀 비참한 말이 아닌데도. 창피한 말이 아닌데도.

만일 비참했다고 해도, 창피했다고 해도, 그 응어리진 마음을 뛰어넘을 만큼의 보폭이 없다는 것이 오히려 훨씬 더 나를 비참하게 만드는 것이었는데도.

알지 못했다.

나 자신의 약함을 이해한다는 게 어떤 것인지.

드디어 알았는데.

이제는 때를 놓쳤다, 이제는 되돌릴 수 없다.

이제 더 이상 그곳, 우리의 모아이를, 손에 넣을 수 없다.

"그곳이 계속 이어지면 좋겠다고, 그것만, 그것만…… 정말, 그것뿐이었는데."

호흡이 흐트러져 제대로 말을 할 수 없었다.

여전히 심장에는 얼얼한 통증이 있었다.

아픈 것을 견뎌가며 나는 생각했다.

아키요시는 훨씬 더 아팠겠구나.

이해할 수 없는 아픔이라서 훨씬 더 아팠겠구나.

내 말을 들은 와키사카는 무감정한 얼굴로 "그렇군"이라고 고개를 끄덕였다.

"하지만 네가 뭔가를 한다고 해도 네가 원하는 곳을 되찾을 수는 없어."

잘 알고 있다.

"그래도 괜찮아?"

나는 몇 번인가 숨을 크게 들이쉬고 크게 내뱉었다. 침을 꿀꺽 삼켰다.

"그건 너무 슬픈 일이에요."

이제 더 이상 숨기거나 해서는 안 된다.

아키요시가 나만 바라봐주지 않아 섭섭했다는 것을 꽁꽁 감췄다가 그녀를 상처 입혀서는 안 된다.

"예전의 나처럼 모아이에 함께하기를 원하는 친구들이 있을 거예요."

"아, 그건 그렇지."

와키사카는 어느 때보다 깊숙이 고개를 끄덕여주었다.

"그러니까 다바타는 과거의 자신을 구해주겠다는 거네."

말의 의미를 분명하게 곱씹어보고 충분히 이해한 끝에 나는 고개를 끄덕였다.

"……네, 그런 거라고 생각합니다."

그의 말이 맞다.

이제 더 이상 꾸며댈 말이라고는 없었다.

내 대답을 듣고 와키사카는 무슨 생각을 하는지 잠시 내 쪽을 쳐다보며 고개를 갸우뚱했다.

그러고는 슬쩍 입 끝을 올렸다. 오늘 처음으로 본 그의 웃는 얼굴이었다.

"근데 다바타가 거기를 막고 서 있으면 아무도 들어올 수 없으니까 조금만 비켜줄래?"

뒤를 돌아보니 아까 뛰쳐나갔던 여자가 구급상자를 들고 겸연쩍은 얼굴로 서 있었다. 내가 인사를 하고 길을 터주자 그녀는 냉큼 안으로 들어와 파이프 의자를 가리키며 말했다.

"어서 여기 앉아!"

그 모습을 보고 와키사카가 이번에는 허헛 소리를 내며 웃었다.

"미안해. 이 친구가 진짜 오지랖이 넓다니까."

말을 마치자마자 와키사카는 자리에서 일어나 가방을 들고 나가려고 했다. 내 팔을 소독해주려는 여자를 뿌리치고 내가 자리에서 일어서자 불러 세우기 전에 그가 이쪽을 돌아보았다.

"됐어. 내가 연락할게."

와키사카가 나가는 것과 동시에 나는 그녀에게 붙잡혀 억지로 의자에 털썩 앉혀졌다.

더 이상 선의를 무시할 수도 없어서 얌전히 치료를 받고 있으려니 그녀는 뭔가 생각난 듯한 웃음을 지었다.

"와키사카도 오지랖 넓기는 마찬가지야."

나는 벽에 조그맣게 뚫린 구멍을 쳐다보고 있었다.

봄이 조금만 더 길었으면 좋을 텐데, 라고 긴소매 셔츠를 입으면서 생각했다. 토스트 한 장과 편의점에서 미리 사온 샐러드를 먹고 느릿느릿 커피를 마시는데 스마트폰에 '빨리 출발하시오!'라는 재촉 메시지가 들어왔다.

'만나기를 기다리고 있습니다.'

끝은 정중한 인사말로 마무리했다. 지난번 연락을 받았을 때도 그랬지만, 정중함 속의 귀여움이라는 것도 상당한 기술이라고 생각했다.

커피를 다 마시고 잔을 가볍게 헹궈 싱크대에 얹었다. 재킷을 걸치고 칙칙한 사무용 가방을 손에 들면 항상 똑같은 내가 완성된다. 평소에는 이런 모드에 들어가는 것만으로도 약간 마음이 무겁지만 오늘은 목적지가 다른 만큼 조금쯤 기분이 가벼웠다.

시계를 보니 내가 탈 지하철 시각까지 20분이 남았다. 집에서 역까지는 15분. 직장인이 된 뒤로 지각은 아직 한두 번밖에 없었을 만큼 매우 성실한 나는 조금 여유 있게 집을 나선다. 정확히 같은 시간에 조깅을 하고 돌아오는 이웃집 누님을 마주쳐서 서로 목례만 나누는 인사를 했다. 벽이 두툼해서 여자 친구와의 다툼을 그 누님에게 들키지 않게 해주는 이 맨션이 나는 꽤 마음에 든다.

역까지 도보로 정확히 15분 걸렸다. 이마에 땀이 맺혀서 아직 봄이잖아요, 라고 쨍쨍한 해를 흘겨보았다.

개표구를 지나 플랫폼에 서서 잠시 기다리자 지하철이 들어왔다. 출발역이라 앉아서 갈 수 있는 것도 내 원룸이 마음에 드는 이유 중 하나다.

이제부터 지하철을 갈아타며 한 시간만 가면 오늘의 목적지에 도착한다.

이야기할 것을 이것저것 생각하다가 꾸벅꾸벅 조는 바람에 환승역에서 깜짝 놀라 급하게 뛰어나왔다.

다시 지하철에 흔들리기 약 15분, 나는 예전에 매일 같이 드나들던 대학 역에 도착했다. 토요일이라서 승객이 평소보다 적어 공간에 여유가 있었다. 플랫폼의 자동판매기에서 캔커피를 사들고 잠시 그 맛을 즐겼다.

지하철 하나를 보낸 뒤에 다시 학교로 향했다. 해가 갈수록 부쩍 떨어지는 체력에 지레 겁을 먹고 에스컬레이터로 지상에 나왔다.

정문을 지나 안내도 같은 건 들여다볼 것도 없이 캠퍼스에서 가장 큰 학생식당으로 향했다. 생선튀김이 맛있었는데 오늘은 문을 안 열겠구나, 하고 약간 유감스럽게 생각했다.

목적지가 가까워지자 재학생들이 점점 많아졌다. 학생식당 앞의 마지막 모퉁이 길에서는 씩씩한 여학생의 인사를 받았다. 나도 모르게 영업용 스마일로 마주 인사를 한 것에 혼자 반성했다.

학생식당 앞의 긴 의자에 재학생 세 명이 앉아 있었다. 맨 처음 눈이 마주친 여학생에게 말을 건넸다. 그쪽이나 나나 비슷하게 긴장했다는 것이 느껴졌다.

"안녕하세요, 다바타 가에데라고 합니다."

나는 재킷 안주머니에서 지갑을 꺼내 명함 한 장을 내밀었다. 공손히 받아든 그녀는 회사 이름과 개인 이름을 대조해 사인펜으로 체크를 했다.

"오늘 행사에 참석해주셔서 감사합니다. 입구에서 음료수와 자료를 드릴 거예요. 꼭 받아가세요."

"예, 고마워요."

이번에는 최대한 자연스러운 웃음으로 답하고 학생식당 안으로 들어갔다. 약한 냉방이 몸에 순하게 다가왔다. 여학생이 알려준 대로 차와 자료를 받아들고 행사장을 둘러보자 내 기억 속의 학생식당과는 달리 식탁은 모두 치웠고 의자로 여러 개의 원이 만들어져 있었다. 참석자들이 편하게 볼 수 있게 앞쪽에 프로젝터가 준비되었다. 사회자가 그쪽에 서는 모양이라고 생각한 참에 사람들 사이에서 한 여자가 뛰어나왔다.

"안녕하세요? 바쁘실 텐데 이렇게 와주셔서 감사합니다."

"오랜만이야."

아는 얼굴에 마음이 턱 놓인 나는 아마 오늘 가장 자연스러운 표정이었을 것이다.

"1년쯤 됐나요? 다바타 씨가 나를 피해 도망다닌 거."

"피한 적 없는데? 번번이 시간이 안 맞아서 못 만났지. 아, 그러고 보니 도스케가 오늘 참석하지 못해 미안하다고 전해 달라던데."

"또 여자 만나러 간 모양이죠?"

심술궂은 표정을 짓는 가와하라 씨의 귀에 예전의 그 피어스는 없었다. 그녀는 세로줄 무늬의 정장을 입는 어른이 되었다.

"그나저나 급한 부탁이었는데 와줘서 고마워요. 솔직히 앞에 나가 얘기하는 거 별로 안 좋아할 것 같아서 내가 현역일 때도 부탁을 못했거든요. 이번에 오케이 해줘서 진짜 깜짝 놀랐어요."

"그건 '대박! 진짭니까?'라고 메일을 보내줘서 나도 알아. 실은 가와하라 씨 부탁을 거절했다가 또 발로 걷어차일 것 같아서."

"벌써 몇 년 전 얘기를 또 꺼내시네. 게다가 그건 내가 엄청 취했을 때잖아요! 다바타 씨, 진짜 성격 컴컴하시다니까."

"가와하라 씨처럼 조폭 여학생이 아니거든, 나는."

킥킥킥 하고 둘이서 수상쩍은 웃음을 짓고 있으려니 "아, 아" 하고 마이크 테스트 소리가 행사장 안을 울렸다. 돌아보니 키 큰 남학생이 긴장감을 미처 감추지 못한 채 마이크를 들고 있었다.

"이 자리에 참석해주신 여러분께 진심으로 감사드립니다."

인사말부터 시작한 정중한 목소리는 우리에게 몇 가지 안내 사항을 전해주었다. 나와 가와하라 씨는 안내해준 대로 줄을 맞춰 놓인 의자에 자리를 잡고 자료를 들춰보았다. 잘 만들어진 자료라고 내심 감탄했다.

"제법 잘하고 있죠?"

옆에서 가와하라 씨가 말했다.

"이번에 다바타 씨를 초대한 거, 재학생들과의 교류는 물론이고 지난 5년 동안 우리가 이룬 성과를 보여주고 싶어서였어요."

겸연쩍어하는 가와하라 씨를 보면서 이것 역시 기술이나 재능 같은 것이구나, 라고 생각했다.

이윽고 예고했던 시작 시간이 되었다. 아직 도착하지 않은 참석자도 있는 모양이지만 우리는 곧바로 학생들과 그룹을

짰다. 첫 토론은 재학생들이 희망하는 업계별로 직장인을 한 명씩 담당자로 지명했기 때문에 나와 가와하라 씨는 갈라지게 되었다. 각자의 그룹으로 가는 참에 여지없이 위협의 말이 날아왔다.

"우리 후배들 괴롭히면 진짜로 걷어찰 겁니다!"

원 모양으로 배치한 의자의 한 가운데 자리에 앉자 재학생 여러 명이 와서 빙 둘러앉았다. 한 명 한 명이 각각 다른 긴장감과 목소리로 "잘 부탁드립니다!"라고 인사해서 그때마다 나는 겸연쩍게 웃는 얼굴로 답했다.

"그럼 제1피리어드를 시작합니다. 뭔가 궁금한 점이 있으면 회원이 순회할 때 말씀해주십시오. 잘 부탁드립니다."

반짝이는 시선을 한 몸에 받고 적잖이 긴장했지만 일단 시작 지시는 떨어졌다. 학생들은 다시 한번 목소리를 맞춰 인사했다. 마치 교사가 된 듯한 기분이었다.

"안녕하세요, 다바타 가에데라고 합니다. 만나서 반갑습니다."

우선 가벼운 얘기부터 풀어가기로 했다.

"교류회에 참석한 건 처음입니다. 그래서 지금 상당히 긴장하고 있어요. 최대한 살살 해주시면 고맙겠습니다. 아, 그리고 2년 전에 4학년 대표였던 가와하라 리사 씨의 초대를 받고 왔습니다."

진지하게 귀를 기울이는 재학생들에게 뭔가 재미있는 얘

기를 해줄 능력은 없다. 그래서 먼저 내가 하는 일에 대해 설명해주기로 했다.

기업에 대해, 업무에 대해, 주 고객에 대해, 그리고 일하는 보람에 대해……. 취업 행사장에서 얘기할 만한 것들을 차례차례 들려주었다.

발표에 서툰 것은 어쩔 수 없다. 대학 때 이런 자리에서 진지하게 귀를 기울여본 적이 없었으니까. 그때 미리미리 발표 방법을 배워뒀더라면 좋았을 텐데, 라고 못내 아쉬웠다.

설마 내가 직장인 자격으로 이런 자리에 앉게 될 줄은, 이런 날이 올 줄은, 상상도 못했다. 아마 그 시절의 나를 찾아가 미리 알려줬어도 믿지 않았을 것이다.

재학생들은 처음부터 끝까지 진지한 얼굴로 귀를 기울였다. 내가 하는 일에 대한 얘기가 끝난 다음에 질의응답에 들어갔다. 어려운 질문이 나올까봐 가슴이 두근두근했지만, 근무시간과 인간관계에 대한 것이어서 하나씩 답변해나갈 수 있었다. 그다음 질문자는 가슴팍에 이름표를 단 재학생이었다. 자료에 실려 있던 것이 생각났다. 이름표를 단 사람은 동아리 회원이다.

"대학 때 했던 경험 중에 특히 좋았던 점, 많은 것을 배운 일이 있었다면 말씀해주시겠습니까?"

그런 질문이었다.

아마 매뉴얼에 나온 질문인 모양이다. 이 동아리는 운영 테마로 성장이라는 키워드를 내걸고 있다. 분명 그런 점을 듣고 싶은 것이다.

특히 좋았던 경험이나 배운 것이라면…….

생각나는 게 있었지만 그런 얘기가 후배들에게 무슨 도움이 될까, 하고 나는 그 생각을 일단 지웠다.

그리고 곧바로 마음을 바꿨다.

그들에게 아무 도움이 안 되더라도 뭐, 괜찮다.

도움이 안 된다는 것을 알면 그것도 나름대로 의미가 있을 것이다. 그렇게 하나씩 자신에게 도움이 되는 것을 취사선택해 나가면 된다.

나는 한 차례 자리를 둘러보며 시선을 맞춘 뒤에 입을 열었다.

"이건 좋은 경험이라기보다 아주 큰 것을 배울 수 있었던 일인데……."

평소 호흡보다 조금 더 공기를 많이 들이쉬었다.

"소중한 사람에게 상처를 입히고 후회했던 적이 있습니다."

그룹 안에 흐르는 공기의 무게가 문득 달라지는 듯한 느낌이었다.

그 공기의 무게에 내 목소리 톤을 의식적으로 맞춰보았다.

"나는 대학 시절에 가장 소중한 친구에게 상처를 입혔어요. 그 사람이 소중히 키워온 것을 단숨에 짓밟아버렸습니다."

아직 1학년인지 어린 티가 나는 학생의 어깨가 빳빳해졌다.

"그걸 후회했을 때는 이미 돌이킬 수 없는 상황이었습니다."

머릿속에서 가능하면 쉽게 전달할 수 있는 단어를 골랐다.

"그 사람을 싫어했던 건 아니었어요. 오히려 존경했기 때문에 더더욱 그 사람의 행동이 내 눈에는 잘못된 것으로 보였고, 그걸 바로잡아야 한다고 내 멋대로 재단한 결과였습니다. 혹시 여러분도 그런 경험을 한 적이 있는지 모르겠군요."

한 남학생이 잠깐 고개를 끄덕였다.

"그 사람과의 관계는 이미 되돌릴 수 없었어요."

이제 어른이 된 나의 진짜 속마음을 내밀었다.

"나는 지금도 후회하고 있습니다. 이건 잘난 척하는 소리처럼 들릴지도 모르지만, 그때 그렇게 후회할 수 있어서 다행이었다고 생각합니다. 누군가에게 큰 상처를 주었다, 라는 후회가 지금도 내 안에 자리 잡고 있어서 가능한 범위에서나마 주위 사람들에 대해 성실하고자 하는 내가 만들어졌거든요. 성실하자, 라고 생각할 수 있게 됐어요."

정말로 그게 가능해졌는지 나 스스로는 알 수 없지만.

"두 번 다시 그런 짓은 하고 싶지 않다, 소중한 사람에게 상처를 주고 싶지 않다, 라는 것이 회사 업무에서나 일상생활에서나 내게 큰 영향을 끼친 대학 때의 경험입니다. 아직 작은 걸음일 뿐이지만 나도 소중한 이들을 상처 입히지 않는 사람, 함께 있고 싶은 사람이 될 수 있으면 좋겠다, 좀 쑥스러운 얘기지만, 그렇게 마음먹고 있습니다."

나름대로 그럭저럭 얘기를 마무리할 수 있었다.

얘기를 해보고 비로소 알게 된 것이 있었다.

나는 이 이야기를 하기 위해 오늘 이 자리에 나왔는지도 모른다.

이 이야기를 하기 위해 그 일 이후를 견뎌왔는지도 모른다.

후배들의 얼굴을 살펴보며 그다음 질문을 받아볼까 하는 생각에 시선을 들었다.

그리고 눈이 마주쳤다.

그녀와 눈이 마주쳤다.

아까부터 그룹 사이를 돌면서 도와주는 동아리 회원이라고만 생각했다.

재학생들 뒤에 서서 지켜보는 모습이 내 시선 끝에 잡혔는데도 전혀 관심을 갖지 않았다.

눈이 마주치고 나는 순간 호흡을 멈췄다.

상대는 망설이는 기색으로 한 차례 고개를 끄덕였다.

지그시 나를 바라보면서 입을 열려다가 다시 다물어버렸다.

참석할 예정은 없다고 가와하라 씨는 말했었다.

정장 차림의 그녀는 그저 지그시 나를 보고 있었다.

"다바타 씨, 왜 그러세요?"

같은 그룹에 있던 회원 학생의 말에 내 시간이 다시 움직이기 시작했다. 서둘러 "아, 미안합니다"라고 사과하고, 급히 자리를 수습하는 말을 덧붙였다.

"이 정도면 대답이 됐나요?"

그리고 다시 바라봤을 때, 그녀는 이미 그 자리에 없었다.

환영이었는지도 모른다고 생각했다. 내 상처가 만들어낸 잘 짜인 환영.

이윽고 제1피리어드가 끝나자 나는 인사도 대충 건네고 자리에서 일어섰다. 혹시나 해서 그녀의 자취를 찾아보려고 한 것이다.

뭔가 목적이 있는 건 아니었다. 그런데도 나는 그녀를 찾아 나서고 말았다.

휴식시간을 알리는 안내방송 중에 나는 필사적으로 그 모습을 찾아보았다.

그녀는 의외로 쉽게 발견되었다.

그 뒷모습은 혼자서 학생식당 출구 쪽으로 향하고 있었다.

문득 깨달았을 때 나는 한 걸음 내딛고 있었다.

환영이라도, 그냥 환영이라도 상관없다고 생각했다.

뭘 어떻게 하자는 생각도, 뭔가 할 수 있다는 생각도 없었다.

그래도 나는 발을 움직였다.

어떻게 할까, 라는 건 뒤따라가기 시작한 다음에야 생각했다.

이윽고 내 발걸음은 밖으로 나섰다. 주위를 둘레둘레 살펴보자 거기에 있었다.

그녀는 가로수 길을 걷고 있었다. 구두가 바닥을 뒹구는 낙

엽을 밟는 것이 보였다.
환영이 아니다.
가녀린 그 등과 나 사이에 장애물은 없었다.
조금만 서두르면 어깨를 두드릴 수 있는 거리에 그녀가 있었다.
기껏 몇 달 동안이었지만 내 옆에서 나란히 걸었던 그녀의 어깨가 그곳에 있었다.
말을 건네자고 생각했다.
하지만 견딜 수 없는 두려움이 내 발을 멈춰 세웠다.
나의 이런저런 행동이 자칫 상대를 불쾌하게 만들 수 있다.
상처받고 싶지 않다, 두렵다.
하지만…….
다시 한번, 너를, 보고 싶다.
잘못을 저지른 나 자신을, 약점이 많은 나 자신을.
그리고 나와는 다른 너를.
지금이라면 받아들일 수 있다.
나는 네가 있었던 덕분에 그런 사람이 되자고 마음먹을 수 있었다.
내가 했던 거짓말을 정말로 만들어주었다.
걸음을 서둘러 그녀의 등을 따라갔다.
두려운 게 당연하다. 나는 나다, 바뀌지 않는다.
무시당할지도 모른다. 거절당할지도 모른다.

하지만 무시당해도 좋다. 거절당해도 좋다.

그때는 다시 한번, 확실하게 상처를 받기로 하자.

젊은 우리가 진실로 아파해야 하는 것은

《너의 췌장을 먹고 싶어》로 한국 독자에게도 널리 알려진 작가 스미노 요루의 다섯 번째 소설이다. 앞선 네 작품 《또 다시 같은 꿈을 꾸었어》《밤의 괴물》《나「」만「」의「」비「」밀「》이 각각 깜찍한 소녀와 중고교생을 중심으로 네 가지 색깔의 매우 특별한 스토리를 펼쳤다면 이번에는 고독한 성품의 대학생 '다바타'가 주인공으로 나섰다. 자신만의 독특한 인생 테마를 마음속에 품고 첫 발을 내딛은 대학 캠퍼스의 강의실, 첫 수업은 〈평화구축론〉이었다. 그런데 나른한 평화 속에 흘러갔어야 할 이 강의실을 뒤흔들어버린 여학생이 있었다. 한 칸 건너 옆자리의 여학생 아키요시. 마지못해 질문을 허락한 강사에게 그녀가 던진 질문은 단숨에 분위기를 싸하게 만들 만큼 순진무구한 '자기주장'이었다.

"이 세상에 폭력은 필요 없다고 생각합니다!"

모두가 일시에 무기를 내려놓는다면 전쟁은 끝이 난다, 우리 모두가 행복한 세계를 지향해야 한다, 라는 이른바 이상론(理想論)이다. 요즘 세상에 자신이 추구하는 이상을 노력이나 신념으로 이루려하고 이룰 수 있다고 생각하는 그 '순수함'을 다바타는 도저히 무시할 수 없었다. 결국 어쩌다 보니 그녀와 단둘만의 비밀결사 동아리 〈모아이〉를 결성하게 된다. '내가 원하는 나 자신을 만든다'라는 목표를 가진 소소한 동아리였다. 그리고 3년 뒤, 졸업을 앞두고 저마다 취업 경쟁에 뛰어들어야 하는 시기가 되었다. 이제 더 이상 '순수 관종' 아키요시는 이 세계에 없다…….

기나긴 배움의 마지막 관문인 대학 시절은 (원래는) 순수한 이상을 마음껏 시험하고 고민하고 논해도 되는 찬란한 시간이다. 현실 생활의 책임이나 협잡에서 아직은 자유로울 수 있는 '유예기간'이기 때문이다. 모든 젊음에는 부정에 대항하고 잘못된 세계를 뒤엎으려는 꿈을 품을 수 있는 특별한 권리가 주어져 있다. 그 귀중한 권리를 놓치지 않고 진실로 고민해야 할 것이 무엇인지, 작가는 이미 이 세계에 없는 그녀를 통해 새삼 짚어주고 있다.

한편으로 대학 졸업이란 현실사회로 나가 '어른'으로서 살아가기 위해 '어린' 순수를 깨뜨리고 한 단계 성장하지 않으면 안 되는 잔혹한 관문이기도 하다. 아직 어려서 섣부르고 어설프고 때로는 철없는 실수를 거듭하면서 '내가 원하는 나 자신', '모든 사람이 행복한 세계'와는 적정한 타협을 할 수밖에 없다. 다만 그것이 얼마나 적정했느냐는 것은 젊은 우리들이 얼마나 '어리고 아리고 여린' 투쟁으로 상처를 감수했느냐에 따라 크게 달라질 것이다. 그런 의미에서 아키요시의 아픈 토로는 깊이 가슴에 와 닿는다.

"성장이란 약한 자신을 외면하는 게 아닌 것 같아. 분명 약해빠진 나 자신이 있지. 하지만 인간이란 본바탕이 그리 쉽게 바뀌지는 않아. 약해빠진 나 자신을 분명하게 인정했을 때 비로소 성장도 할 수 있겠지. 그걸 인정하고 그 자리에서 만족스럽다면 괜찮겠지만 나는 아니었어. 그래서 아주 조금씩이나마 두려움 너머로 가보고 싶었어."

스미노 요루는 이번 책의 출간에 즈음하여 독서 잡지 〈다빈치〉와 인터뷰를 하는 자리에서 중요한 이야기를 들려주었다. 이 작품을 처음 쓰기 시작했을 때가 마침 《너의 췌장을 먹고 싶어》가 상상을 뛰어넘는 엄청난 반향을 부른 시기였다고 한다. 신인 작가의 첫 작품이 거의 사회현상이라고 불릴 만한 주목을 받는 바람에 그 부작용으로 당연히 이런저런 '소동'이 있었고 그에 따라 아픔이나 상처도 입었으리라는 것은 충분히 짐작할 만하다.

이 소설에서도 다바타와 아키요시 단둘만의 동아리 〈모아이〉가 뜻하지 않게 학내에서 손꼽히는 대규모의 단체로 커버렸지만, 그에 따라 이런저런 반감을 사게 된다. 거기에 작가의 그런 '느닷없는 대 히트의 경험'이 반영되었다는 것이다.

주인공이 거대해진 모아이를 향해 투쟁에 나선 것처럼 이 작가는《너의 췌장을 먹고 싶어》에 대항해서 그 작품에 감동한 독자를 포함한 모든 것을 무너뜨리고 싶었다고 한다. 책의 판매 부수는 어찌됐든 작품으로서의 완성도나 강도(强度)에서 전작을 뛰어넘는 것을 쓰려고 했다. 그리고 그것이 어느 정도 성공적으로 이루어졌기 때문에 이번 책은 현재까지 발표한 소설 중에서 가장 뛰어난 걸작이라고 생각한다고 자신 있게 밝히고 있다.

내가 옳다고 생각했던 것들이 과연 정말로 옳은 것인가, 나뿐만 아니라 다른 사람들에게도 옳은 것인가, 그걸 어떻게 반드시 옳다고 굳게 믿을 수 있는가, 하는 청춘의 여린 '흔들림'에 대해서도 분명하게 묘사하고 싶었다고 한다. 이 이야기를 다 읽은 뒤에 작가의 그런 작은 추천의 말들을 다시 되짚어본다면 많은 독자들이 좀 더 깊이 고개를 끄덕일 수 있을 것이다.

바로 지금의 대학이라는 현실감 넘치는 시공간을 무대로 그곳에 서식하는 다양한 조연 캐릭터를 절묘하게 묘사해낸 것도 주목할 만하다. 매사에 중립적인 정의감을 가진 의리남 도스케, 겉으로는 경박한 듯하지만 알고 보면 능력 있고 속 깊은 텐, 귀엽고 사회성 뛰어난 폰짱, 귀엽지는 않으나 대찬 매서움을 보여주는 가와하라 리사 같은 친구는 지금 어딘가의 캠퍼스에 나가보면 분명 한두 명쯤은 만날 수 있지 않을까.

스미노 요루의 작품들은 출간 때마다 독자들의 폭발적인 주목을 받고 있지만, 첫 작품 《너의 췌장을 먹고 싶어》에 이어서 이번 작품도 그런 인기에 힘입어 영화로 제작한다는 소식이 들려온다. 다바타 역은 요시자와 료, 아키요시 역은 스기사키 하나를 캐스팅했다고 한다. 배우들의 얼굴을 떠올리면서 이 이야기를 읽는다면 뭔가 실감이 배가될지도 모른다. 개봉은 2020년 8월이지만, 원작의 복합적인 내면을 어떻게 영상화해줄지 벌써부터 비교 평가를 단단히 벼르게 된다.

번역하는 동안, 단순히 소설 속의 동아리 이름과 똑같다는 것밖에 없는데도 왠지 '서태지의 〈모아이〉'가 두드리는 독특한 비트가 내내 머릿속 한 귀퉁이를 서성거렸다. 이제 더 이상 청춘의 찬란함에 머물러 있을 수 없는 젊음, 그 어리고 아리고 여린 작별의 쓸쓸함을 어디선가 감지했기 때문인지도 모른다. 독자 한 사람 한 사람의 현재와 과거에 따라, 경험치의 깊이에 따라, 각기 다른 수많은 파문으로 번져나갈 작품으로 자신 있게 추천하고 싶다.

양윤옥

어리고 아리고 여려서

2020년 6월 22일 1판 1쇄 인쇄
2023년 1월 5일 1판 2쇄 발행

저 자 | 스미노 요루
옮 긴 이 | 양윤옥
발 행 인 | 유재옥

본 부 장 | 조병권
담당 편집 | 김다솜
편집 1팀 | 김준균 김혜연 박소연
편집 2팀 | 정영길 조찬희 박치우 정지원
편집 3팀 | 오준영 이해빈
디 자 인 | 김보라 박민솔
표지디자인 | 이즈플러스
라 이 츠 | 김정미 맹미영 이승희 이윤서
디 지 털 | 박상섭 김지연
발 행 처 | ㈜소미미디어
등 록 | 제2015-000008호
주 소 | 서울시 마포구 토정로 222번지, 403호(신수동, 한국출판콘텐츠센터)
판 매 | ㈜소미미디어
제 작 처 | 코리아피앤피
마 케 팅 | 한민지 최원석 최정연
물 류 | 허석용 백철기
전 화 | 편집부 (070)4164-3962, 3963 기획실 (02)567-3388
판매 및 마케팅 (070)4165-6888, Fax (02)322-7665
ISBN 979-11-6507-732-7 (03830)